GARR

di

Federica Martina

Per contattare l'autrice, potete cercare la pagina Facebook: Federica Martina Autrice.

Progetto grafico di Elira Pulaj
Editing di Giovanna Barbieri

Prima edizione Maggio 2018
Seconda edizione Maggio 2019

GARRETT

Quando c'eri non si sentiva la tua presenza,
ma ora che non ci sei più,
la tua assenza è più rumorosa di quando ci si trovava
tutti a pranzo insieme.
Il vuoto che hai lasciato in questa casa
non si riempirà mai.

Capitolo 1

Con la sigaretta spenta in bilico tra le labbra e le lenti scure a proteggergli gli occhi, Garrett scese dal taxi che aveva preso all'aeroporto di Baltimora per arrivare fin lì e sollevò il mento verso l'alto.

Una smorfia, che poteva essere scambiata per un sorriso amaro, si dipinse sul suo viso e l'attimo seguente, mentre l'autista scendeva e lo aiutava a scaricare le due grosse valigie, lasciò che la sua attenzione fosse catturata dalle foglie degli alberi secolari che incorniciavano lo spiazzo. Per qualche ragione che a lui interessava poco, quando l'indiano aveva sentito la destinazione che gli aveva annunciato, era diventato subito molto più servizievole e accomodante.

Ignorò tutto, il sorriso sdentato che gli rivolse, la mano sudicia quando Garrett lo toccò allungandogli le banconote per pagare la corsa e anche l'inchino che l'uomo fece prima di rimontare sulla propria vettura, seguito dal borbottio in un inglese stentato.

La sua non era arroganza fine a se stessa o fastidio di qualche genere verso il povero tassista straniero; Garrett detestava proprio tutte quelle cerimonie e salamelecchi di chi, appena sentiva il suo cognome, diventava cerimonioso. Non le aveva mai digerite. Era anche per quello che da anni usava solo metà del suo nome completo per la vita quotidiana e sul lavoro, persino in ufficio erano pochi quelli che conoscevano il suo primo nome e la sua firma completa.

Dopo che il bagagliaio del taxi fu chiuso con il solito rumore deciso, vide comparire Alfred sulla soglia del grosso portone e guardare la scena con severa circospezione.

Non si stupì che l'anziano servitore del proprietario di quel "museo" non lo riconoscesse e non era sicuro di voler rivelare la sua presenza. Forse poteva approfittare di quell'occasione, prendere il cellulare dalla tasca, digitare il numero del suo ufficio e dire che stava tornando.

Avrebbe impiegato giusto un minuto e poteva tornarsene alla sua bella, pacifica e tanto agognata vita in città. Lontano da quel luogo gelido, a debita distanza da servitù, cerimonie ed etichetta ma soprattutto, a miglia di distanza dal padrone di casa. Ecco, quello che gli salì per un secondo era vero e proprio odio, nel comodo formato tascabile di un conato di bile.

Il vecchio, dall'aspetto di un rigido scheletro senz'anima, però non fu così lento come si era augurato. Colse il mormorio dell'autista che lo ringraziò chiamandolo per nome e, nell'intuire che era lui, quasi volò dai gradini per accoglierlo.

«Signorino, finalmente è arrivato! La stavamo aspettando tutti per le direttive e per la cerimonia.» L'uomo mentiva, ma lo faceva in modo eccellente. Quella casa stava facendo a meno di lui da decenni e quell'evento non era certo un'eccezione.

«Immagino…» mormorò.

Garrett era sicuro che, se non fosse arrivato il giorno prima del funerale per apporre sui documenti le firme necessarie, Alfred avrebbe agito come sempre. Il maggiordomo del padre avrebbe svolto i suoi compiti alla perfezione, limitandosi poi a spedirgli i documenti da firmare a Washington e a telefonargli, ogni tanto, per aggiornarlo sui problemi e sulle questioni di massima importanza o urgenza.

Un altro sorriso di circostanza gli piegò le labbra, mentre si accendeva una sigaretta con gesti annoiati e attendeva che Alfred ordinasse a un garzone di prendere le valigie e portarle dentro; poi il maggiordomo lo precedette sulle scale d'entrata.

«Com'è andato il volo? Ha avuto difficoltà a tornare a casa, signorino?» Garrett lasciò che Alfred iniziasse il solito discorso di "bentornato a casa", anche se quelle parole di benvenuto gli sembrarono mere e vuote frasi senza alcuna utilità e si limitò a seguirlo.

«No, è andato bene» tagliò corto e restò sulla porta con la sigaretta tra le dita.

Mentre saliva, aveva sentito il cellulare vibrare nella tasca, quindi si fermò, lo estrasse e lesse il messaggio: la sua segretaria lo informava che tutto era sistemato e poteva prendersi l'intera settimana di vacanza. Controllando che l'anziano non guardasse, digitò una risposta veloce e si concentrò per trattenere un mormorio di fastidio. Una buona notizia che giungeva proprio nel peggiore dei momenti, ma dopotutto Natale era dietro l'angolo e lo studio avrebbe chiuso per le feste di lì a poco.

I giorni liberi dalle aule del tribunale nella sua circostanza potevano essere molti di più, ma lui comunque poteva sempre mentire e andarsene prima. In realtà, lo avrebbe fatto quasi di certo, non avrebbe mai e poi mai passato le vacanze in quel posto.

«Signorino Bradford! Entri pure, può fumare in casa se vuole. Aprirò una finestra dello studio di suo padre se non vuole che resti l'odore.» Alfred lo richiamò al presente, agitando le braccia per fargli segno che poteva accedere e non pensare alla sigaretta. Non che lui fosse rimasto fuori per quel motivo, ma annuì per accontentarlo.

Varcò l'uscio e gli consegnò il cappotto, che per tutto il tempo era rimasto a penzolare dal suo braccio. Era fine novembre, ma per qualche ragione a lui sconosciuta non faceva per niente freddo a quell'ora.

«Garrett!» sentenziò infine, nell'udire il nome con cui l'uomo lo aveva apostrofato, ma il maggiordomo non comprese il suo intendimento e lo scrutò con il viso che si riempiva di righe. «Preferisco che mi chiami Garrett, Alfred» spiegò e il maggiordomo annuì con un sorriso di circostanza.

«Come preferisce, signore.» Ed eccola lì, la fredda e falsa cortesia della servitù, che conosceva da tutta la vita.

Spense la sigaretta nel posacenere sul tavolino da caffè e poi avanzò nel salone con un respiro profondo. Detestava quella casa, odiava con tutto se stesso i suoi abitanti e trovava repellente ogni singolo mobile e suppellettile che, suo malgrado, gli ricordava un pezzo della sua infanzia. Per anni aveva cercato di dimenticare quell'esistenza. Per non parlare dell'odore di cera d'api che permeava ogni cosa, per lui era la più sgradevole fragranza esistente. Trovava persino intollerabile il rumore dei suoi passi sul levigato marmo del pavimento.

In un moto d'infantile rivalsa, elencò a mente tutte le cose che lo stavano disturbando durante quella breve processione; ma quello che lo indispose più di tutto e che stava cercando di evitare da quando il taxi si era fermato davanti all'entrata di Whitehall, fu il primo punto della sua lista: suo padre era lì.

Il vecchio Ammiraglio Gordon-Lennox aveva avuto la bella idea di passare a miglior vita proprio a pochi giorni dalla Festa del Ringraziamento. Garrett pensò che lo avesse fatto apposta e studiato con precisione il momento migliore per arrecargli il massimo del danno. Erano anni che non si parlavano. Garrett comunque sapeva bene che il genitore lo aveva spiato, controllato e seguito ogni sua azione nello studio di avvocati in cui lavorava e in tribunale.

Quale dispetto migliore poteva dunque perpetrare l'amorevole parente, a pochi giorni dalla sua promozione a socio, se non morire e obbligarlo a quel divertentissimo ritorno a casa, in mezzo ai milioni di ricordi che popolavano quelle stanze, e costringerlo a restare e osservare i doveri sociali; quelle imposizioni che lui aveva sempre rifuggito con costanza.

Ripensare al padre e a quell'eventualità lo fece innervosire oltremodo. La rabbia che lo aveva colto alla telefonata di Alfred, tornò a bruciargli il petto, nemmeno fosse stato l'Ammiraglio in persona a contattarlo per redarguirlo e richiamarlo all'ordine.

Premette le unghie contro i palmi, stringendo i pugni, sperando che il maggiordomo non cogliesse il suo cambio di umore. Rimpianse mille volte e con crescente amarezza di essere andato lì da solo e represse l'istinto di afferrare lo smartphone nella tasca e chiamare il suo compagno. Ogni minuto che passava si rendeva conto di non poter superare quella cosa senza Augustus vicino.

***

«Bradford Garrett Gordon-Lennox, che cosa stai facendo?» Il tono inflessibile del genitore lo colse di sorpresa, sebbene il gelido disprezzo che la cadenza del padre impose a quella domanda, sillabando lentamente quelle poche parole, anticipò di molto l'esito finale; l'essere scoperto gli fece schizzare il calore della vergogna fin sulla punta dei capelli, ma non lo spaventò. L'uomo lo fissò per un lunghissimo secondo e lui allontanò il cioccolatino dalla bocca e lo ripose dentro la scatola dorata, da dove lo aveva estratto. Il gusto dolce del dolciume si mischiò a quello amaro del fallimento e a quello agrodolce della consapevolezza che sarebbe presto giunta la punizione.

Solo dopo aver riabbassato le mani, osò guardare in faccia il padre con la colpa dipinto sul volto.

«Sputa!» Quella volta l'ordine era stato monosillabico e secco, accompagnato dalla mano dell'uomo severo che si allungava davanti al suo viso con il palmo verso l'alto. Il chiaro segno di ciò che il padre pretendeva da lui. Impossibilitato a protestare, poiché aveva la bocca piena di cioccolata peccaminosa, si chinò in avanti e

sputò il dolcino, già masticato, dentro la mano a coppa dell'adulto, notando la smorfia di disgusto dipingersi sul volto del capofamiglia.

Il padre gettò il boccone nella spazzatura e infine si pulì la mano nel fazzoletto candido, prima di tornare a guardarlo con disprezzo. «Sei un inetto!»

Garrett chinò il capo e si fissò le scarpe, cercando di trovare le parole giuste per chiedere scusa, ma il severo genitore non gli concesse quel privilegio.

«Padre io… mi dispiace…» cercò di bofonchiare, con l'apparecchio ai denti che lo faceva sputacchiare come un lama. Il padre alzò una mano e lui incassò il collo tra le spalle per ricevere il ceffone, ma non arrivò. L'unica cosa che gli giunse, e gli fece più male dello schiaffo, furono le sue seguenti parole.

«Solo i codardi si scusano e io non ne ho messo uno al mondo! Spalle dritte e mento in fuori!»

Garrett ubbidì e tornò a guardare il genitore in viso. Le rughe erano appena accennate e il suo aspetto era rigido e composto, come la sua vita dedicata alla carriera militare gli aveva insegnato.

«Questa è l'ultima volta che mi disobbedisci, ragazzo! Prepara la valigia, domani mattina ripartirai per il collegio.»

I commenti furono zittiti dalle sue ultime parole, non poté dire o fare nient'altro. Il fedele maggiordomo lo trascinò quasi di peso fino alla sua stanza e insieme alla cameriera lo guardarono silenziosi preparare una valigia che non aveva ancora disfatto. Alla fine fu la cameriera ad aiutarlo e il mattino seguente la donna fu l'unica ad abbracciarlo e a salutarlo con un bacio, prima che la macchina lo portasse lontano da casa.

Aveva solo sei anni e quella fu la penultima volta che vide la villa in cui l'anno precedente lui credeva fosse morta sua madre.

***

Quel ricordo gli si avvinghiò alle tempie come un'edera, Garrett quindi si massaggiò la fronte, sbuffando e poi controllò l'andirivieni della servitù che si adoperava per finire gli ultimi lavori.

Alfred però colse il movimento e tornò al suo fianco, seguito da un garzone con le valigie che appoggiò sul primo scalino.

«Signorino Brad…Garrett, se desidera posso servirle un tè caldo nello studio. Sarà ottimo per il mal di testa da viaggio in aereo.»

Non era certo di cosa rispondere, così si limitò ad accendersi un'altra sigaretta e a cercare il posacenere.

«Sì, forse è una buona idea» rispose dopo il primo tiro di nicotina, scorgendo nello sguardo del vecchio il bisogno di rendersi utile.

Alfred lo fissò per qualche secondo, mentre faceva scattare il meccanismo dell'accendino, per poi porgergli l'oggetto con sorprendente velocità. Mentre si concedeva una seconda boccata di fumo, Garrett osservò i pesanti tendaggi che abbellivano le grandi finestre e i teli posati sui mobili del vecchio salottino da tè. Anche il maggiordomo seguì il suo sguardo e sospirò nel comprendere cosa avesse attirato la sua attenzione.

«Per domani sarà tutto pronto, signorino. Non si dia pensiero di ciò» mormorò il maggiordomo reggendo il posacenere, che lui afferrò dopo aver finito di aspirare l'ennesimo tiro di nicotina.

«Certo, ma faccia aprire anche tutte le tende, è troppo buio qui dentro.»

«Suo padre non gradiva la vista dell'esterno pieno di visitatori curiosi, quindi non lasciava mai che si aprissero i tendaggi.» Fu il laconico commento che sfuggì dalle labbra rugose del maggiordomo.

«Lui è morto e domani preferirei che gli ospiti non inciampassero nei tappeti per colpa di questa penombra» gli fece notare con tono fin troppo stizzito. «Spalanca le finestre e tira le tende, fa cambiare l'aria e poi ordina di tirare giù quelle vecchie pezze e falle cambiare con qualcosa di meno orribile» concluse con un tono così autoritario che per un momento gli parve di udire la voce del padre, al posto della sua. Alfred annuì e lo scrutò con aria molto sorpresa. Di certo il maggiordomo non si aspettava che lui prendesse le redini di quel vetusto e polveroso mausoleo con modi così autoritari.

L'odore di cera gli procurava dolorose fitte alle tempie e, per non perdere altro tempo, Garrett aprì la finestra che aveva vicino, poi si voltò verso Alfred.

«C'è qualche altra questione urgente da discutere? Altrimenti mi troverai nello studio. Devo accedere a una connessione e spedire alcune mail di lavoro prima di cena» lo informò e l'uomo annuì servile, precedendolo alla porta e aprendola per lui.

«No, signore.» Fu il mormorio che ricevette per la seconda volta dall'uomo. Dopo di che il vecchio fece un inchino e Garrett gli voltò le spalle per affrontare la prima delle sue grandi sfide: lo studio del padre.

Capitolo 2

La sigaretta accesa tra le dita di una mano e il posacenere nell'altra, Garrett si fermò un paio di secondi davanti alla doppia porta intagliata in legno di quercia, prima di decidersi a entrare. Poi la mano con il mozzicone afferrò il pomello d'ottone e lo girò.

Non si sorprese quando l'uscio si socchiuse senza il minimo rumore, da che ne aveva memoria in quella casa non vi era mai stato un cigolio o scricchiolio che non fosse stato approvato dall'Ammiraglio. E il militare era un uomo rigido sulla regola del silenzio.

Una risata nervosa quasi gli sfuggì dalle labbra, mentre portava la sigaretta alle labbra e ne assaporava il fumo in bocca. La nuvoletta entrò nella stanza prima di lui, come un cicerone che annuncia l'arrivo di una dama a un ballo di gala.

Il bianco inconsistente si dissolse all'istante nel buio e Garrett lasciò vagare lo sguardo sulle quattro pareti. Le lancette del tempo si fermarono di colpo e corsero indietro di quindici anni, all'ultima volta che aveva varcato quella porta. Represse le sensazioni fastidiose con un respiro profondo ed entrò.

Camminando nello studio, che era stato il primo luogo interdetto della sua infanzia, Garrett calpestò il tappeto fino alla scrivania e poi tutto intorno fino alle poltrone gemelle, disposte l'una di fronte all'altra, dirimpetto al grande camino. Era quasi liberatorio schiacciare le preziose setole con il proprio peso.

Con un moto di ribellione infantile e un sorriso di trionfo sulle labbra, prima sfiorò con la punta delle dita tutti gli oggetti esposti sulla lucida scrivania, spostandoli di alcuni pollici o cambiandone l'ordine; poi si avvicinò alla scatola intagliata che faceva bella mostra sul tavolino da tè. Sembrava sempre lo stesso cofanetto lavorato in cui suo padre teneva le leccornie; era pronto a scommettere che fosse sempre lo stesso fin dall'arrivo dell'Ammiraglio in quella casa.

Con la punta delle dita ne seguì l'intarsio, seguendo distrattamente il disegno di foglie e rampicanti e ne accarezzò la chiusura a scatto; quando l'aprì il rumore fu quasi come quello di una bottiglia di champagne che veniva stappata: un tripudio. Il bambino che dimorava nel suo subconscio saltellò sul posto gioendo, mentre sollevava con delicatezza il coperchio e lo appoggiava sul ripiano del pregiato tavolino. I cioccolatini erano ancora lì a fare la loro elegante presentazione nella carta d'oro emanando un profumo dolce e invitante.

Il padre era un vero maniaco del controllo, dell'educazione rigida e della disciplina militare, cosa che Garrett aveva sempre detestato. Quei cioccolatini erano solo uno dei mille piaceri che l'uomo gli aveva vietato. Quel giorno decise che si sarebbe preso tutte le rivincite che da bambino non aveva potuto soddisfare. L'Ammiraglio non si poteva più intromettere tra lui e i suoi vizi, per guardarlo con disprezzo e farlo sentire colpevole, ma più di ogni altra cosa era curioso d'assaporare quei cioccolatini al liquore.

Con il sorriso del vincitore di una guerra, ne afferrò uno. Questa volta il movimento lento fu quasi la cosa più appagante che avesse provato in tutta la sua vita e, quando lo mise in bocca, la soddisfazione lo inebriò più del gusto stesso del piccolo cilindro di cioccolato. Il ripieno pizzicava come allora, ma a lui non interessava che dentro ci fosse quella goccia di liquore. Il godimento reale derivava da quella sua vittoria verso il vecchio; con la coda dell'occhio sbirciò l'uscio semiaperto che dava sul salone vuoto, le ombre sembravano ridere insieme a lui di quella sua rivalsa e nessun fantasma infuriato entrò nella stanza o sentì la voce del padre sollevarsi indignata. Garrett poteva immaginarla, ma la soddisfazione di sapere che non sarebbe più capitato nella vita reale lo rallegrò.

L'uomo non sarebbe mai più entrato da quella porta nel suo completo scuro, il colletto inamidato e i mocassini lucidi. Il bastone con il pomo bianco non sarebbe stato più sbattuto sul pavimento lucido, né sul tappeto persiano davanti al caminetto del salone. La sua presenza rigida e funesta era infine uscita dalla sua vita, da quella stanza e da tutta la tenuta di Whitehall.

Lui era morto e Garrett libero. Per la prima volta, dopo giorni, provò qualcosa di concreto verso quel cambiamento, anche se non seppe che nome dargli.

In quel momento, da qualche parte nell'enorme casa, un telefono squillò e Alfred rispose.

Garrett sapeva che alle sue spalle poteva trovare un ricevitore vecchio stile, collegato a tutti gli altri apparecchi della dimora, ma dal tono del maggiordomo comprese subito chi fosse e cosa volesse. I vari mormorii di assenso e le poche parole che giunsero al suo orecchio gli confermarono che il giorno seguente, alla cerimonia funebre, la casa sarebbe stata gremita di vecchi amici del padre e di parenti che lui appena ricordava, ma tutti curiosi di controllare quanto fosse simile all'Ammiraglio o in che misura invece l'uomo avesse fallito con lui. La conversazione durò qualche minuto, poi sentì il rumore del ricevitore che veniva chiuso e i passi del maggiordomo che si avvicinavano; poco dopo l'uomo fece la sua comparsa sulla porta e bussò piano sull'uscio per richiamare la sua attenzione.

«Signorino Garrett, posso disturbarla?»

«Sì, Alfred mi dica pure.»

Nell'ascoltare le parole del vecchio servitore, Garrett si era girato a finire la sigaretta e stava contemplando il camino con aria assente. Dall'esterno poteva sembrare che fosse assorto nei suoi pensieri ma dentro, in realtà, era agitato da un oceano di emozioni. La mareggiata lo scuoteva, come un vascello sommerso dai flutti.

Mille e più erano i ricordi legati a ogni suppellettile presente in quella casa. Ogni angolo o superficie gli riportava alla mente le innumerevoli tacche di vergogna che l'Ammiraglio aveva inciso in lui. Un ricordo fra tutti lo stava sommergendo in quel momento, uno di quelli che gli aveva fatto nascere il sorriso il giorno di cui aveva avuto la sua rivalsa. Alfred per entrare aveva aperto di poco la porta dello studio. Il lieve rumore che ne era uscito lo aveva riportato indietro nel tempo, alla sua adolescenza. Un altro evento, il flashback ben chiaro nella mente, un'altra porta aperta o forse avrebbe dovuto dire chiusa.

Garrett tirò le labbra in una smorfia, mentre lasciava che l'onda del passato tornasse a bagnarlo.

***

Era buio e faceva freddo quell'anno e lui era uscito con i suoi amici per festeggiare il Ringraziamento, prima di essere costretti a partecipare a decine di feste con parenti e graduati dell'esercito in pensione. Il piccolo gruppetto di ragazzi della zona si riunì davanti a uno dei piccoli bar della cittadina. Volevano solo divertirsi per una sera, ora che erano liberi dagli impegni della rigida St.Claire highschool in cui erano stati amorevolmente iscritti dai loro genitori.

Non era tardi, ma era già calata l'oscurità da un pezzo ed era certo che il padre si sarebbe arrabbiato e non poco, se avesse scoperto che tornava a casa in orari simili e in quello stato "poco lucido". Poteva sentire lo sguardo indignato del vecchio, il suo naso arricciato ogni volta che lui compariva in una stanza e il viso disgustato dalla sua presenza; ma nel piccolo gruppo di ragazzi di Whitehall lui era il più giovane e l'Ammiraglio gli aveva sempre instillato l'idea che un vero marine non si tirava indietro di fronte a nessuna sfida, nemmeno se i tuoi compagni ti sfidavano a bere tre birre tutto d'un fiato e tu eri a stomaco vuoto.

Non era ubriaco, non era la prima volta che beveva, ma l'inesperienza quella volta gli giocò un brutto scherzo.

Al secondo tentativo, riuscì ad afferrare la pesante maniglia senza sbatterla contro lo spesso legno del portone e tentò di aprire. Il battente però, invece di schiudersi come di consueto, si schiantò con forza contro il suo naso.

La caduta all'indietro fu inevitabile e il selciato dello spiazzo d'ingresso lo accolse con la sua caratteristica durezza. Gli si mozzò il respiro a metà della gola per il colpo e fu subito più che pronto a inveire contro chi gli aveva giocato uno scherzo così brutto; ma per sua sfortuna fu il padre, in vestaglia nera e pantofole, a comparire sulla soglia.

Con il viso in fiamme per la vergogna e un conato di nausea che lo costrinse a piegarsi in avanti, non vide l'espressione di disprezzo sul volto del genitore, ma non ne ebbe bisogno. L'Ammiraglio non parlò, si limitò a puntargli il pomo bianco del bastone contro il petto e proclamare la sua disfatta.

«Con che coraggio ti presenti qui, viscida nullità?» Come tradizione dell'Ammiraglio Gordon-Lennox il tono era dispregiativo e seccato. Lui restò seduto a terra, a gambe aperte, la faccia che gli doleva come se avesse sbattuto contro un muro e la vista che gli si annebbiava man mano che il tempo passava.

«Papà...» tentò di accampare una scusa plausibile con un moto di disperazione, ma anche in quel caso non gli fu concesso. L'impugnatura avorio lo colpì dritto in testa, senza alcuna *gentilezza. Il dolore fu lancinante e lo spaventò parecchio. Restò allibito dal comportamento del genitore, poiché non si vedevano da molto tempo.*

«Chiudi quella bocca sudicia! Sei solo un ingrato stupido ragazzino. Ti è bastato un singolo mese in mezzo a quei bigotti, che pensi siano tuoi amici, per ridurti a essere un fallito identico a loro. Non presentarti mai più qui finché non avrai compreso quanto vile sia il tuo comportamento!»

***

All'epoca Garrett aveva solo sedici anni ed era al secondo anno nella scuola pubblica che l'Ammiraglio gli aveva concesso. Fino all'anno precedente, era sempre rimasto chiuso tra le mura della scuola religiosa. Purtroppo, sin dal primo giorno in quella nuova realtà, aveva dovuto far valere il suo coraggio. L'Highschool non era facile per nessuno, ma se eri l'unico figlio di un famoso Ammiraglio dei Marines, nonché proprietario del podere più vasto della regione, la faccenda si complicava. E i ragazzi sapevano essere terribili se non sembravi un soldato a tua volta. Ricordava con un misto di sentimenti di rimpianto e di odio quel breve periodo nella camera del dormitorio di Boston.

Garrett si sedette sulla poltrona Chester imbottita e incrociò le gambe.

I sentimenti amari erano tutti legati ai diversi venerdì sera, quando era costretto a tornare a casa e, dato che non potevano fare diversamente, lui e il padre avevano convissuto nella magione tutti i fine settimana, circondati dalla servitù e dagli alti alberi secolari che isolavano la proprietà. Nei momenti di solitudine aveva rimpianto soprattutto di non avere più una madre o non poter contare sulla complicità di un fratello.

Il padre gli aveva imposto rigidissime regole di comportamento prima di concedergli di proseguire i suoi studi in quella scuola, a cui lui si era dovuto piegare suo malgrado: non poteva uscire mai durante il periodo delle lezioni, quando era a casa doveva studiare fino al tramonto e lo aveva iscritto a un corso base per imparare il pugilato e la lotta a corpo libero, fondamentali per il suo futuro addestramento in marina; oltre questo il genitore pretendeva da lui voti alti e una media invidiabile. Su quel punto non c'era mai stato un compromesso, Garrett lo aveva intuito subito e, nonostante quello che il padre poteva pensare, quello era l'obbligo che gli era pesato di meno. Già dai primi giorni aveva scoperto una predilezione per le materie letterarie e per l'ora di dibattito politico e sociale, anche se non lo aveva mai confessato all'Ammiraglio.

Quando era arrivato in quel liceo, quindi, si era buttato a capofitto nell'apprendimento. Eccelleva in ogni materia e attività del suo calendario, aveva stretto amicizia giusto con pochissimi selezionati ragazzi della sua stessa età e aveva scoraggiato il resto dei suoi compagni. Il primo anno era quindi passato abbastanza facilmente. Lui, Mark e Tony avevano creato un piccolo e molto ristretto trio per lo studio, di cui il padre non sapeva nulla in modo ufficiale e di cui lui approfittava ogni volta che poteva.

In quel breve periodo i due ragazzi erano stati, a tutti gli effetti, i suoi unici amici. Mark era figlio di un Tenente d'istanza ad Annapolis; l'uomo faceva l'istruttore di tecniche di sopravvivenza e aveva mandato in quel liceo il figlio, sia perché era il più vicino alla base navale sia perché garantiva un'eccellente istruzione e la possibilità di passare la settimana in un dormitorio vigilato. Tony, invece, era un giovane ed eccentrico secchione, il cui padre era un professore universitario e la madre un'infermiera a Bethesda.

Entrambe le famiglie avevano grandi speranze per i loro figli e avevano investito tutti i risparmi per dare loro la massima istruzione possibile. Già dal primo mese, Garrett aveva notato che i suoi amici avevano l'approvazione dei parenti che non si risparmiavano in visite e pacchi regalo; mentre suo padre non si faceva mai vedere, se non alla fine del semestre, per ricevere dal Preside la pagella scritta del suo rendimento scolastico.

Ecco perché Mark e Tony per lui non erano solo amici, ma compagni; abbastanza simpatici e sopportabili per più di mezza giornata, intelligenti quel tanto che bastava per non indisporre il genitore e così pazzi da voler passare il loro tempo libero con lui. Mark soprattutto era quello che l'Ammiraglio gli avrebbe consigliato come amico poiché, dopo una veloce ricerca, i due avevano costatato di essere gli unici due figli di militari del loro anno. Erano uguali, per istruzione e follia paterna. Era il fratello che lui desiderava da tutta la vita. Inoltre i genitori di Mark lo adoravano.

Tony era il loro PR, poiché era sempre coinvolto in qualche piano per fuggire dal complesso, invitato a qualche festa e conosceva sempre prima quale professore avrebbe fatto l'esame e di cosa la prova avrebbe trattato. Nessuno lo aveva mai sorpreso mentre passava loro i compiti o le risposte dei test. Era un piccolo mago con i computer e la tecnologia, mentre loro erano più abili nelle sfide faccia a faccia o meglio, pugni a pugni.

Il ricordo, che stava bussando con insistenza alla porta della sua memoria, era mascherato da decine di giorni di risate e divertimento spensierato. Per questo Garrett non si era aspettato il dispeto di Ignatio: quell'idiota, che divideva con lui la stanza al secondo anno, si era sentito in dovere di rovinargli la vita e l'adolescenza, solo perché dormivano e studiavano nella stessa camera.

Affondando le dita nella pelle graffiata del bracciolo imbottito, lanciò la sigaretta nel caminetto e osservò per un secondo o due le fiamme fagocitare il mozzicone.

L'unica sua consolazione se l'era presa quasi un decennio dopo. Durante il primo mese allo studio legale, aveva guardato nell'archivio della polizia locale e aveva cercato i nomi dei suoi amici, più per curiosità che per vero interesse. Né Mark né Tony erano schedati, ma quando aveva digitato il nome di Ignatio lo aveva trovato al primo colpo, era diventato uno spacciatore ed era già stato in prigione tre volte. Una magra soddisfazione per lui che, da quel giorno infame e per tutto l'anno successivo aveva dovuto sottoporsi all'esame del sangue e delle urine ogni mese, per rispettare le regole dell'Ammiraglio e non essere ripudiato.

La rabbia cieca che lo aveva afferrato quando il genitore lo aveva prelevato dal complesso, quel venerdì sera, aveva impiegato una settimana intera a sbollire. Ma la voglia di prendere a pugni Ignatio non lo aveva mai abbandonato.

Capitolo 3

La testa iniziò a girargli per la mancanza di zuccheri. Era arrivato tardi a colazione in mensa e non mangiava dalla sera prima. Gli brontolò lo stomaco. Quindi, appena l'ora di ginnastica finì, corse in camera a prendersi uno dei Brownies che teneva nascosti nell'armadio. Quella era la "scorta segreta" per i momenti di studio intenso, in cui lui e i due amici restavano alzati fino all'alba a studiare per qualche esame imminente. Erano solo all'inizio del secondo anno, ma i professori più infidi avevano già iniziato a programmare i test e loro si erano organizzati per arrivare ludici alla fine.

Sgattaiolò nella stanza, prese la scatola di cartone e ne prelevò solo uno. Incartato nel domopack della madre di Tony, il dolce era buonissimo e succulento. Ne gustò con voracità i primi due morsi, per poi assaporarlo con un po' più di calma. Quei pezzettini di cioccolato erano gli unici dolci che gli piacessero. Non era mai stato goloso, inoltre le creme e la panna lo nauseavano. Si leccò un paio di volte sia le labbra che le dita e, quando lo finì, appallottolò la carta sciacquandosi le mani nel lavello.

Si era chiuso in bagno, per non essere beccato dal compagno, Ignatio, famoso per essere un gran ficcanaso. Lui non lo conosceva e non aveva particolare intenzione di andare oltre l'educata convivenza, ma il ragazzo di origini messicane lo seguiva ovunque e lo tempestava di domande. Quando uscì, quindi, non si sorprese di vederlo entrare di corsa. Aveva l'aria trafelata e gli occhi sgranati, sembrava quasi un topolino inseguito da un gatto famelico ma, considerato non aveva molta confidenza con lui, non gli domandò nulla.

Fece per aprire la porta che lui si era appena chiuso alle spalle, quando il pomello si girò da solo e nella stanza fecero la loro comparsa sia il Rettore sia tre professori.

«Signor Gordon-Lennox cosa ci fa in camera durante l'orario delle lezioni?» Il professore di fisica lo fissò severo, tanto che lo colse di sorpresa e senza una risposta pronta. Il Rettore, che lo accompagnava, non attese nemmeno una risposta, guardò Ignatio e gli indicò il letto.

«Sedetevi lì entrambi, ragazzi.»

«Che succede?» trovò alla fine la lucidità necessaria per domandare, era un suo diritto chiedere, anche se dalle espressioni degli adulti presenti seppe che non era nulla di buono.

«Signor Gordon-Lennox, per sua sfortuna, abbiamo saputo che in questa stanza è in atto uno spaccio illegale di cannabis. Siamo qui per perquisire il vostro alloggio!»

A quelle parole gli venne quasi da ridere; si sedette, però, come richiesto sul letto di Ignatio e incrociò le braccia.

«Fate pure» mormorò, ma poi il suo sguardo cadde sul piede del compagno di stanza che batteva nervoso sul pavimento e la tranquillità della sua innocenza subì una grossa deviazione. Sentendo già la rabbia che montava, stava per parlare, quando il professore di matematica si sedette sul suo letto e li guardò con più pacatezza del resto dei presenti.

«Ragazzi, pensateci bene… non vi conviene una perquisizione ufficiale. Se trovassimo qualcosa, il Consiglio sarebbe costretto a espellervi subito. L'uso di sostanze illegali è un reato molto grave! Consegnate la cannabis e penseremo a una punizione esemplare, senza conseguenze gravi.»

Garrett guardò Ignatio.

«Io non uso quella roba» mormorò lui, senza smettere di fissare il compagno di stanza.

Tutti gli adulti seguirono il suo esempio e il Rettore si abbassò verso Ignatio.

«E tu Ignatio, non dici niente? Tu non fai uso di cannabis, vero ragazzo?»

«No!» Il messicano schizzò dritto in piedi come una molla. «Perché pensate che io, solo perché sono messicano, debba per forza fare uso di marijuana? Questo è una discriminazione razziale bella e buona!» esclamò Ignatio con tono acuto. In quel momento persino lui, all'oscuro di colpevolezza e razzismo, capì che Ignatio mentiva. In più gli tremavano le ginocchia, sudava ed era rosso come un peperone.

«Come immaginavo…» mormorò il professore di fisica. Poi senza tentennare, l'insegnante si diresse sotto la finestra, alla scrivania che i due condividevano. Con sicurezza aprì uno dei due cassetti e lo svuotò sulla superficie sgombra. Quello era il cassetto della cancelleria, quindi da esso caddero penne, gomme, temperini e accessori vari.

I tre adulti si voltarono verso loro due, a sua volta lui si alzò e si avvicinò alla scrivania per guardare.

«Torna a sedere, ragazzo!» lo rimproverò con tono piatto il Rettore, che stava controllando entrambi molto attentamente.

«Volevo solo dire che se lì dentro c'è qualcosa non è mia. Dev'essere di Ignatio! Il mio cassetto è questo, non ci tengo niente in quello della scrivania in comune.»

A quelle sue parole il professore di matematica aprì il cassetto che lui aveva indicato e lo rovesciò sul letto. Le sue cose personali, come fotografie, l'agendina, le pile per i vari oggetti e la sveglia caddero sul piumone.

Il terzo professore, che lui non conosceva, fece lo stesso con il cassetto di Ignatio, e anche questo non svelò particolari segreti, solo ciarpame comune e accettato dalle regole dell'Istituito.

«Non troverete niente nei cassetti personali! Io non uso quella roba e non sarebbe mia!» Ignatio si lagnò con voce piagnucolosa e poi mise il broncio e incrociò le braccia sul petto.

«Dai forse la colpa a me se quella merda è qui dentro?» Perse la pazienza e lo tirò su per il bavero. «Dì la verità, pezzo di...»

Due dei professori lo afferrarono per la giacca e lo allontanarono dal compagno.

«Adesso basta! Bradford mi aspettavo un comportamento meno infantile da lei. Stia zitto o la espello!» urlò il Rettore rimproverandolo con astio.

Non aveva paura di nessuno di loro, era solo molto arrabbiato con Ignatio per averlo messo in quella situazione del cavolo. Non pensò che loro lo credessero colpevole, non con i suoi voti, la sua valutazione comportamentale e in modo particolare conoscendo suo padre. L'Ammiraglio lo avrebbe ammazzato se lui avesse tirato una sola boccata di quella robaccia. Figuriamoci se fosse venuto a sapere che ne avevano trovata in camera sua.

«Ma è lui il cannato! Io non centro niente!» protestò con poca dignità agitandosi e un professore lo spinse con le spalle al muro, usando molta forza.

«Non è vero! Non è roba mia!» Anche Ignatio si agitò diventando violaceo.

«Ho detto basta!» Il Rettore sovrastò le loro proteste con voce tonante, mentre il professore di fisica scuoteva il capo.

«Non ammetteranno mai di essere colpevoli» disse aprendo il secondo cassetto in comune della scrivania dentro cui, sotto a un plico di fogli, furono trovati tre cilindretti sottili di carta con della cannabis all'interno.

***

Garrett ricordava perfettamente il calore che lo aveva stordito. Aveva sentito il brownies tornare su in un conato, ma per fortuna si era trattenuto.

Adesso, seduto sulla Chesterfield imbottita, con i piedi allungati verso il fuoco scoppiettante, si lasciò sfuggire un borbottio di fastidio. Si voltò, Alfred aveva portato il vassoio con il tè e il fumo caldo aleggiava nella stanza accanto a lui in eleganti volute bianche.

Durante il suo secondo e ultimo anno di liceo era ancora innocente, non sapeva nulla dello schifo del mondo, non aveva conosciuto che le sicure mura della scuola d'infanzia, gestita dalle suore, e il St.Claire era altrettanto riservato e chiuso come istituto. Sebbene la sicurezza fosse diversa e gestita da privati. Se solo con gli anni non si fossero piegati all'arrivo delle classi meno abbienti e alle percentuali di stranieri con borse di studio, Garrett avrebbe finito, si sarebbe diplomato e chissà cos'altro.

Ignatio aveva dalla sua parte un padre con molto denaro, lui un Ammiraglio della Marina degli Stati Uniti; nessuno dei due era un ragazzo sfortunato e non si era mai spiegato quello sgarbo dal ragazzo. Con il tempo, per accettare l'inevitabile percorso degli eventi, si era risposto che lo aveva fatto perché messo alle strette o istigato da qualche suo rivale.

Si alzò dalla poltrona e fece qualche passo, era quasi dell'idea di andare a buttarsi sul primo letto che trovava, per riprendersi dal viaggio in aereo e spegnere sul nascere la marea di ricordi che lo stavano sommergendo, quando sentì vibrare il cellulare. Da principio fu tentato di non guardare nemmeno chi fosse, spegnerlo e considerarsi irraggiungibile per i seguenti due giorni; ma la curiosità, alla fine, vinse sulla stanchezza, insieme al sospetto di sapere chi ci fosse dall'altra parte.

Lo estrasse e, quando lesse sul display a led il nome del contattante, gli sfuggì un sorriso, malgrado la stanchezza e il malessere di essere in quel luogo. Solo una persona al mondo riusciva a farlo sorridere in ogni occasione, solo con la presenza. Rispose, dopo il terzo squillo, provando a eliminare dal tono di voce il fastidio che provava a essere lì.

«Ciao, Gus!» Dall'altra parte del telefono, i rumori di Boston lo salutarono e lo fecero sentire a casa.

«Ciao amore, com'è stato il ritorno nella tua vecchia villa?»

L'immagine del viso sorridente di Augustus gli apparve davanti all'improvviso, quando sentì la sua voce tranquilla e il tono gentile della parlata dall'accento bostoniano. Bastò quello per rilassarlo molto più di qualsiasi altra cosa. Nessun tipo di medicinale omeopatico o chimico lo avrebbe mai fatto sentire bene come Gus che entrava a casa e lo salutava con un bacio.

«Esattamente come mi aspettavo. Questa vecchia magione è permeata di ricordi d'infanzia e di mio padre» mormorò poco convinto e gli parve di percepire un sospiro dall'altra parte del ricevitore.

«Devi riposare, Gary. Fatti una bella doccia, infilati a letto e prova a dormire. Eri già esausto per la Causa Mitchung e poi ti è piombata addosso la notizia di tuo padre... per non parlare del viaggio e di quel posto. Non so come tu faccia certe volte a resistere. Sai che sarei già lì se non avessi avuto quell'impegno oggi pomeriggio.»

Gus era protettivo con lui, come una mamma gatta con i suoi cuccioli, non che ne avesse bisogno, ma era il motivo per cui lo amava tanto. Garrett sapeva cavarsela molto bene sia in aula che fuori, ma l'altro aveva proprio la "Sindrome da mamma chioccia"; non trattene un mezzo sorriso stanco attraverso lo smartphone, perché Gus lo faceva ammattire quando iniziava a preoccuparsi.

«Lo so che saresti venuto qui con me, ma mi basta sapere che ci sarai domani» gli rispose.

«Gary… sei già stato a vederlo?» il tono si era fatto basso, quasi cospiratorio.

«No» gli riferì con una punta di nervosismo che gli risaliva dall'esofago.

«Dovresti. Ti farà bene e alla fine lo vedrai per quello che era davvero: un uomo esattamente come te. Non è un orco cattivo e nemmeno un'entità infallibile….»

Garrett interruppe la filippica con un colpo di tosse. «Gus…per favore.» Odiava quando il suo compagno iniziava con quel discorso e dava sfogo alla sua indole da psicologo criminale.

«Perdonami amore, hai ragione. Ti amo. Chiamami quando sarai a letto, ok?» il repentino cambio di tono e discorso incuriosì Garrett.

«Perché?» indagò.

«Mi manchi, volevo solo darti la buonanotte…» l'evasività della voce del compagno gli fece scattare verso l'alto un sopracciglio.

«Ok… a dopo.» Nonostante fosse passato del tempo, Garrett non riusciva proprio a dire ad Augustus che lo amava o chiamarlo "amore", come il compagno invece faceva tranquillamente. Si sentiva in difetto, ma non per questo tra loro c'erano segreti o incomprensioni. Gus capiva che lui aveva solo più difficoltà a fare il fidanzato affettuoso.

La chiamata fu interrotta dal solito *click* e Garrett si ritrovò di nuovo da solo con i suoi fantasmi.

La vita ogni giorno poneva di fronte a tutti ostacoli da affrontare, bivi in cui scegliere e persone da incontrare o lasciare indietro; ma alla fine, nel bene o nel male presentava il conto spese.

E lui lo aveva ricevuto due giorni prima, mentre era ancora a letto con Gus che si apprestava a iniziare l'ultima giornata di un'importante causa: Alfred aveva composto il suo numero privato e lo aveva chiamato per informarlo che il genitore nella notte era deceduto; che il medico era già venuto a compilare le carte per il trasporto in ospedale e il prete gli aveva già fissato la data del funerale. Garrett aveva guardato il giovane sdraiato accanto a lui sbadigliare e stirarsi come un felino sonnolento e poi aveva condiviso con lui la notizia.

Augustus lo aveva scrutato con ancora il sonno che gli appannava gli occhi e senza pensarci un secondo lo aveva abbracciato, baciato teneramente e gli aveva chiesto:

«Vuoi che cancelli tutti i nostri impegni e resti a casa con te?»

Garrett lo amava, non poteva pensare a un uomo migliore da avere accanto a sé e con cui condividere la vita privata e lavorativa. Per lui era stato difficile fin dal loro primo incontro, ma Gus aveva quella sicurezza e quel carattere deciso che lui non poteva fare a meno di bramare.

Anche adesso, mentre usciva dallo studio dell'Ammiraglio e camminava sul marmo dell'ingresso, sentiva la presenza del giovane accanto a sé; era questa che gli infuse la forza necessaria per compiere la distanza che lo separava dal salottino sul retro, dove sapeva che la salma del padre era stata preparata.

Capitolo 4

Il corpo immobile era stato deposto lì quella mattina, prima che Garrett arrivasse.

Il giorno seguente gli ospiti avrebbero potuto porgere i saluti al defunto e poi, verso le undici, sarebbe iniziata la cerimonia funebre.

Era immerso in quelle elucubrazioni, quando arrivò davanti alla porta a doppio battente che divideva i due ambienti: uno era il salone da pranzo, dove il grosso tavolo, coperto da una tovaglia bordeaux, era già stato spostato contro il muro, in vista del buffet del rinfresco; l'altro era la camera in cui l'Ammiraglio giaceva nel sonno eterno.

Conoscendo l'etichetta, Alfred lo aveva informato che con molta probabilità alcuni ospiti sarebbero rimasti fino a sera e avrebbero gradito bevande calde, o qualcosa di sostanzioso da mettere sotto i denti per riscaldarsi. Dopotutto, molti sarebbero stati anziani militari in pensione, come il genitore, o alte cariche dell'esercito che avevano lavorato con lui in passato. Pochi parenti avrebbero presenziato: erano tutti della famiglia della madre e sarebbero venuti solo per accertarsi che il padre fosse realmente morto.

Lo stesso motivo per cui lui era lì.

Nell'afferrare il pomo dorato che teneva la serratura chiusa, Garrett sentì un brivido lungo la schiena. Forse era la prima volta da circa quindici anni che apriva una porta dietro cui c'era il padre.

Rendersi conto di quanto tempo fosse passato da quell'evento sul patio, lo colpì. Non fu una rivelazione dolorosa, non percepì il grattare del rimorso che si faceva strada; era più come un guardarsi allo specchio la mattina e notare il primo capello bianco: un inevitabile traguardo da affrontare.

Il tempo era passato e nessuno aveva potuto fermarne la corsa.

Il campanello dei ricordi ricominciò a suonargli nelle orecchie.

Quella sera del passato l'uomo aveva deciso di dargli l'ultima lezione come genitore e l'Ammiraglio lo aveva cacciato di casa la sera prima del Ringraziamento, minacciando di ripudiarlo per sempre, se il suo ignobile comportamento non fosse mutato in eccepibile.

Garrett non si era arreso. Era andato a dormire nelle stalle, dove Alfred teneva le vetture e i cavalli, e il giorno dopo era tornato a casa. Sapeva cosa il padre pretendesse da lui e lo aveva accontentato: aveva strisciato fino al suo studio, aveva atteso che lui lo facesse entrare e poi lo aveva informato che avrebbe accettato con maturità ogni decisione che avesse preso.

Quindici anni dopo, si rese conto di quanto il padre lo avesse condizionato nel pensiero e nel futuro. Era chiaro a tutti che volesse trasformarlo nella sua copia esatta, senza tenere conto dei desideri del figlio e con la patria potestà dalla sua parte, ne aveva anche il diritto e i mezzi.

Più osservava il doppio battente, più i ricordi si trasformarono in battiti del cuore accelerati e odore di terra, fango e sudore. L'aroma che aveva messo fine alla sua adolescenza: quello dell'Accademia Navale di Annapolis.

Il presente pretese la sua attenzione. A sorpresa, la porta cigolò, mentre il legno un po' gonfio strideva sul pavimento di marmo e lo costrinse a forzarne l'apertura con una spinta.

Con uno sbuffo, quasi misto a una risata, Garrett si ricordò perché quello era l'unico uscio rumoroso della dimora: quella parte della casa era di sua madre. La donna la usava per ricevere le amiche, prendere il tè e dipingere. Quando lei li aveva lasciati, il padre aveva chiuso tutte le stanze che gli ricordavano la moglie e di conseguenza non aveva più ordinato a nessuno di oliare i cardini vecchi. Rifiutandosi, tra l'altro, di entrarci, di far pulire o modificare i locali. In quei luoghi il tempo si era fermato a più di vent'anni prima, anche per lui.

Stava per fare pressione sul fragile legno laccato, quando Alfred arrivò di corsa, quasi volando sulle scarpe lucide. Lo guardò sorpreso. Il maggiordomo era stato messo in allarme dal rumore e aveva notato che era stato lui a provocare quello stridore.

«Signorino Garrett, mi perdoni. Rimedio subito con un po' di olio bruciato sulle giunture. Vedrà, domani questa porta non farà nessunissimo rumore.» L'anziano servitore aveva parlato in modo concitato, agitando le mani, ed era sparito dietro la parete, per poi comparire con una pipetta grondante liquido nero.

Garrett lasciò che finisse i suoi compiti senza dargli una risposta precisa e restò a guardarlo ungere i cardini.

Passarono qualche secondo in silenzio, poi il maggiordomo lo guardò quasi in cerca di perdono per una colpa che non esisteva. Garrett stava ripensando al padre, all'ultima volta che lo aveva visto e gli aveva parlato e non si era reso conto che l'anziano avesse finito.

«Faccia quello che deve, Alfred. Sono certo che sa perfettamente cosa va fatto prima di domani mattina, senza che io le ordini qualcosa» gli disse, mentre Alfred iniziava ad armeggiare davanti alla porta per aprirla del tutto senza graffiare il pavimento.

Dal canto suo, vedendosi la strada sbarrata dalla solerzia dell'anziano servitore, Garrett decise di tornare sui suoi passi.

Aveva fatto una promessa a Gus e, mentre la telefonata di poco prima gli tornava in mente, valutò se seguire i suoi consigli o meno. La voce calda e seducente dell'avvocato gli ricordò la melassa sopra i pancakes e in qualche modo misterioso capì che il suo compagno era riuscito a influenzarlo anche a miglia di distanza, ma nonostante ciò non riuscì a trattenere una mezza risata.

Decise così di levarsi la stanchezza di dosso con una doccia, tornò nell'atrio e cominciò a salire la grande scalinata.

Da che ne aveva memoria, gli scalini di quella salita al primo piano erano sempre stati ricoperti dalla striscia di velluto rosso scuro, come quel giorno e per un secondo o due si domandò come fosse possibile che quel tessuto negli anni non si fosse logorato.

Il flusso dei suoi pensieri cambiò quando arrivò all'ultima alzata e giunse al piano superiore.

Tutto il piano era immerso nel buio e le porte erano chiuse; la penombra si era inspessita nell'oscurità sul fondo. Il pavimento cigolò sotto il suo peso, o meglio le suole delle sue scarpe rumoreggiarono percorrendo la superficie levigata.

La prima sensazione fu un brivido gelido lungo la spina dorsale e la certezza che quel corridoio era perfetto per l'inizio di un film dell'orrore.

Non che lui avesse paura delle tenebre, non ne aveva mai avuta, fin da quando era andato a studiare al collegio delle suore a Boston.

Percorrere quello spazio così stretto, però, camminando attraverso l'intervallarsi di usci chiusi e busti di marmo che lo fissavano, gli fece rimpiangere di non essere a casa, dove aveva un piccolo telecomando automatico per il sollevamento dei tendaggi e moderne luci al led che rischiaravano gli ambienti.

Un vezzo della modernità che in quel momento lo avrebbe agevolato e rilassato.

Il corridoio però gli giocò l'ennesimo tiro mancino e, invece d'illuminarsi, si trasformò davanti ai suoi occhi: le tende sparirono per aprirsi e cambiare in quelle del liceo; il percorso divenne quello che dalla sua stanza arrivava fino alla Presidenza, dove il Rettore chiamò suo padre per dirgli che era stato espulso: la sua vergogna rappresentata in quel mezzo miglio verde, anzi marrone rossastro.

***

Il Rettore e i tre professori non proferirono più parola. Si limitarono a prenderli con poca gentilezza per le braccia e trascinarli, quasi di peso, nelle stanze private della Presidenza.

Qui Ignatio e Garrett assistettero alle telefonate che il Rettore fece alle rispettive famiglie, con la richiesta urgente di venire a riprendere ognuno il proprio figlio.

Nessuno degli adulti ascoltò le sue proteste, né rivolsero altre domande al suo compagno di stanza. Misero le canne che avevano trovato in un sacchettino, lo chiusero e lo lasciarono in bella vista sulla scrivania Regency.

L'umiliazione s'appoggiò sulle spalle come un mantello. Il Rettore lo accompagnò dalla sua stanza fino alla sala d'attesa e alla seggiola scomoda su cui fu costretto ad attendere.

Mentre i genitori di Ignatio arrivarono di lì a poche ore e lo portarono via la sera stessa, l'Ammiraglio disse chiaramente al Rettore che lui non sarebbe andato a prenderlo fino a venerdì. Che lui era un uomo impegnato e non poteva sottostare a simili e beceri ricatti.

Il padre non volle nemmeno parlare con lui e Garrett si limitò ad ascoltare, quando il Rettore spiegò all'Ammiraglio perché lui non sarebbe più potuto tornare. Poi il Rettore e gli riferì che il padre sarebbe arrivato solo venerdì pomeriggio.

L'uomo lo costrinse così a subire l'ennesimo grado di umiliazione: il Rettore lo accompagnò in camera, scortato dalla guardia di sicurezza e lo chiuse a chiave dentro la sua stanza.

Da espulso, non poté più girare per il campus, la sua stanza fu svuotata di ogni arredo, lasciando solo il letto e le sue cose dentro due scatoloni.

Tutto con la porta aperta, in modo che chiunque fosse passato, avrebbe visto cosa capitava a chi era espulso.

Mark e Tony non poterono nemmeno salutarlo, di sfuggita li vide fuori dalla porta, con i visi sconvolti, fissare lo scempio che gli stavano facendo subire e la vergogna nei loro volti fu lo specchio della sua.

Era mercoledì e lui dovette restare segregato in camera per due lunghi giorni.

La prima sera, Mark bussò alla sua porta lui si alzò e andò verso l'uscio.

«Sono qui!» bisbigliò attraverso la fessura.

«Garr stai bene? Cos'è successo?» domandò Mark con tono preoccupato.

«Anch'io voglio saperlo» specificò Tony. Anche lui era lì per sapere la verità e forse per salutarlo per sempre.

«Sto bene, davvero, non fatevi trovare qui o finirete anche voi due nei pasticci. Sono chiuso dentro, segregato finché l'Ammiraglio non verrà a prendermi, venerdì, ma la guardia passa ogni ora a controllare che io sia ancora qui...» li informò, stranamente, dopo essersi concesso un lungo pianto di rabbia, in quel momento si era rassegnato a dover subire tutto in silenzio.

«Che cos'ha combinato quello stupido di Ignatio?» Tony si frappose tra loro.

«Ha nascosto delle canne in stanza e si è fatto beccare.»

«Che idiota!» fu il commento unanime dietro la porta. Quasi gli strapparono un sorriso, ma al contempo gli consentirono di sentirsi lui stesso uno sciocco per essere caduto lui stesso nel pantano.

A quel punto, Garrett si sedette sul pavimento con la schiena contro la porta.

«È la politica dell'Istituto, non è certo colpa di nessuno. Ora vi prego, andate via prima che arrivi la guardia» li spronò e sentì i rumori dei due amici che si muovevano.

«Ok, amico. Noi ce ne andiamo, ma non la passerà liscia...» Tony diede un piccolo colpetto all'uscio, come per dargli una pacca sulla spalla; poi venne il turno di Mark.

Udì il compagno avvicinarsi alla porta ed esitare. Poi qualcosa premette contro il suo palmo appoggiato in terra. Mark diede un colpetto alla porta e poi lo sentì muoversi.

«Scrivimi, ok!» Fu l'unica cosa che mormorò attraverso il compensato che li divideva.

A quel tempo, non capì cosa volesse davvero Mark da lui, oltre alla sincera amicizia, lo avrebbe scoperto anni dopo.

Quella sera si limitò a prendere il foglietto, aprirlo e leggere il messaggio scritto all'interno.

L'indirizzo di casa del ragazzo, la sua e-mail, il numero del suo cellulare e qualche altro recapito. Sotto c'era anche una frase vergata di fretta:

"Spero che tutto questo si risolva e che tornerai qui con me. Senza di te qui non sarà più lo stesso, già mi manchi."

Garrett sorrise, poi si rimise a dormire nascondendo il foglietto dentro i jeans. Lì nessuno l'avrebbe toccato, nemmeno l'Ammiraglio.

Il padre arrivò venerdì pomeriggio. Il sole era già tramontato quando il Rettore bussò e lo informò che il padre era giunto e che lui era libero di andarsene dall'Istituto.

Quando la porta si aprì però non vide il padre, ma solo l'uomo che lo aveva rinchiuso e Alfred.

Il maggiordomo dell'Ammiraglio mise tutta la sua roba su un piccolo carrello della scuola e portò fuori tutte le sue cose; mentre lui lo seguiva a testa bassa.

Camminando, sentì i bisbigli dei suoi ex-compagni di liceo e intravide Tony in mensa. L'amico si alzò e lo salutò da lontano, mettendosi una mano sul cuore, come per giurargli fedeltà. Mark invece lo stava aspettando fuori, vicino alla macchina.

Non badando all'occhiataccia del Rettore, lo abbracciò e infine si scambiarono un paio di pacche; poi Mark si allontanò e lui entrò in macchina.

L'Ammiraglio Gordon-Lennox impiegò un'ora intera a uscire e a entrare nel sedile passeggero della vettura e non lo degnò nemmeno di uno sguardo.

***

In verità ricordava perfettamente il grugnito di disgusto che il padre aveva lasciato uscire notandolo seduto sul sedile posteriore. Non si erano rivolti la parola fino al giorno seguente, quando Alfred gli aveva riferito che il genitore lo attendeva nello studio.

Il peggior quarto d'ora della sua vita. L'uomo lo aveva ricoperto d'insulti con il tono schifato incrinato dalla rabbia e non gli aveva lasciato aprire bocca, liquidandolo con un secco: "Ormai è tardi per iscriverti a un'altra scuola. Ci penseremo dopo le festività natalizie."

In quel periodo di attesa, Garrett si era limitato a restare fuori di casa il più a lungo possibile, frequentando tutti i ragazzi della sua età che scovava a Whitehall e dintorni, sfruttando la sua moto e gli impegni del padre.

Tutto fino alla sera prima del Ringraziamento, quando aveva commesso lo stupido errore di supporre che il genitore non controllasse ogni sua minima mossa.

Quella era stata l'ultima volta che l'uomo l'aveva colpito e umiliato. Non perché avesse paura del vecchio, ma perché era troppo orgoglioso e testardo per cedere. Prima di rivedere la sua faccia rugosa e severa, aveva fatto l'impossibile e si era preso la sua rivincita.

Capitolo 5

Non impiegò molto ad arrivare alla porta della stanza in cui dormiva da ragazzo.

A differenza di quelle del collegio, sostituita da quelle del liceo e infine da quelle dell'Accademia, questa era di vero legno e non dipinta né tanto meno di compensato leggero; era vera quercia intagliata e lucidata solo con quell'orribile cera d'api.

La maniglia era dorata e, quando l'afferrò, la sentì fredda sotto le dita. Non si stupì di quella sensazione, in quella casa tutto era gelido come il metallo, nonostante la maggior parte degli arredi fosse di quercia o noce e in ogni stanza scoppiettasse un caminetto acceso. Le superfici, infatti, erano di marmo.

In qualche modo che gli diede i brividi, la casa emanava un'aura che era in tutto e per tutto quella dell'Ammiraglio. Una presenza impalpabile che lo metteva a disagio e gli faceva rimpiangere di essere lì, di notte e da solo. Dovette ammettere di avere un po' paura della sua villa natia, forse perché non l'aveva mai sentita davvero sua. Non aveva più amato quella tenuta, dopo aver capito che la madre non sarebbe più entrata dalla porta d'ingresso con la sua presenza solare e il suo sorriso gentile.

Lui stesso aveva vissuto lì solo se costretto e quella notte non era altro che una regola imposta dal padre, secondo l'etichetta, l'educazione e l'apparenza dalle quali il vecchio era ossessionato senza eccezioni.

Per darsi il coraggio necessario a superare quel momento, Garrett si schiarì la voce e tirò la maniglia verso il basso, aggrottando la fronte quando non si mosse.

L'eventualità che Alfred si fosse dimenticato di aprirla e prepararla per lui, non lo colse nemmeno, ma il pensiero che lo sfiorò fu persino peggiore. Il maggiordomo doveva avergli preparato una stanza diversa, supponendo che lui la preferisse a quella.

Non volle nemmeno pensarci seriamente, ma l'eventualità lo rese curioso, così compì i pochi passi che lo separavano dalla porta della sua stanza a quella del padre. La stanza padronale dell'Ammiraglio Gordon-Lennox, la camera da letto del padrone di casa, la camera del signore della magione era aperta.

Una sensazione che non aveva mai provato, ma che lo rese più impavido, lo spinse a schiudere l'uscio. Non era mai entrato in quel particolare ambiente, perché a parità dello studio dabbasso, quella era la zona privata del genitore. Solo Alfred aveva il permesso di accedervi, anche se doveva farlo sempre dopo essersi annunciato, aver bussato e atteso il consenso verbale. Ma quella volta non dovette dire nulla, gli bastò aprire la soglia e guardarvi dentro. Il caminetto era acceso e un fuoco caldo scoppiettava rinchiuso dietro a un parascintille a griglia di ferro battuto. Davanti, un altro prezioso tappeto faceva bella mostra alla luce tremolante delle fiammelle, mentre dalla finestra la notte tentava invano di penetrare attraverso gli oscuranti. Ogni pezzo di mobilio, oggetto o suppellettile era stato collocato in modo da decantare la grandezza del precedente abitante del locale ed emanava ancora il suo ricordo.

Garrett sentì la presenza del padre urlare più forte, in quel luogo, più che in tutto il resto della casa, persino l'aria aveva ancora il suo odore di dopo-barba e polvere da sparo.

Un sorriso gli sfuggì dalle labbra, quando quel particolare odore gli arrivò alle narici. Da bambino aveva creduto che quell'aroma fosse quello di un uomo, perché il padre gli diceva sempre che "un vero soldato odora di coraggio, ragazzo!". Garrett aveva sempre immaginato che la temerarietà di cui il genitore gli parlava avesse quel profumo; poi un giorno gli era stata messa una pistola in mano e la verità gli era esplosa addosso, facendogli crollare tutte le certezze.

Aveva solo sedici anni e non aveva esperienza di nulla, ma Annapolis lo aveva fatto diventare un uomo. Non aveva avuto scelta, coraggio o paura, ma subito l'odore della polvere da sparo e dell'umiliazione. E l'Ammiraglio non tollerava di avere un figlio perdente.

Garrett entrò nella stanza, ancora immerso in quell'agitarsi di sensazioni e si accostò al fuoco. Allungando le mani, lasciò che le lingue ballerine gli riscaldassero le dita intorpidite e scacciò dalla mente l'arma, il peso, il freddo e l'odore che aleggiava nell'aria dopo l'uso; e soprattutto gli obblighi morali che derivavano dall'impiego di una di esse.

Dopo l'espulsione dal liceo e il conseguente Ringraziamento passato a casa, le sue valigie erano state preparate per l'ultima volta.

Alfred non lo aveva aiutato, non era un suo compito, ma una volta chiuse le aveva caricate nel bagagliaio della vettura.

Era stato accompagnato fino al piccolo porto e da lì, direttamente al Centro di Reclutamento della Base Navale.

Annapolis era il Centro di Addestramento che aveva frequentato il genitore e da lì era diventato Ammiraglio della Marina.

Quando Garrett aveva visto le sagome delle grosse navi stagliarsi all'orizzonte, però, il suo unico pensiero era stato che il padre di Mark insegnava in quel posto e che, con molta probabilità, anche il suo amico sarebbe arrivato lì, appena finito il corso di preparazione. Fu l'unico motivo di gioia in quel funesto giorno d'inverno.

***

"Annapolis."

Alfred ripartì e l'addetto al reclutamento lo accompagnò nell'enorme camerata che avrebbe occupato fino alla sua immatricolazione. Poi lui estrasse il cellulare, che nessuno gli aveva ancora requisito, e scrisse all'amico.

La risposta fu quasi immediata, infatti i due si erano scambiati già qualche messaggio nei giorni precedenti, ma anche Mark era immerso nelle ore di lezione e non potevano certo rischiare di farsi beccare.

"Aspettami, arrivo in autunno!"

Conservò quel breve testo come un tesoro prezioso; perché senza che il padre lo sapesse, gli aveva fatto il miglior regalo di Natale di sempre.

Ad Annapolis, Garrett ottenne prima di tutto un valido aiuto dal padre di Mark, che lo trovò quasi subito, quando il figlio gli rivelò la loro amicizia e il modo in cui Garrett era arrivato lì. L'uomo gli offrì il suo aiuto in caso di bisogno, confermandogli il sospetto che aveva: non tutti i militari erano come suo padre. Poi gli rettificò le parole del figlio: non appena Mark avesse compiuto diciassette anni, e cioè proprio quell'autunno, anche lui sarebbe arrivato alla Base Navale per seguire le orme del genitore e di conseguenza i due amici si sarebbero potuti riunire. Il Tenente gli chiese solo di fare attenzione alle rigide regole della base e di non fare sciocchezze. Meno di nove mesi, poi Mark e lui sarebbero stati di nuovo insieme.

Così si comportò al meglio, facendo ben attenzione che non gli trovassero il telefono e solo il giorno seguente poté digitare una risposta: "Conterò i giorni, sbrigati" e aggiunse una faccina sorridente.

Dopo di che firmò il registro, infilò la divisa marrone e iniziò la sua avventura nella miglior base della marina militare della costa Est.

***

Si lasciò cadere sulla poltrona davanti al camino, mentre ripensava al suo arrivo alla base navale.

Automaticamente estrasse il cellulare dalla tasca dei pantaloni e, quasi con il pilota automatico, sbloccò lo schermo e guardò l'immagine dello sfondo: lui e Augustus sorridenti in spiaggia l'estate precedente.

Tra lui e il suo convivente era stato un colpo di fulmine fin dal loro primo sguardo, solo che all'inizio non lo aveva capito, troppo concentrato com'era a riscattarsi e a diventare socio dello studio nel quale era stato assunto come apprendista. Garrett aveva indosso i paraocchi ed era trascorso parecchio tempo prima di prenderne coscienza.

A differenza sua, Augustus era arrivato allo studio l'anno prima ed era già entrato nella squadra a pieno titolo, diventando il più giovane del gruppo a vincere una causa per l'ufficio.

Per Garrett era stata sfida aperta, perché era convinto che avrebbe ottenuto il posto desiderato solo se avesse fatto meglio di Augustus e si era buttato anima e corpo in quella gara.

Ovviamente aveva perso molte ore di sonno a studiare i fascicoli e presentarsi preparato alle riunioni, per fare bella impressione e convincerli che lui era una risorsa utile per loro.

Alla fine invece era stato Gus ad aiutarlo e a trovare il modo per restare, aprendogli un universo di possibilità che non aveva valutato.

Ancora una volta pensare a lui lo fece sorridere. Aveva ancora il telefonino in mano, così aprì le chiamate rapide e le scorse fino a trovare il loro numero di casa. Fu una ricerca breve, era il terzo dell'elenco.

Poco prima gli aveva promesso di chiamarlo prima di andare a letto e lo avrebbe fatto più tardi. Stava quindi per alzarsi e dirigersi nel bagno attiguo, quando la mano vibrò a sorpresa, insieme all'apparecchio tecnologico. Quasi gli sfuggì di mano, ma recuperò subito un contegno e rispose.

«Ciao, amore» lo salutò Gus.

Garrett sorrise, poi gli rispose:

«Ciao» mormorò cercando di mantenere un tono serio.

«Hai fatto quello che ti avevo consigliato?» Gus non girava intorno alle faccende, andava sempre dritto al punto.

«No. Non sono stato da lui, alla fine non mi andava. Ora sono in camera sua, davanti al camino acceso, stavo per farmi una doccia e poi ti avrei chiamato» confessò, dopotutto non aveva nessuna ragione per mentirgli.

Dall'altra parte il silenzio si prolungò un paio di secondi più del normale, ovviamente Gus stava valutando cosa dirgli, stava soppesando le parole, lo intuiva dal suo respiro. Quando l'altro tornò a parlargli quindi si sorprese di udire che ora la sua voce era più roca.

«Anche io sono in camera nostra, ma sono già nel letto… sotto le nostre coperte. Il tuo cuscino sarà mio ostaggio stanotte.»

«Anche a me piacerebbe avere qualcosa di te qui con me...»

«Solo?»

«Non potendo avere te, sì» poi fece una pausa d'effetto. «Ma ho dimenticato i tuoi calzini puzzolenti nella lavasciuga e quindi mi toccherà accontentarmi di dormire con la nostra foto sul comodino» Augustus scoppiò a ridere.

«Sei irrecuperabile, io volevo fare il carino e tu mi prendi in giro!»

«Il carino?»

«Dai, amore, reggimi il gioco... se fai il bravo magari riesco a trasportarti qui da me per qualche minuto.»

«Cos'hai in mente?»

«Una cosetta facile facile» Il suo tono era sereno, Garrett sapeva che quando faceva il vago era perché la sua non era solo un'idea, ma un piano ben studiato.

«Segui la mia voce!» Poi come per magia il suo tono cambiò radicalmente, facendo caldo come un abbraccio. «Garrett voglio che tu mi dica cos'hai indosso.» La sua voce era miele caldo nelle orecchie, sentì brividi corrergli lungo il braccio, fino allo stomaco. Era una sensazione molto strana.

«Ho il completo grigio, quello di velluto pettinato» rispose servizievole.

«E poi?» il timbro melenso lo stava guidando, come se lo tenesse per mano, su una strada che conosceva fin troppo bene.

«Sotto ho la camicia bianca, quella con i bottoni di madreperla» Decise di lasciarlo fare.

«Sbottonati il primo bottone!» Garrett ubbidì. «Fatto?»

«Sì»

«Ora voglio che ti apri il resto dei bottoni, lentamente. Voglio sentire la stoffa che scivola sotto i tuoi polpastrelli.» Un altro brivido gli corse lungo la schiena, quando Gus abbassò la voce arrochendola ancora di più.

«Gus, sono in camera di mio padre, non mi va di…» si lagnò.

«Lui non è qui con noi. Siamo solo tu ed io» poi fece una pausa efficace «Adesso, apriti la camicia, fallo per me.» Garrett fece un sonoro sospiro, un po' per arrendersi e un po' per rilassarsi.

«Aspetta, metto il vivavoce» mormorò, tenendo il telefono vicino all'orecchio; poi schiacciò il tasto e appoggiò il telefono sul bracciolo della sedia.

«No, metti l'auricolare, così avrai le mani libere per me…» udì chiaro l'ennesimo ordine del suo amante e chiuse gli occhi.

«Gus, non credo che sia una buona idea.»

«Metti l'auricolare, Garrett!» il tono del giovane dall'altro capo si era fatto più imperativo.

Si alzò dalla poltroncina e cercò nella ventiquattrore il piccolo apparecchietto tecnologico, lo incastrò nel lobo dell'orecchio e lo collegò allo smartphone, mentre tornava davanti al fuoco. Camminando per la stanza, si tolse la giacca e la cravatta rimanendo in camicia.

«Messo» confermò. All'improvviso si sentì un adolescente che si nascondeva in bagno per dare sfogo ai suoi ormoni impazziti. Solo che lui di anni ne aveva trenta, aveva ampiamente superato quella fase.

«Mi senti meglio, ora?» Gus si mosse, facendogli udire ancora il fruscio del tessuto.

«Sì, direi che va meglio.»

«Apriti il resto della camicia, fallo in modo che io possa sentirlo.» Di malavoglia eseguì l'ordine che Gus gli aveva dato. Aprì lento il secondo bottone della camicia, poi il terzo, il quarto… fino all'ultimo. Il tessuto frusciò quando lo tirò fuori dai pantaloni e si adagiò lungo i fianchi man mano che lo divideva.

«Mi piace sentirti ansimare per me» Garrett lasciò andare la tensione del collo, appoggiandosi contro la poltrona, mentre Gus continuava quella follia.

«Togliti la giacca…» sorrise tra sé.

«Non ho più la giacca, l'ho lasciata sul letto.» Entrò nel gioco, dimenticando per qualche secondo dov'era e perché era lì. «Tu non farai niente per me?» gli mormorò sussurrandogli come se fosse davvero accanto a lui nel loro letto di Washington.

«Ascolta questo…» Mormorò Gus e lui ascoltò lo stropicciarsi delle lenzuola che frusciavano, mentre il suo amante si accarezzava. Credette quasi di sentire le mani di Gus che lo sfioravano.

Un brivido lo percorse dalla nuca fino alla punta dei piedi e nei pantaloni l'erezione si svegliò all'istante.

«Ti stai toccando per me?» chiese, anche se conosceva la risposta. Voleva disperatamente sentire la voce arrochita di Gus nel suo orecchio.

«Sì, ma adesso è il tuo turno di toccarti.»

«Cosa vuoi che faccia?»

«Voglio che ti accarezzi i capezzoli, finché non sono duri. Respira a fondo mentre lo fai e poi scendi verso il basso» Garrett lo fece.

Le dita fecero cerchi concentrici attorno alle areole scure, finché non le sentì diventare ruvide sotto i polpastrelli. Tenne gli occhi chiusi, il respiro di Gus nell'orecchio era come se fosse lì. Respirò ancora schiudendo le labbra e poi piano piano scese verso il basso. Prima lo stomaco liscio, poi gli addominali ondulati sotto le mani in esplorazione.

«Ti piace, vero?» La voce di Gus era tornata a essere roca e bassa. Anche lui si stava eccitando a fare quella telefonata. La cosa lo distrasse, per tutto il tempo non pensò ad altro che alle mani del ragazzo su di lui.

«Il tuo respiro mi fa credere che tu sia qui con me. Magari a guardarmi mentre lo faccio…» Una risatina gli attraversò le orecchie come una musica incantevole. «Ti piacerebbe, vero?»

«Sì.»

«Allora non fermarti, continua. Voglio che tu scenda ancora di più.»

Garrett infilò le dita dentro la cintura dei pantaloni. La sua virilità era ormai dura dentro i boxer.

«Apri i pantaloni, abbassali fino alle caviglie…» il rumore della cerniera spezzò il silenzio e i pantaloni finirono sul pavimento. Mano a mano i respiri si fecero più rapidi, mentre le carezze non si fermavano e le sue dita proseguivano l'esplorazione.

«Dì il mio nome…»

Indugiò. «Augustus.»

«Dillo ancora, mentre ti accarezzi» Garrett strinse la sua erezione tra le mani e la percorse dal basso verso l'alto e a ritroso. La pelle sensibile reagì e la rigidità aumentò. «Augustus…» ripeté.

La pelle del membro era calda e pulsante nella sua mano, ma mentre Gus gli sussurrava all'orecchio ordini e parole arrochite, la sua mano divenne quella del suo amante.

La stanza si fece sempre più nebulosa, mentre Gus diventava più presente, le sue braccia lo circondavano, la sua bocca gli lasciava scie di baci e le sue mani lo portavano sempre più verso il baratro, la conclusione inevitabile di quella piacevole follia.

«Non fermarti Garrett, fallo per me.» Lo fece. La sua eccitazione divenne mano a mano più urgente, come il suo respiro affannoso e il suo bisogno di soddisfazione.

Gus attraverso la comunicazione pronunciò il suo nome con voce suadente e respirando a sua volta con molta urgenza.

Tra i due si creò una bolla fuori dallo spazio, dove potevano toccarsi e darsi piacere senza nessun'altra preoccupazione. Il tempo svanì e Garrett si sentì ormai in bilico verso la fine. Quando finalmente riuscì a lasciarsi andare con la mente, si ritrovò tra le braccia di Gus, nel loro letto di Washington, sotto le loro lenzuola profumate di fresco e il profumo del suo amante che lo cingeva e inebriava.

L'attimo dopo aprì gli occhi ed era di nuovo davanti al camino di Whitehall, la magia era finita. La delusione divenne palpabile, man mano che il suo cervello riattivava le sinapsi e la realtà tornava.

«Garrett, tutto bene?» Gus sembrava preoccupato. «Come ti senti, parlami!»

Restò ancora qualche secondo in silenzio e si asciugò le mani in un fazzoletto, chiudendosi poi i pantaloni e ritornando con la schiena appoggiata alla poltrona.

«Avrei preferito essere lì con te, per un attimo mi ero illuso e ora mi fa ancora più schifo essere qui.»

Gus sospirò.

«Mi dispiace, volevo farti star bene, non...» Garrett comprese di non aver usato le parole giuste, perché percepì la colpa nel tono dell'altro; mentre era solo lui il responsabile di quel malessere.

«No! Va bene... sto bene, dico davvero.» Tentò di sistemare il danno, ma Gus lo fermò.

«Ascolta, amore, sono solo poche ore. Ora che hai scaricato la tensione, fatti una doccia e infilati a letto. Dormi e domani mattina sarò io stesso a svegliarti, magari con un bel bacio del buongiorno.»

«Mi piacerebbe davvero potesse essere così…» confessò.

«Allora punterò la sveglia un'ora prima, così sarò lì prestissimo» annunciò a quel punto quasi con tono solenne. «Ora a letto!» gli ordinò e Garrett sospirò come un bambino mandato a dormire troppo presto.

«Sei un tiranno!» brontolò, facendo il broncio, per fortuna il giovane dall'altro capo non poteva vederlo.

«Balle! Ti piaccio per questo... e ora fila a dormire o domani mattina non arriverà mai.» Fu l'ultimo commento di Gus prima di salutarlo e chiudere la conversazione con il solito melenso "ti amo".

Il suo cellulare trillò per la batteria scarica proprio sull'ultima sillaba del compagno e gli strappò l'ennesimo sbuffo di fastidio, così mentre si massaggiava le tempie, andò verso il letto.

Capitolo 6

Dopo aver messo lo smartphone a caricare, s'infilò sotto la doccia. Il bagno patronale era piccolo, ma con tutte le comodità necessarie.

Era già mezzo svestito, quindi dovette solo finire di togliersi i pantaloni e le scarpe, per potersi infilare sotto il getto bollente.

Quando Gus aveva chiuso la conversazione, la stanchezza del viaggio, la spossatezza dell'ansia che aveva tenuto a freno sino a quel momento e il disagio che lo opprimeva, gli calarono addosso. Era esausto, aveva davvero bisogno di dormire almeno tre o quattro ore per essere pronto ad affrontare il funerale il giorno seguente. Con suo immenso sollievo l'acqua bollente sciolse i muscoli tesi del collo e il sapone lavò via ogni traccia del viaggio, rigenerandolo.

Quando uscì, Garrett era pronto a lasciarsi la giornata alle spalle, stendersi e cadere nell'oblio del sonno; ma per qualche ragione, trovarsi in quella stanza lo metteva a disagio.

Era ancora avvolto dal telo, sulla soglia della porta del bagno, quando un lieve bussare annunciò l'arrivo di Alfred.

«Avanti» disse a voce alta, per permettere al maggiordomo di entrare.

«Signore ho sentito dei rumori…» L'anziano fece qualche passo nella stanza e notò subito che era nudo e con i capelli bagnati. «Oh, vedo che vi siete fatto la doccia, prendo subito i vostri abiti e li porto in lavanderia. Domani sera saranno pronti se li vorrete.» Non attese nemmeno che lui rispondesse, si fiondò nel locale ancora pieno di vapore e prese gli abiti tra le braccia.

«Alfred…» Garrett voleva approfittare della presenza dell'uomo per chiedergli delle porte chiuse.

«Sì, signorino?» l'anziano s'immobilizzò in trepidante attesa.

«Prima ho provato a entrare in camera mia, ma era chiusa.»

«Sì, signorino. Non volevate dormire nella stanza del padrone di casa, ora che lo siete a tutti gli effetti?» fu il commento dell'uomo con il tono di chi conferma un'ovvietà.

«Non proprio…» mormorò e vide Alfred avvampare come se avesse commesso il peggiore degli errori.

«Oh signorino, mi dispiace. Vado subito a prendere le chiavi. Mi dica che stanza vuole e la preparerò in pochi minuti. Devo solo cambiare le lenzuola e accendere il camino… sarà un po' più fredda di questa, ma vedrete che sotto a un buon piumino dormirete benissimo.» Il tono si era fatto agitato, i movimenti dell'anziano erano nervosi, quasi stesse camminando sui carboni ardenti.

Garrett lo trovò commovente e si schiarì la voce per richiamarlo. «Non c'è bisogno...»

L'uomo era così fedele alla sua famiglia che aveva rinunciato a tutto pur di servirli e anche adesso che aveva superato di molto la soglia della pensione, dava tutto se stesso durante le ore lavorative.

«Oh no, signorino! Non dovete restare qui se vi crea disturbo...»

Per cercare di placare la sua ansia, Garrett appoggiò una mano sulla spalla dell'uomo e tirò gli angoli della bocca in qualcosa che doveva somigliare a un sorriso.

«Alfred, tranquillo. Va bene così, per una notte posso anche dormire qui. Domani, dopo che la cerimonia sarà finita, penseremo a una sistemazione migliore, poiché già ti posso anticipare che avremo un ospite.»

«Un ospite in più, signore?» le sopracciglia dell'anziano servitore scattarono verso l'alto per l'elevata sorpresa di quella sua affermazione, cui Garrett rispose con un mezzo sorriso.

«Sì, Alfred. La persona con cui condivido la vita e il lavoro arriverà domani mattina molto presto e si fermerà qui con me. Ripartiremo poi insieme. C'è qualche problema in proposito?»

«Assolutamente no, signorino. La ringrazio per avermi avvertito in anticipo, così potrò preparare due stanze per tempo» Garrett sorrise tra sé e sé all'idea di dormire separato da Gus.

«La camera di mia madre, con la porta comunicante alla mia di quando ero bambino, andrà benissimo…» Alfred aggrottò la fronte, ma non disse nulla in proposito; annuì servizievole e tornò ad afferrare la pila di abiti da lavare, che nel frattempo aveva piegato.

«C'è altro, signorino?» gli domandò una volta giunto sulla soglia della porta della stanza.

«No, Alfred, va pure. Buonanotte» lo liquidò.

«Buona notte, signorino Garrett.»

Quando l'anziano si chiuse l'uscio alle spalle, lasciò cadere l'asciugamano e fece il giro del grande letto a baldacchino restando nudo. Le tende di velluto erano legate alle colonnine e facevano al paio con quelle delle finestre. Una voglia di ribellione lo spinse a camminare fino ai vetri e guardare la luna, sbirciando tra gli spiragli degli oscuranti chiusi. La luce argentea colorava le cime degli alberi di bianco, le stelle erano milioni e si riflettevano sull'oceano della baia sottostante: lo spettacolo era unico. Dovette reprimere l'impulso insensato di aprire la finestra per godere meglio della visuale.

Per sua fortuna non aveva ancora nevicato, ma l'aria si era già fatta parecchio gelida. Rabbrividì, colpito da uno spiffero e quindi mise fine alla sua passeggiata liberatoria e si diresse verso le coltri accoglienti.

Si sedette sul materasso, allungò le gambe e si appoggiò con la testa contro l'alta testiera. Non aveva mai visto il letto di suo padre in tutta la sua vita, da quella prospettiva dovette ammettere che era molto suggestivo.

Passò qualche minuto a osservarne i diversi intarsi nel legno di quercia, poi accarezzò il copriletto e ne apprezzò il cotone pregiato. Non aveva mai saputo che il genitore amasse certi lussi e scoprirlo gli diede un piacere inaspettato; dopotutto, lui e il vecchio avevano qualcosa in comune. E quasi di certo le somiglianze tra loro si fermavano proprio lì, su una distesa di fili intrecciati ad arte di pregiata fattura.

Quando poco dopo lo schermo del cellulare s'illuminò, Garrett dovette solo allungare un braccio fino al comodino. Era un messaggino WhatsApp di Gus per augurargli la buonanotte, cui rispose con lo stesso augurio, un cuore pulsante e una faccia che manda un bacio.

Concluso, tornò ad appoggiare la testa sul cuscino e si rese conto che la stanchezza lo stava portando nel mondo dei sogni. Così non prese il solito sonnifero e si limitò ad allungarsi più che poté nel giaciglio e a tirarsi le coperte fino al mento.

Sperò di dormire, ma non si era aspettato di certo di passare la notte nel ciclone dei suoi ricordi.

***

La base navale, dove i giovani ragazzi iniziavano l'addestramento di cinque anni per diventare Guardiamarina, era a tutti gli effetti una piccola città nella città stessa. Al suo interno insieme alla scuola c'erano il porto, i campi di football, la chiesa e svariati altri edifici, tutti a uso e consumo dei vari studenti, che erano addestrati dai loro compagni e con l'ausilio degli aspiranti Ufficiali.

I primi anni, come logica conseguenza alla giovane età, gli studenti erano guardati a vista, non potevano usufruire di molti comfort, come televisore e cellulare e non potevano lasciare la base; erano di conseguenza controllati con scrupolosa severità, ma già dopo l'inizio del terzo anno cambiava tutto e gli studenti diventavano marinai di seconda classe, iniziando ad andare per mare e agevolati da qualche concessione in più.

Prima del suo arrivo, Garrett non era mai stato lì, e i primi giorni ne fu affascinato e spaventato allo stesso tempo. L'immensità del perimetro e le numerose regole importanti da memorizzare lo destabilizzarono, ma non lo fermarono.

Quando arrivò, dicembre era alle porte. Faceva freddo e la neve scendeva copiosa; moltissimi aspiranti guardiamarina andarono a casa per le vacanze e così i primi giorni rimase la maggior parte del tempo da solo o circondato da pochi altri. Gli ufficiali erano spesso fuori, ma l'isolamento non lo sconvolse, anzi ne approfittò per scegliere il piano d'azione che più trovava adatto, ma anche prendere del tempo per abituarsi a quel luogo.

Per sua fortuna, dopo soli tre giorni, il padre di Mark lo convocò nel suo ufficio per la seconda volta.

L'uomo aveva delle stanze personali nel complesso degli ufficiali e Garrett, per la prima volta, vide cosa lo aspettava fuori dalle camerate. L'amichevole genitore del suo compagno di studi lo accolse con parecchi sorrisi e poi lo istruì su quello che lo attendeva, dandogli parecchi libri da studiare e volantini informativi su cosa era permesso e cosa invece era proibito.

Da diciassettenne, Garrett non aveva accesso a molti edifici della base ma dovette comunque sottostare a tutte le regole; ma una lettera di raccomandazioni dell'Ammiraglio Gordon-Lennox e una del Tenente Richardson, padre di Mark, che dirigeva il reparto sommozzatori lo avvantaggiarono nella selezione.

«Parti parecchio svantaggiato, ragazzo!» Lo ammonì l'uomo. «Qui i raccomandati hanno vita dura, vedrai come si accaniranno su di te per vederti fallire.»

Garrett rabbrividì al solo pensiero, ma ringraziò il genitore dell'amico per la premura.

Dopo quelle parole, il Tenente lo accompagnò in mensa e gli consegnò il programma del primo anno di reclutamento con tutti gli orari delle lezioni.

«Se hai qualsiasi problema per i corsi e gli orari, vieni a cercarmi. Mark non fa che parlarmi di te e di quanto tu sia intelligente. Mi ha fatto giurare che, se ti avessi aiutato, lui avrebbe iniziato il corso d'addestramento già da questa estate. Quindi impegnati, tra poco più di un semestre Mark sarà qui con noi e io avrò ben due figli da rendere uomini.»

Quelle parole lo commossero, nessuno prima d'allora lo aveva spronato con gentilezza come il Tenente Richardson; così spinto dall'ammirazione sentì il bisogno viscerale di giurargli che avrebbe passato tutti gli esami con il massimo dei voti per renderlo fiero di essere il suo mentore.

«Signorsì, signore. Darò il mille per cento per renderla fiera di me!» e si portò la mano sopra il sopracciglio, battendo le caviglie, strappando un sorriso compiaciuto all'uomo che lo accarezzò poi su una spalla con affetto e corresse la postura. Da quell'istante, Garrett sentì il cuore gonfiarsi di amore figliare per quell'uomo.

Alla fine delle vacanze invernali la sua avventura iniziò e si pentì quasi subito di aver fatto quella promessa al padre di Mark.

Annapolis era famigerata per essere la migliore scuola di preparazione per gli aspiranti guardiamarina della flotta degli Stati Uniti, al pari di Bethesda per i medici, poiché preparava gli ufficiali per i gradi superiori. Nessuno però aveva mai riferito a chi stava fuori dalle mura di cinta che, al suo interno, quelli del quarto anno dettavano legge su quelli di grado inferiore. Gli scherzi erano davvero pesanti e crudeli, tanto che Garrett più di una volta pensò che i ragazzi del St.Claire come bulli erano persino meglio; soprattutto perché i marinai di prima classe erano i più alti in grado e per la regola di rispetto verso la divisa i più giovani erano al loro comando.

Rabbrividì di terrore la prima volta che lo chiusero dentro la stiva della Nave Scuola ormeggiata nel porto e immersa nel buio, ma dimostrò di non essere solo un "figlio di papà" uscendone al mattino seguente tutto da solo.

Il giorno seguente, il loro insegnate di squadra lo chiamò per farsi raccontare cos'era successo, ma lui non parlò e così si guadagnò un minimo di rispetto da parte dei suoi compagni del corso di tecnica ed elettronica, oltre a dieci ore di pulizie nei bagni della camerata perché non si era presentato all'alzabandiera. Lui però non era interessato a essere amico di nessuno di loro, non lo aveva nemmeno fatto per paura verso i ragazzi più grandi, ma solo perché sapeva che quello lo avrebbe reso un bersaglio meno interessante. Il suo unico interesse, al pari di quando era al St.Claire, era di raggiungere il massimo per continuare a studiare e mantenere così la promessa fatta.

C'erano comunque delle attività collettive da cui non poté esimersi, come partecipare alle partite di football o ai raduni, ma fin dal primo mese s'impegnò a fare ricerche fino a notte inoltrata per passare gli esami scritti, chiudendosi in biblioteca fino all'alba e sviò tutti quei luoghi di raduno, dove i suoi coetanei si riunivano per poltrire o passare le ore vuote; anche se scoprì essere davvero poco il tempo a sua disposizione.

Ciò non fermò comunque qualche suo compagno di corso dall'invitarlo a bere o a qualche ragazza di dimostrargli interesse. Garrett valutò di volta in volta a chi concedere un po' di tempo e a chi no, cercando di uscire con i meno insistenti e di fare comunque amicizia con i ragazzi del suo anno, senza però dar loro confidenza e sempre tenendo a mente le parole che Mark gli aveva rivolto la prima volta che si erano incontrati. "A nessuno piace essere bullizzato, ma se hai atteggiamenti effeminati te la vai a cercare. No?!"

Erano passati tre anni da quel giorno al St.Claire, ma quel giudizio gli si era stampato in testa come la faccia di un ragazzino che altri al Collegio avevano preso di mira perché a detta loro preferiva i maschi.

Il tempo libero a sua disposizione quell'anno però fu così poco che le ore di studio furono fino a dieci al giorno e, se si escludevano le due ore per i pasti e le cinque ore di attività fisica di preparazione, agli studenti non restava che il tempo per dormire, quindi non si preoccupò più di tanto che qualcuno di loro potesse interessarsi alle sue preferenze. Il suo principale obiettivo fu sempre lo stesso: arrivare preparato agli esami per concentrarsi poi su quelli finali, dove le prove fisiche erano molto dure e lui non aveva mai fatto percorsi di agilità o resistenza e di conseguenza doveva partire dalle basi.

Fu così che arrivò quasi a maggio. Il clima iniziava a farsi caldo e lui era nel pieno dello studio dei componenti del pannello di controllo per le manovre sul ponte di comando per l'esame d'ingegneria, quando l'addetto alla biblioteca gli riferì che non poteva più restare lì. Era scattato il coprifuoco e che se lo trovavano fuori dal suo alloggio, dopo il coprifuoco, erano grossi guai per lui; così era uscito e si era diretto a testa bassa verso la sua stanza.

Aveva appena svoltato nel corridoio che conduceva alla Bancroft Hall, il dormitorio, quando nella penombra del sentiero che portava alla Dahlgren Hall, in una nicchia tra due statue, vide qualcosa che lo sconvolse. D'istinto si nascose nella rientranza di una porta e sbirciò la scena che aveva davanti, prima di tutto per assicurarsi che non lo avessero visto. Il cuore gli batté nel petto e nelle orecchie, ma non poté allontanarsi, perché i piedi gli s'incollarono al pavimento, mentre nella sua testa la scena diventava sempre più chiara e il calore dell'imbarazzo lo bruciava dentro come un incendio, misto alla solita sensazione cui si rifiutava di dare un nome, che gli saliva dal basso ventre.

Per la primissima volta si trovò ad assistere all'amoreggiare intimo di due amanti dal vivo e la sua mente ne fu scioccata, soprattutto perché non aveva mai visto fare certe cose da due ragazzi se non in qualche film o in qualche serie tv, scene che prontamente i suoi compagni rovinavano con insulti e mormorii di disgusto.

Da anni alla Base di Annapolis erano presenti delle ragazze, alcune molto più toste di certi maschi arruolati, ma quelli che stava guardando erano due maschi e quello che stavano facendo era più che chiaro a chiunque li stesse scorgendo.

Garrett andò nel panico, nel petto l'ansia e la paura tornarono a farsi strada, come quando da ragazzino aveva visto il primo ragazzo nudo con un erezione e si era eccitato a sua volta; soprattutto perché tra gli opuscoli che gli aveva dato il Tenente, aveva trovato la "guida per la dignità e il rispetto" chiamata "don't ask don't tell" che spiegava in modo articolato e con paroloni militari l'intolleranza verso l'omosessualità nelle fila dell'esercito. In parole semplici, i più alti in grado non chiedevano mai nulla di diretto sull'argomento, ma i giovani erano pregati di ostentare atteggiamenti consoni al luogo in cui si trovavano e di mantenere nel più stretto riserbo le loro preferenze.

Di conseguenza, mentre fissava in modo ineducato la coppia di ragazzi nascosti nel buio, il terrore che i due fossero scoperti e nel scorgerlo lo associassero a loro, gli tolse il respiro. A scombussolarlo di più fu però l'effetto che ebbe su di lui quello sbirciare illecito e nei suoi pantaloni la situazione si fece troppo visibile.

Tornò in stanza cambiando percorso, ma nonostante ciò per le notti a seguire le immagini dei due che si scambiavano carezze e baci focosi lo tormentarono e non lo lasciarono dormire, insinuando in lui visioni sempre più sconvolgenti che ora stavano prendendo il sopravvento. I suoi sogni iniziarono a popolarsi di amanti che ansimavano in quel modo così lascivo e del frusciare dei loro abiti; non passò molto tempo che la sua immaginazione provò a sostituire uno dei volti in ombra con il suo e a figurarsi lui stesso parte integrante di quella scena.

A ogni risveglio il tormento si radicò sempre di più nei suoi pensieri al pari dell'eccitazione e dell'ansia.

Non era stupido, ormai alla sua età aveva provato a baciare un paio di amiche al St.Claire e nel non provare nulla di speciale si era domandato il motivo; ma non si era mai spinto più in là. Quando aveva compreso il motivo dell'assenza di tale desiderio, aveva pensato di confessarlo almeno a Mark, ma poi era successo un evento che lo aveva spaventato tanto da convincerlo a tacere.

I tre amici erano al primo anno, nel cortile della St.Claire, che parlavano di ragazze e della prossima festa, quando l'arrivo di una berlina con i vetri oscurati aveva attirato la loro attenzione.

Tony si era subito innalzato a portatore di gossip e li aveva informati. «Non mi ricordo come si chiama, ma ne avete senza dubbio sentito parlare. É il padre del tizio che hanno picchiato due giorni fa. Stamattina ho sentito che è uscito dall'infermeria e che i dottori gli hanno dato il permesso di uscire, così i suoi sono venuti e se lo sono portato via.»

Mark si era fatto curioso e la discussione era proseguita. «Sì, ho sentito varie voci, ma nessuno sa perché quello del quarto lo abbia preso così di mira...» Garrett invece aveva assistito alla scena, suo malgrado perché si era svolta nello stesso cortile, proprio davanti alla finestra della biblioteca vicino cui lui stava studiando, e come il giorno in questione preferì tenere la bocca chiusa.

«Dicono che è effeminato, che gli piacciono i maschi. Hai capito, no? Sam mi ha detto che ha tentato di baciare il tizio e che quello l'ha solo spinto e lui ha sbattuto contro il muro. Che non è vero niente di quello che dice... che è solo un invertito.» Tony si era illuminato come una palla da discoteca per erigersi a portatore di succulenti pettegolezzi e i due amici lo avevano ascoltato, ma con due atteggiamenti diversi: Mark sempre più disgustato, tanto che alla fine aveva emesso un verso di disgusto; Garrett invece in silenzio.

«E tu? Non dici niente? Non eri in biblioteca quel giorno?» gli chiese Mark, con un buffetto sul braccio.

«Sì, ero in biblioteca, ma anche se avessi visto qualcosa, mi farei i fatti miei. Ho già i miei casini e non voglio mettermi a pensare a quelli di altri!»

Tony scoppiò a ridere e gli batté una manata sulla schiena. «E Bravo il mio secchione!»

Mark a sua volta rise, ma con meno gusto e poi si schiarì la gola: «Fai bene. Padre George ti direbbe che essere gay è contro natura, che è sbagliato e va curato. Robe da Medioevo, ma la verità è che quei poveretti hanno la vita tre volte più dura di chiunque altro. A nessuno piace essere bullizzato, ma se hai atteggiamenti effeminati e vai a dire a tutti i giro che ti piacciono i maschi. Te la vai a cercare!»

Garrett sentì la nausea montargli dallo stomaco a quelle parole, così si era congedato con una scusa spiccia ed era sparito. Tra loro il discorso si chiuse e finì lì e Garrett non lo riaprì più.

Così quella sera ad Annapolis, nel buio del sentiero fu a tutti gli effetti la prima volta che sperimentò l'eccitazione e la voglia incontenibile di avere soddisfazione; cosa che lo destabilizzò e spaventò a morte.

Lui aveva solo diciassette anni e non conosceva i due ragazzi nascosti. Sebbene fin dal primo giorno i suoi compagni di corso gli raccontarono del ragazzo dell'ultimo anno: James Brennar.

Scoprì così che nella base tutti conoscevano e temevano quel nome. Era più grande di tutti, avendo già ottenuto il grado di guardiamarina l'anno precedente, possedeva una macchina parcheggiata all'interno del perimetro e, sebbene tutti sapessero della sua tendenza ad appartarsi con giovani ragazzi aitanti, nessuno sembrava attirare il suo interesse, se non per qualche rissa. Si diceva che fosse lì per seguire il corso da ufficiale e che avesse già superato sia il corso per i subacquei che quello per i palombari, ma alla fine era sempre stato espulso per cattiva condotta. Eppure era ancora lì, nonostante fosse ampiamente fuori corso e il suo curriculum accademico non fosse dei più encomiabili.

Chiunque altro sarebbe stato cacciato con una brutta lettera di raccomandazione, ma James invece no. Si mormorava che avesse un padre ministro e che l'uomo lo avesse inchiodato lì finché non avesse raggiunto un grado accettabile e il rispetto.

Lui non lo aveva mai incontrato, per sua fortuna. Lo aveva visto allenarsi in palestra o correre nel campo d'allenamento, ma niente di più.

Da quella sera al buio del corridoio, però, avendo riconosciuto James come uno dei due partecipanti, il ragazzo s'insinuò nella sua mente come un chiodo rovente. La notte fu popolata da lui e il suo misterioso compagno, le loro mani e le loro bocche, i loro respiri affannosi e quelle carezze che lui non aveva mai sperimentato; ma che adesso bramava più dell'ossigeno durante un'immersione.

Capitolo 7

Il sogno non si fermò e divenne ossessione; arrivando a estraniarlo ancora dalla realtà.

Fu così che il tempo volò via ancora più veloce e l'estate giunse al termine senza che lui se ne rendesse conto.

La fine di quell'assurdo primo anno ad Annapolis fu rischiarato dall'arrivo di Mark; come gli era stato riferito dal Tenente Richardson. Il suo migliore amico iniziò a frequentare un corso estivo di preparazione fisica e in autunno si ritrovarono entrambi alla base; purtroppo per i due, Mark era indietro di un anno, ma nulla vietava ai due ragazzi di passare tutto il tempo possibile insieme. Scelsero e ottennero di dormire nella stessa camerata e fecero di tutto per prendere il letto a castello insieme, così da essere vicini e, una volta uniti, Garrett aiutò in tutti i modi possibili l'amico a passare gli esami.

Dicembre arrivò in un lampo, il tempo trascorse in fretta sopra le loro teste come un Caccia e loro non vedevano l'ora di passare altro tempo in compagnia uno dell'altro.

Fu in uno di quei pomeriggi in cui Mark aveva del tempo libero e lui non era impegnato in qualche lezione, che alla fine si confessò con l'amico e gli raccontò quello che aveva visto.

«Mark, mi sento strano, sono troppo agitato e nervoso. È la prima volta in vita mia che qualcosa mi resta così impresso» concluse e il ragazzo lo guardò arricciando le labbra.

Per un lunghissimo minuto, restarono in silenzio a guardare il cielo, che diventava oceano dietro le navi attraccate al porto; poi Mark si tirò su a sedere e annuì.

«Amico, sei mai stato con una ragazza?»

Garrett rimase a bocca aperta. Lui e Mark erano coetanei, quasi due uomini, ma questo non faceva di loro degli esperti in certi campi. Delle poche esperienze che si era concesso, Mark ne conosceva ogni minimo dettaglio; dunque quella domanda lo aveva spiazzato per qualche secondo.

«Sai anche tu che ho baciato qualche ragazza al St.Claire...» borbottò un po' scocciato.

In testa continuava a sentire discorsi di suo padre sulla responsabilità, la dignità e il doversi prendere le proprie responsabilità e poi a vedere il viso tumefatto del loro compagno di Collegio effeminato.

Mark scosse la testa, imbronciando le labbra prima di rispondergli.

«Non intendevo quello, lo sai. Ma la tua risposta seccata mi ha già dato la risposta.»

«Ok, ma non capisco cosa cambia se sono stato a letto con una ragazza oppure no.»

Ancora una volta il suo amico fece una smorfia di disapprovazione, ma invece che prenderlo in giro, si limitò a battergli una pacca sulla spalla.

«Se fossi stato con una ragazza, credimi Gary, non ti faresti mai tutti questi problemi» Mark era l'unico a cui Garrett permetteva di storpiare il suo nome, lo amava come si ama un fratello, forse di più; ma quel commento non lo convinse, né soddisfò; anzi gli diede un po' sui nervi.

«Quindi vorresti dirmi che l'unica soluzione che ho è di trovarmi qualcuna che venga a letto con me?» Mark allargò le braccia e poi si lasciò cadere sul prato dov'erano seduti. Sapeva di essere gay, ma non trovava la forza di confessarlo all'amico una volta per tutte. Certo che Mark l'avrebbe allontanato, se lo avesse saputo.

«Quello oppure va da quel tipo e chiedigli di farlo con te. Una cosa vale l'altra e dopo almeno saprai cosa vuoi davvero!»

Mark non diceva sul serio, perché il suo tono era derisorio, ma un brivido di disgusto gli corse lungo la schiena e con molta probabilità lo fece diventare verde. Mark scoppiò a ridere nel vedere la sua smorfia e poi lo tirò giù con sé sul prato.

«Dai, Gary! Stavo scherzando!» Lo prese per il collo e atterrò sulla schiena, mentre rideva come un pazzo.

Garrett però non rise, il pensiero di andare da James e chiedergli una cosa simile si era piantato nella sua testa come un tarlo e già gli stava riportando alla mente i due amanti nel buio.

«Non è stato per niente divertente» esclamò a quel punto, liberandosi da Mark e tornando a sdraiarsi sull'erba. Il discorso tra loro terminò, ma lui non smise di pensarci solo perché non ne parlò più, anzi proprio per quello la sua mente accese le turbine.

Quella sera in mensa, quando vide il centro della sua ossessione, l'unica cosa che riuscì a pensare furono le parole di Mark del pomeriggio.

Sentiva il Guardiamarina ridere, parlare con dei suoi compagni e pavoneggiarsi dei suoi successi, mentre lui non riusciva a staccargli gli occhi di dosso; ormai l'altro aveva ventidue anni eppure era ancora lì a seguire corsi per qualcosa che lui ignorava.

Non che la cosa lo stupisse in modo particolare o gli creasse qualche problema, ma la sua presenza alla base faceva sì che lui non riuscisse a togliersi quella scena erotica e proibita dalla mente. Era diventato l'unico sogno che faceva la notte e ogni mattina doveva correre a farsi una doccia gelata per calmarsi prima che arrivassero gli altri e invadessero il bagno in comune.

Passò un altro mese intero, prima che in modo fortuito, incontrasse James quasi solo. Il ragazzo stava uscendo dalla palestra, mentre lui stava per andare in dormitorio dopo un'estenuante lezione di politiche militari. Ritrovarselo davanti, quasi sbatterci contro, gli diede l'opportunità di fermarlo, dopo aver preso coraggio, e tentare di rivolgergli la parola.

«Guardiamarina Brennar!»

Il ragazzo lo guardò dall'alto in basso con espressione annoiata. «E tu chi saresti?» la sua voce gli sembrò la più mascolina che avesse mai sentito. Gli fece sentire i brividi dove non credeva possibile, quasi si eccitò solo a quello stupido scambio di battute.

«Mi chiamo Garrett sono del secondo anno» balbettò un po' incerto, facendogli guadagnare una smorfia di disprezzo dall'altro.

«Che vuoi da me, Garrett del secondo anno?» James appariva scocciato e lo fissò con profondi occhi neri.

«Io volevo chiederti una cosa...» all'improvviso, mentre cercava le parole migliori per parlare al ragazzo, si ritrovò ad avere il cervello del tutto sgombro. Vuoto di ogni pensiero coerente, se non che quelle labbra imbronciate erano la cosa più sexy che avesse mai visto.

«Chi ti manda?» James lo guardò fisso e in modo truce.

«Nessuno!» qualcosa nella sua espressione, invece di spaventarlo, lo spinse a farsi ancora più avanti. Forse la convinzione che quella sarebbe stata la sua unica occasione. La

certezza che, se non avesse parlato subito e in modo diretto l'altro lo avrebbe lasciato lì come uno sciocco, lo mandò nel panico.

«Perché dovrei ascoltarti? Sei solo un ragazzino del secondo anno.» Garrett andò quasi in iperventilazione, per un attimo il panico s'impossessò di lui e spalancò la bocca, ma non gli uscì niente. James lo squadrò malissimo, così Garrett mise il pilota automatico e fece uscire parole che il cervello non aveva autorizzato.

«Io ti ho visto!» Si rese conto troppo tardi di quello che aveva detto, non appena vide gli occhi di James diventare furenti.

La reazione del ragazzo fu immediata: con uno spintone lo appese alla maniglia della finestra che stava alle sue spalle, stringendogli la gola con uno degli avambracci. «Ripeti un po' se hai il coraggio!»

Le voci sul carattere irascibile del Guardiamarina erano vere e le sperimentò all'istante, quando quasi gli sferrò un pugno allo stomaco, deviando la traiettoria un attimo prima di colpirlo. Giusto per fargli venire ancora un po' le ginocchia tremanti.

«Io ti ho visto la primavera passata dietro l'angolo della Dahlgren Hall. Eri con uno dell'ultimo anno…»

La presa si fece più salda, tanto che non poté parlare per la mancanza di ossigeno, tossì un paio di volte e poi scosse le mani. James non allentò la presa, ma digrignò i denti.

«Dì un po'… vuoi morire, escremento del secondo anno?»

Scosse la testa, stringendo tra le mani il braccio che lo teneva fermo. Si stava pentendo di avergli rivolto la parola, ma non ne poteva più di svegliarsi eccitato.

«No! Sono solo curioso.»

James lo guardò sempre più truce, i suoi occhi erano diventati come lame di coltelli a serramanico puntati alla sua gola, ma non parlò. Si limitò ad afferrarlo per il colletto della divisa e poi sbatterlo contro il muro. «Non riesco a capire, ma ti ho visto e… mi è piaciuto guardare.»

James fece una smorfia disgustata; poi, per un motivo del tutto inspiegabile, allentò la presa.

«Non m'interessa che tipo di pervertito tu sia. Fila via e gira lontano da me!» Gli ringhiò in faccia, spintonandolo poi verso il centro del corridoio. Qualcuno si fermò a guardarli e qualcuno bisbigliò su chi fosse e perché stessero discutendo.

«No, aspetta!» tentò di protestare, ma James non sembrava proprio volergli dare una risposta accettabile.

«Cosa vuoi da me?» D'improvviso James incrociò le braccia appoggiando le spalle al muro dove lo aveva sbattuto poco prima.

«Dopo che ti ho visto ti ho sognato ogni notte, non mi era mai capitato» mormorò.

Si avvicinò cauto e invece di guardarlo si fissò la punta delle scarpe; da lì al giorno seguente tutta la base avrebbe chiacchierato di lui che era stato preso a pungi da James.

«Be', non ti chiederò una percentuale su ogni cinquina che ti sei fatto, tranquillo.» James lo guardò con un sorriso di scherno, passando dalla rabbia all'ilarità in un batter di ciglia. Folte e sexy ciglia scure che contornavano occhi profondi. Garrett dovette sbattere le palpebre un paio di volte per distogliere l'attenzione.

«Una cosa?»

Forse lo sconcerto si dipinse sul suo volto, come una scritta al neon, perché James ridacchiò.

«Mi prendi in giro? Dove hai vissuto, su Marte? Una di quelle cose che ti fai quando ti svegli con "l'alza bandiera" e nessuna amica o amico nelle vicinanze.»

A quella spiegazione, spalancò la bocca, boccheggiò. Ovviamente sapeva a cosa si riferiva, ma lo aveva davvero colto di sorpresa, così scosse la testa come per scrollarsi qualcosa dai capelli.

«Oh no! Io non faccio quella cosa!» borbottò, provocando ancora risate nel ragazzo che lo fronteggiava con visibile tranquillità e leggerezza.

«Mai?» per qualche motivo, credette di percepire incredulità nel tono dell'altro.

«Mai!» confermò.

«Te le fa la tua cameriera?»

«Non ho una cameriera» cominciò a essere infastidito dell'espressione divertita che, in quel momento, piegò le labbra di James.

«Ma almeno l'hai mai baciata una femmina?» Chissà perché quella domanda lo colse alla sprovvista. Non era nemmeno il primo che glielo chiedeva, ma a differenza di Mark, James lo stava prendendo in giro, lo canzonava, derideva.

«Certo!»

«E un ragazzo?» Questa volta scosse la testa. James alzò un elegantissimo sopracciglio e quasi gli rise in faccia.

«Ok, vieni con me.» Lo afferrò per il cravattino e lo trascinò per il corridoio fino al bagno più vicino. Con un calcio aprì la porta e lo spinse fino all'ultimo bagno. Garrett era impreparato a una simile reazione e impiegò qualche secondo per reagire. James lo tirò per il cravattino fin dentro le toilette e poi si fermò a controllare in giro. Chiuse con la chiave il bagno dall'interno e spalancò con poca grazia tutte le porte per controllare che non ci fosse nessuno, solo a quel punto lo spinse a entrare senza troppe cerimonie nel cubicolo e chiuse la porta a chiave.

«Ok, Garrett del secondo anno, hai la tua occasione per provare l'ebbrezza.» Lo prese in giro, ma quando lo vide tentennare, si appoggiò alla parete di piastrelle bianche e si accese una sigaretta. Garrett ebbe le sue mani a pochi pollici dal viso: erano bianche, lisce e curate. La pelle era tirata sulle nocche e sul dorso qualche vena emergeva. Erano mani forti, da uomo, eppure qualcosa gli diede la certezza che erano anche delicate come piume sul viso.

L'immagine di quelle stesse mani che scorrevano sul torace nudo dell'altro ragazzo, nel buio dell'autunno, gli fece sentire caldo. James gli soffiò il fumo della sigaretta sul viso per riportarlo alla realtà e rise divertito del suo inebetimento.

Non sopportando l'odore della sigaretta, si allontanò più che poté e tossì, mentre l'altro sghignazzava divertito.

«Non hai proprio idea di come si fa, vero?» il tono era incrinato dal fumo, leggermente più roco e sprezzante.

Lui fece un respiro profondo, gonfiando il petto e fece un passo avanti, James restò immobile a osservarlo. Quando furono di nuovo l'uno di fronte all'altro, Garrett non seppe dove mettere le mani, abbassò lo sguardo e si guardò i piedi.

Raggruppò tutto il coraggio che aveva, poi provò ad afferrarlo per la cintola. Solo a quel punto James reagì e gli schiaffeggiò le mani.

«Mi hai preso per una campagnola?» Lo schernì, l'attimo prima di afferrarlo per il colletto per la seconda volta e costringerlo ad appoggiarsi alla parete.

Non seppe mai cosa fece come prima azione, ma quando capì cosa volesse fargli, James già lo stava baciando.

La sua lingua s'insinuò tra le sue labbra, arrogante e pretenziosa. Le sue labbra ruvide per la salsedine premettero con forza sulle sue; la sua bocca sapeva di fumo, lo disgustò un po', e lo graffiò con i peli corti della barba, ma quando riuscì a reagire, era troppo tardi.

James gli passò una mano dietro la nuca, per tenerlo fermo e con l'altra lo strinse per il bavero. Una delle sue gambe si era insinuata tra le proprie e lo sfregava in modo irriverente. Garrett si sentì galleggiare in una bolla d'aria, in balia di un oceano in tempesta. Non sapeva cosa fossero tutte quelle emozioni forti e inebrianti, sapeva di dover fare qualcosa, reagire, ma l'unica cosa che compì in modo concreto fu quella di accarezzare il collo del ragazzo e infilare le dita tra le ciocche dei suoi capelli corvini. La sua erezione crebbe all'istante, felice di tante attenzioni e a lui mancò la terra sotto i piedi.

Rimase senza fiato, ansimò, ma James dettava regole ben precise: non gli lasciò muovere un muscolo, inchiodandolo alla parete di compensato con il peso del suo corpo, finché non decise che era abbastanza. Si allontanò di scatto, un'espressione di scherno a piegargli le labbra e uscì dal bagno senza parlare.

Lo lasciò lì, senza fiato, con le labbra che gli bruciavano e pizzicavano e una vistosa erezione, impossibile da nascondere con il lembo corto della divisa.

«Ora hai una vaga idea di cosa voglia dire baciare un omosessuale, verginello, ma fossi in te me lo terrei per me e non lo racconterei in giro.» Lo sentì mormorare un attimo prima di aprire la porta del bagno e andarsene.

Avrebbe voluto rispondergli a tono, ma gli girava la testa e le ginocchia non lo sorressero. Dovette appoggiarsi alla porta spalancata e James, ridendo, afferrò la maniglia con la sigaretta in bilico tra le labbra. «Non ti sforzare, non sei il primo curioso che pensa di poter affrontare qualcosa di simile. Essere gay non è una cosa che puoi decidere. O lo sei o non lo sei.» Lui annuì e si strinse la giacca per tenerla chiusa.

«Sì, ma...» cercò di ribattere, ma l'altro lo fissò severo.

«No, nessun ma. Nick ed io eravamo amanti. Niente stronzate tra noi, solo sesso. Ora lui è andato, ma questo non vuol dire che puoi candidarti a essere il suo sostituto.»

Diventare il nuovo amante di James non gli era nemmeno venuto in mente, ma appena lui lo disse, Garrett scoprì di desiderarlo con tutto se stesso. Era quello che bramava da mesi senza nemmeno esserne cosciente.

«Perché?» protestò, quasi come un bambino quando gli si rifiuta un dolce.

«Mi prendi in giro? Non sai nemmeno baciare una ragazzina, figuriamoci se sapresti...» James smise di ridere e lo affrontò con un cipiglio scuro sul viso. La mano giaceva ancora sulla maniglia, pronto ad andarsene; eppure era ancora lì a deriderlo.

Garrett non riuscì a smettere di pensare che voleva ancora essere baciato da lui. Una, dieci, mille volte. Era gay, senza ombra di dubbio! Le ragazze baciate in passato non avevano sollevato in lui nessuna reazione fisica.

«È solo che non ho mai baciato un ragazzo, ma posso imparare. Insegnami!» ancora una volta si sorprese a parlare senza pensare.

Tutti gli anni di studio, rigide regole e scenari studiati e pensati, nel momento del bisogno si erano volatilizzati come polvere.

«No! Questo posto non vede di buon occhio i rapporti di questo genere tra gli studenti e se ci beccassero tu passeresti un brutto quarto d'ora. Lo stesso Presidente Clinton ha messo la cosa nero su bianco, leggiti il volantino e, se questo non ti basta, sappi che i padri non la prendono bene quando scoprono di avere un figlio gay e non fa nemmeno bella figura sul curriculum accademico!»

Per un attimo Garrett vide un'ombra passare nello sguardo del ragazzo e con la sua solita ingenuità credette che fosse dolore.

«A mio padre non interessa nulla di me. Si è già preso la sua rivincita su di me, mandandomi qui.»

James lo aveva guardato incuriosito, quasi vedesse in lui qualcosa di nuovo e interessante.

«Quindi questa è la punizione del paparino? Cos'hai fatto, ti sei fatto beccare con le braghe calate con la figlia del postino?» Qualcosa gli disse che quelle parole di scherno, per una volta nascondevano il vero interesse; ma non gli avrebbe mai confessato la verità, non in quel momento.

«Non sono fatti che ti riguardano. L'unica cosa che ti dovrebbe importare è che io tenga la bocca chiusa su te e Nick»

James assottigliò lo sguardo, aspirò una boccata di fumo e poi la fece uscire dalle labbra. L'eccitazione nei suoi pantaloni vibrò come un serpente al suono del flauto del fachiro. «Non farò la spia. Io davvero penso di essere attratto da te e di essere gay.» concluse, vedendo James sollevare gli occhi al cielo.

«Non sarò io la tua nave scuola, verginello» sbottò James.

«La smetti di chiamarmi verginello, per favore!»

«Hai già scopato con qualcuno che non sia la torta di mele della cuoca?»

Garrett strinse i pugni lungo i fianchi, allargando le narici. Ora che lo conosceva quel ragazzo lo eccitava, tanto quanto lo irritava.

«No!» asserì e James sorrise sornione.

«Allora sei un verginello, rassegnati!»

Capitolo 8

Garrett si svegliò di soprassalto nel buio della stanza; impiegò qualche secondo prima di capire dov'era, poiché l'oscurità lo avvolgeva. Intercettò lo smartphone, allungando un arto verso il comodino e rimase abbagliato dall'accendersi della luminosità dello schermo.

Stropicciandosi gli occhi e controllando l'ora, si ricordò della camera da letto paterna e perché si trovava nella sua vecchia villa.

Era prestissimo per pensare di non tornarsene a dormire, non erano nemmeno le due di notte, quindi si alzò e andò fino alla finestra, rabbrividendo per la temperatura. Fuori era tutto ricoperto di brina ghiacciata, così mise un paio di cocci nel camino e lo riaccese, muovendo la brace incandescente; poi si accese una sigaretta.

Solo allora, mentre si godeva il sapore del fumo sul palato, lasciò che i pensieri tornassero al sogno che aveva appena fatto: il suo primo anno all'Accademia era stato fin troppo facile, ma a quel tempo con Mark vicino e la fissazione per James, non si era reso conto che tutto poteva solo peggiorare. Quello che la sua giovinezza voleva era solo conoscere quella parte proibita della sessualità e saziarsi fino a scoppiare.

Con l'ultimo tiro dal mozzicone comparve un sorriso amaro sul suo viso e Garrett non poté non chiedersi come sarebbero andate le cose se non si fosse spinto ad assecondare la strafottenza del Guardiamarina e se si fosse impegnato a diventare il miglior cadetto del suo anno.

La verità è che non lo avrebbe mai saputo, perché il passato non si poteva cambiare, nemmeno con la conoscenza e il denaro di cui adesso disponeva, ormai era andato perso per sempre, come la sua innocenza.

Buttò il restante della sigaretta nel fuoco e tornò a letto. All'improvviso, la consapevolezza che non avrebbe più dormito lo spinse a prendere mezza pastiglia di sonnifero e ingoiarla con due sorsate d'acqua.

Stupendosi che nella stanza non ve ne fosse a disposizione, la prese dal bagno, poi s'infilò sotto le coperte pesanti, sforzandosi di riprendere sonno.

L'ultimo suo pensiero cosciente si divise tra la mancanza crescente di Augustus al suo fianco e la consapevolezza che, nell'oblio di Morfeo, James sarebbe stata l'unica guida nella passeggiata tra i ricordi di quel suo passato.

***

Dalla nebbia emerse lo stesso scenario: il porto e l'oceano, gli edifici della scuola e la nave su cui si svolgevano le esercitazioni. Annapolis e il suo secondo anno, in preparazione per la terza classe.

L'inverno colorò il paesaggio di bianco e l'aria fredda s'insinuò negli spifferi delle stanze degli aspirati Guardiamarina.

Lui e Mark erano sempre inseparabili, anche se per la prima volta non gli raccontò quel fatto fondamentale della sua vita: quel bacio nel bagno. Preferendo invece mantenere all'oscuro l'amico su tutta la questione ed evitare che lo tempestasse di domande o che gli creasse guai di disciplina. Mark, infatti, tendeva a essere molto più focoso di lui e Garrett temette che cercasse il Guardiamarina per fare a pugni. O peggio ancora, che sapendo la verità non lo volesse più come amico e lo abbandonasse per sempre; l'idea lo terrorizzava più di qualsiasi altra.

Per di più non vide James per giorni, dopo quel fatto. Invece lui e Mark erano stati invitati a casa del Tenente di Vascello per una cena in "famiglia", dove la moglie li aveva rimpinzati di leccornie.

Al ritorno, non fu nemmeno più sicuro di voler ancora rivolgere la parla al ragazzo più grande, ma i corridoi non erano molti e finì con l'incrociarlo un pomeriggio di quasi quindici giorni dopo, vicino alla mensa.

Dapprima si scambiarono un'occhiata e l'istante dopo Garrett si sentì avvampare su tutto il viso. La reazione fu troppo vistosa, e Mark lo afferrò per un braccio con l'espressione curiosa e persino dei suoi compagni di corso, che in quel momento erano con loro, parvero interessati alla novità. Raggirò l'ostacolo con una facile menzogna, dopotutto molti avevano assistito al loro battibecco nel corridoio. Quindi raccontare loro una bugia non fu difficile.

Mark però non ci credette del tutto. Conoscendolo bene, sapeva che lui non era tipo da farsi bullizzare da un gradasso come James; e poi era l'unico che sapesse il suo segreto su quella notte, ma evitò di ricordaglielo davanti al resto della compagnia.

Tutto si sistemò, ma la sua mente avvampò come il fuoco in un magazzino di polvere da sparo e lo tempestò con le immagini e le sensazioni del loro unico, misero incontro.

Quelle labbra si stamparono come un tatuaggio indelebile nella sua nuca e adesso pulsavano tanto da stordirlo.

Alla fine della lezione successiva, accaldato e in preda al panico, dovette chiudersi in un bagno e farsi una doccia gelata, prima di tornare a lezione, per placare la pelle che gli bruciava come carboni ardenti.

Quella volta, persino strofinarsi sotto il getto d'acqua con la spugna gli fu difficile. Quando si avvicinò all'inguine, gli sembrò di vedere comparire le mani di James al posto delle sue. Il getto dell'acqua fu quello del corpo del ragazzo che si strofinava contro di lui alle sue spalle e la doccia divenne troppo piccola.

Si sentì soffocare e ansimando, come dopo un pomeriggio di corsa sullo sterrato, corse fuori dalla doccia, gocciolante e nudo, rischiando di cadere. Si riprese e rivestì solo dopo lunghi respiri e una prolungata contemplazione allo specchio sopra il lavello.

Quell'inconveniente e quelle sensazioni lo convinsero di una cosa: solo James poteva dargli quello che voleva. Così scrisse un bigliettino e uscì in cerca dell'oggetto della sua ossessione.

Lo trovò che fumava appoggiato a una finestra del corridoio che portava in biblioteca. Lo superò a testa bassa e si diresse agli armadietti vicino alla palestra. Qui attese un momento di vuoto, scovò quello di James, vi infilò il pezzettino di carta e corse a lezione.

Quel giorno ebbe ben tre ore di insegnamenti d'ingegneria e meccanica e non pensò a nient'altro. Furono ore importanti per il suo futuro, ma anche interminabili, perché il pensiero di cosa sarebbe successo dopo lo stimolò.

Peggio ancora, sapeva che Mark non sarebbe stato libero fino al giorno seguente e così arrivò fino a sera senza che potesse fare altro se non attendere e sperare.

Quando il giorno dopo giunse l'ora di pranzo e le lezioni finirono, fu così concentrato a prendere il necessario per il *pomeriggio e a rispondere a un biglietto di Mark, che quasi cadde in terra quando andò a sbattere contro un uomo.*

James lo guardò torvo con cipiglio serio e inquietante. Erano davanti alla porta della mensa, sotto gli occhi ansiosi di parecchi astanti, Garrett pregò che James non facesse nulla, ma le sue speranze andarono in fumo. Senza nemmeno rivolgergli la parola, il Guardiamarina lo afferrò per la giacca e lo spinse contro il muro.

Ringhiò e quasi gli diede una testata, poi puntò gli occhi neri nei suoi e con espressione imbufalita lo scosse un paio di volte, come una marionetta.

«Sei diventato scemo di colpo? Vuoi che qualcuno ci veda e vada dal Comandante a denunciarci?»

Parlò a voce così bassa che faticò persino lui a udirne le frasi. Quella fu la prima volta che sentì un brivido gelato di paura e d'istinto scosse la testa. Non aveva pensato a quell'eventualità, preso dall'ossessiva idea di volere di più dal ragazzo, e desiderò solo avere soddisfazione a quel bisogno soffocante. Quando però James gli fece notare quando fosse stato incauto, sentì un brivido. La consapevolezza di aver fatto un errore grossolano gli provocò vergogna, mentre scrutava gli altri studenti che camminavano curiosi lungo il corridoio o stavano in coda per entrare in mensa.

«Adesso ti farò male!» gli mormorò James, sferrandogli un pugno al ventre che lo piegò in due. Non era il primo pugno che riceveva ma, nonostante l'avvertimento, quello lo prese alla sprovvista e lo colse impreparato. Dopo di che lo lasciò andare e lui si piegò in due tossendo. James lo guardò scuotendo la testa e poi se ne andò a passo di carica verso l'esterno.

Nessuno osò avvicinarsi a lui, per paura che James tornasse indietro; Garrett sapeva che nella scuola la fama del ragazzo era al pari a quella di un sociopatico serial killer e non si stupì più di tanto di quell'atteggiamento.

Per un tempo che gli parve infinito, restò immobile contro la parete a cercare di riprendere fiato; poi si diresse dalla parte opposta a quella che aveva intrapreso il ragazzo. Qualcuno nel corridoio mormorò qualcosa e lo indicò in cerca di pettegolezzi, ma nessuno udì qualcosa di comprometttente. Per fortuna nessuno cercò di chiedergli niente e lui poté andarsene tenendosi la pancia.

Nella testa gli ronzarono mille dubbi e domande, non capì perché James si fosse comportato così e la domanda che gli aveva posto lo tormentava. Si distrasse e forse fu per quel motivo che impiegò qualche minuto a ritrovare la strada per la sua camerata; ma fu molto sollevato quando, entrando, la trovò vuota.

Se avesse dovuto spiegare perché ansimava e camminava proteggendosi il fianco con il braccio, sarebbe stato molto difficile non nominare James. In più Mark non era uno stupido e avrebbe collegato i fatti. Si buttò sul letto vestito e sprofondò il viso nel cuscino. Solo allora lasciò sfogare la frustrazione con un urlo tra le piume d'oca del guanciale e poco dopo prese a pugni la testiera del letto. Era furioso con se stesso per esserci cascato, per avere di nuovo lasciato che qualcuno si prendesse gioco di lui in quel modo. Arrivando lì, infatti, concluse che il ragazzo lo avesse solo preso in giro per divertirsi a prenderlo a pugni davanti a tutti.

Mark fece la sua comparsa in quel momento, spalancò la porta e lo osservò sollevando le sopracciglia.

«Tutto bene?» domandò molto preoccupato, i suoi occhi lo studiarono attenti. Lui buttò giù le gambe dal letto e si stropicciò la faccia con le mani.

«È già ora del corso dell'Ufficiale Smithson?» l'altro annuì e Garrett si tirò su lasciandosi sfuggire un brontolio; Mark non reagì in modo esplicito, ma inclinò la testa di lato e poi si grattò il mento. Lo faceva sempre quando stava studiando qualcuno, era il suo modo silenzioso per dire che ti stava analizzando.

«Quindi le voci nei corridoi dicevano la verità? Sei davvero finito sotto i pugni di quel delinquente?» esordì e non ci fu nessun bisogno che lui negasse. «Bene, allora si va in infermeria.»

Garrett avvampò. «No! No! Non c'è nessun bisogno che tu...»

Senza rispondergli l'altro gli afferrò il braccio destro e lo tirò verso l'alto con decisione. Garrett sentì una fitta lancinante che gli fece venire le lacrime agli occhi. Mark sorrise trionfante e gli aprì la porta.

«Forza, fuori!» La testa iniziò a girargli, quindi non ebbe le forze per contrastare l'amico, che lo trascinò letteralmente fino alla stanza dove un'infermiera controllava gli studenti.

L'infermiera gli fece togliere la camicia e lo guardò per un lungo minuto in silenzio; poi senza dire niente gli spalmò un unguento gelido e trasparente sulla zona violacea e lo fasciò stretto.

«È solo una brutta botta.»

Lui e Mark rifilarono alla donna la scusa che era scivolato in bagno e aveva colpito il lavandino. Lei parve credere alla scusa plausibile e li rimandò a lezione, con l'ammonimento che semmai avesse sentito di dover vomitare o la testa gli fosse girata in modo serio, di tornare senza esitazione da lei.

Una volta fuori, Garrett si rinfilò la giacca della divisa, mettendo una mano in tasca, e trovò il bigliettino spiegazzato. Quello di James perché le scritte erano esterne, come se lo avesse piegato al contrario. Con Mark al suo fianco, non poté aprirlo e così lo strinse nel pugno dentro la tasca.

Solo un'ora dopo, mentre stava cercando di riprendere fiato dopo un allenamento, riuscì a leggerne il contenuto: James lo attendeva quella sera dentro la Cappella di John Paul Jones. L'appuntamento era un'ora dopo cena, ai piedi del mausoleo del marinaio. E James lo spronava anche a controllare che nessuno lo seguisse.

Garrett lo dovette leggere tre volte prima di rendersi conto che il suo desiderio si sarebbe realizzato quella sera stessa.

Capitolo 9

Superò il viale alberato e si fermò sotto il grosso gazebo, dove c'erano dei ragazzi che fumavano. Lo guardarono incuriositi, chiacchierando sottovoce. Le parole di James gli tornarono in mente all'improvviso.

Svoltò l'angolo, ma il cuore gli batté come un tamburo da guerra e le orecchie iniziarono a bruciargli, come dopo uno sparo senza cuffie protettive; e non era finita, perché quello era solo l'inizio.

Camminò e finse più di una volta di non essere diretto dentro il mausoleo. L'entrata della cappella a quell'ora era chiusa e dovette entrare da una porta laterale. Per sviare la curiosità dei presenti, finse di essere interessato alla struttura, sollevò lo sguardo e osservò per un paio di secondi la cupola azzurrina e il frontone decorato.

Non gli interessava che fosse stata restaurata o se fosse stata già così fin dal progetto iniziale, né tanto meno se i due missili ai lati della scalinata fossero veri o delle riproduzioni cave. Ma nel simulare quell'interesse, con la coda dell'occhio vide il gruppetto ignorarlo.

La sua testa era piena e rimbombante di un unico pensiero: James era lì da qualche parte che lo stava aspettando.

Alla fine prese coraggio, fece un respiro profondo e camminò verso il retro. Da lì poteva vedere la poderosa facciata dell'edificio vicino e il prato che circondava l'edificio con tutti i suoi alberi.

Sospirò, dovette solo coprire la breve distanza, girare la maniglia della porta ed entrare.

All'improvviso qualcosa gli chiuse lo stomaco, non aveva cenato. Anche Mark lo aveva squadrato perplesso, ma in quel momento lo stomaco e la testa gli si rivoltarono contro.

L'ansia gli giocò un brutto scherzo, ma non appena sentì il freddo della serratura, tutto perse d'importanza.

L'interno circolare dell'edificio all'epoca ospitava nel suo centro la tomba del marinaio. Tutto intorno, un colonnato di marmo ospitava un camminamento circondato da panche e nicchie.

Due erano le porte di legno e ferro battuto, una a est e una a ovest, mentre a sud c'era un enorme portone che conduceva all'entrata principale.

L'allarme era stato staccato e le luci bianche dei neon illuminavano solo la statua nera e bronzo al centro, il resto del camerone era immerso nel buio.

Non aveva paura, ma il brivido dell'eccitazione lo percorse come una carezza, lungo la nuca fino ai piedi.

Fu lì che sentì per la prima volta quella nuova sensazione pulsargli nelle vene, come benzina nei pistoni.

Una mano lo arpionò saldamente per la spalla e James lo spinse di prepotenza contro la nicchia più vicina.

«Hai controllato che nessuno ti vedesse entrare?» bisbigliò e con lo sguardo controllò la porta da cui era entrato.

«Sì, nessuno mi ha visto» ribatté ansimando e l'altro lo spinse ancora di più contro la panca.

«Bene!» solo allora l'altro lo afferrò per il bavero e lo tirò verso di sé, allontanandosi dalla convessità del muro.

Senza parlare, lo trascinò verso una porta, mimetizzata dietro a un mezzobusto e dopo averla aperta con un calcio, lo spinse dentro.

Garrett non riuscì a protestare neppure per il buio. James, infatti, incollò le labbra alle sue impedendo alle lettere di uscire.

Da quel momento in poi non sentì più niente, se non le sue mani addosso e le sue labbra sulle proprie. Non tardò molto che si ritrovò a reggersi a un basso ripiano per contrastare l'irruenza divampante del ragazzo.

Lo aveva in pugno. Man mano che il bacio si fece più intenso, lo costrinse a dischiudere le labbra e a lasciarlo entrare; la sua lingua saettò contro la propria, lo eccitò e inebriò fino a fargli tremare le ginocchia. James smise all'improvviso di baciarlo per ridacchiare.

«Era questo che volevi, verginello?»

Garrett ansimò e annuì, mentre l'altro premeva l'inguine contro il suo. La pressione era impossibile da fraintendere, era eccitato. Si ritrovò così in preda alle emozioni da esserne completamente ebbro. L'oscurità ormai si era dipanata per rivelargli le labbra seducenti dell'altro e di cui non poteva saziarsene.

D'impulso si sporse, voleva ancora baci da quella bocca arrogante, ma James lo allontanò con la mano.

«No! Devi guadagnartelo il prossimo… avanti, Mammoletta, eccitami se vuoi che prosegua.»

Andò nel panico più totale, non aveva la minima idea di cosa volesse da lui, così allungò le mani per tentare di toccarlo. L'altro restò immobile, non un cenno o una reazione, lasciò che gli sbottonasse i primi tre bottoni della camicia. Quando il capo fu aperto, Garrett gli accarezzò l'addome, il bordo della cintura gli solleticò il palmo della mano.

James al contrario restò immobile, le mani lungo i fianchi e gli occhi puntati nei suoi.

«Avanti fammi vedere di che pasta sei fatto…» lo spronò, ma lui non aveva idea di come procedere, non esistevano manuali per certe cose.

«Io non…» balbettò e James sbuffò inquieto.

«Sei un imbranato… lo sapevo che avrei dovuto fare tutto io.»

Non passò un secondo da quel commento che James lo sovrastò di nuovo con il suo corpo, questa volta Garrett aveva il suo torace caldo e liscio sotto le mani, ma erano quelle di James a comandare. Lo afferrò per la nuca, tirandogli i capelli e obbligandolo a piegare la testa all'indietro, le sue labbra si posarono sulla sua gola e Garrett smarrì l'equilibrio. Lo stuzzicò con baci caldi come i tizzoni delle fornaci, fino a lambirgli il lobo dell'orecchio. Qui si prese del tempo per morderglielo piano, con la punta dei denti e passarli poi lungo la linea della mascella. Garrett sentì i polmoni svuotarsi il cervello annebbiato gli mandava segnali confusi.

Quella bocca lo bruciava come un marchio, quei denti lo stuzzicavano come una piuma d'oca, ma erano i gesti controllati e studiati che lo rendevano impaziente: Garrett fu certo che il ragazzo avesse almeno altre due mani. Perché non capì come poteva trattenerlo contro la parete libera, accarezzarlo e stuzzicarlo come stava facendo e avergli levato la camicia.

L'aria fredda dello sgabuzzino lo scosse per un secondo appena, poi James si chinò e prese in bocca uno dei suoi capezzoli.

Appena lo afferrò tra i denti, Garrett perse la consapevolezza dello spazio, ma fu quando lo succhiò che un gemito gli sfuggì dalle labbra.

James alzò la testa di colpo, con un sorriso famelico dipinto sul viso.

«Ora che sai come si fa, tocca a te.»

Annuì e attirò piano il ragazzo contro il suo torace, ora erano pelle contro pelle e la prima cosa che sentì fu il calore che l'altro emanava. Lo accarezzò, passandogli le mani sui fianchi e sulla schiena, fino a cingergli le spalle.

Questa volta sapeva che cosa voleva, doveva solo prefissarsi un obiettivo e mantenere la concentrazione giusta. Prima un po' incerto, gli passò le labbra sulla mascella, James sospirò e lo afferrò per i fianchi. Nell'attirarlo più vicino, infilò una gamba tra le sue e lo stuzzicò sfregandosi. Non si lasciò distrarre, con un po' più di convinzione, adesso che sapeva di poterlo fare, strofinò le labbra umide lungo il collo, verso il lobo dell'orecchio. Lo prese tra le labbra, lo tirò piano e poi si allontanò, gli occhi di James nel buio gli sorrisero.

Vedendo che apprezzava, fece di più. Gli infilò le dita tra i capelli, lo attirò più vicino e ricominciò a stuzzicarlo, scendendo verso il mento. Quando fu vicino alle sue labbra, con una mano gli accarezzò il ventre, salì e non si fermò finché non ebbe tra le mani un suo capezzolo. Lo accarezzò, passò il dito in cerchio e non lo mollò finché non lo sentì diventare duro e ruvido. Solo allora scese verso il basso, accarezzando il bordo della cintura chiusa.

James grugnì, lo spinse ancora più verso il muro e, dopo avergli afferrato la testa, andò all'assalto della sua bocca. Garrett esultò euforico mentre si arrendeva all'arrembaggio vulcanico di quelle labbra. La lingua lo riempì rovente e lo stuzzicò accarezzandogli il palato.

Le ginocchia lo abbandonarono del tutto, dovette afferrarlo per la vita, attirandolo più che poté. L'eccitazione esplose quando l'altro premette la propria e continuò a strusciarsi lascivo. I fuochi d'artificio gli esplosero nel cranio, inebriandolo come mai prima di allora; perse la cognizione dello spazio, tutto quello che seppe era che James era lì contro la sua pelle nuda e lui non poteva più aspettare, voleva tutto da lui.

I gemiti si mischiarono ai mormorii e ai respiri di James; la pelle gli bruciava come lava, l'erezione dentro i pantaloni premeva impaziente. Era sicuro che di lì a poco sarebbe impazzito per quell'ondata di eccitazione incontrollabile. James lo aveva completamente in pugno.

Quando alla fine sentì che l'aria gli accarezzava la pelle sensibile del membro, provò sollievo; poi James lo accarezzò.

Garrett quasi svenne appena l'altro con mano sicura gli avvolse l'erezione con le dita. La terra sprofondò. Credette di morire e all'improvviso ebbe un brusco attacco di panico.

«No! Fermati! Fermati! No! Basta!» Si agitò e lo spinse via ansimando spaventato. Gli mancava l'aria, la pelle gli bruciava come in preda a un'alta febbre e il costato gli doleva, come se fosse stato punto da mille spilli.

James s'irrigidì e fece un passo indietro, solo allora nella nebbia che gli aveva velato gli occhi, lo vide.

Dalla porta entrava una flebile luce bianca che illuminava il torace nudo del ragazzo, anche lui ansimava e aveva una vistosa erezione dentro i pantaloni chiusi. Il suo corpo era pronto a continuare, ma le sue mani si erano fermate e adesso lo stava scrutando impassibile.

«Che diavolo ti prende?» Le parole uscirono, come se stesse raschiando del cemento con le unghie, e Garrett sentì il peso della colpa piegargli le spalle e abbassò il capo.

Stava per chiedergli perdono, per dirgli di fare tutto quello che voleva. Non lo avrebbe mai più fermato, ma James lo afferrò per i pantaloni e lo avvicinò.

«Guardami negli occhi!» Lo fece e si perse nel nero che lo avvolse. Tra i due non ci furono altre parole, James gli prese il viso tra le mani e gli sfiorò delicatamente le labbra con un pollice. Garrett aprì la bocca e l'altro ci infilò la punta del pollice.

Lo leccò e James sorrise. Non si fermò, lo accarezzò sul torace finché il respiro di entrambi non si placò e poi gli afferrò una mano e si portò il dito indice tra le labbra. Lo infilò in bocca e lo avvolse con la lingua, Garrett sentì i brividi lungo tutto il corpo.

Dopo lasciò la sua mano e gli chiuse i pantaloni, per poi farlo appoggiare al ripiano. La sua lingua saettò tra le labbra e Garrett non resistette più. Lo afferrò per i lati del viso e lo attirò in un altro bacio. Non lo lasciò andare, sebbene l'altro tentò di allontanarlo, lui lo cinse con le braccia e duello con la sua lingua finché non rimase senza respiro. Averlo così vicino lo fece ribollire, il bisogno di sentire ancora le stesse sensazioni gli diede coraggio, avvicinò il suo inguine a quello di James e si strusciò impaziente.

Continuò finché l'altro non infilò di nuovo una gamba tra le sue, così la frizione divenne più forte, più pressante e lui non riuscì più a fermarsi, finché non vide tutto annebbiarsi.

James lo tenne per la vita per tutto il tempo, lasciandolo muoversi come e quando voleva, le loro bocche non si staccarono mai, finché Garrett non sentì qualcosa di nuovo.

Il fuoco nelle vene lo affogò. Sentì il suo stesso corpo diventare liquido e sciogliersi. Lasciò andare la testa all'indietro e James incollò le labbra alla sua gola.

Durò un paio di secondi, tutto vorticò come su un ottovolante e poi vide la luce. Solo allora capì che aveva appena sperimentato il suo primo orgasmo. Boccheggiò in cerca d'aria, ma James lo schiacciò contro il muro.

«Ti sei divertito adesso?»

Garrett cercò i suoi occhi e li vide lampeggiare di rabbia. «Scusa, io non ...»

«Bugiardo! Sei un egoista! Per chi mi hai preso? Per una puttana?» Garrett avvampò di vergogna e cercò di allontanarsi, ma James lo teneva ben saldo. Gli piantò l'avambraccio sotto il mento e con la mano libera gli afferrò il mento. «Guardami, codardo! Voglio la mia parte adesso!» ringhiò e gli diede in brividi.

«Sì, sì...»

James lo lasciò andare e Garrett ansimò piegandosi sulle ginocchia. L'altro aveva ancora i pantaloni chiusi e l'erezione era molto evidente.

Si raddrizzò in imbarazzo e attese che l'altro proseguisse. «Mi dispiace, mi è mancata l'aria. Io volevo...»

«Sta' zitto e inginocchiati! Ora imparerai a fare l'egoista!» Non attese nemmeno che gli rispondesse, lo prese per le spalle e premette finché non lo costrinse in ginocchio. Adesso la patta dei pantaloni di James era davanti al suo viso. «Aprila!»

Garrett aveva le mani che gli tremavano ma lo fece, abbassò i pantaloni e liberò l'erezione. James non parlò più, lo prese per i capelli e lo avvicinò, premendogliela contro il viso.

«Apri la bocca!» Grugnì e lo costrinse forzandogli la mandibola con la mano.

L'umiliazione fu immediata, non appena lo sentì tra le labbra, percepì la sensazione montargli nel petto, come un macigno, ma non protestò. All'iniziò gli venne da tossire e tirarsi indietro, ma il ragazzo lo tenne bloccato. Poi man mano che comprese cosa doveva fare, trovò il modo di avere più libertà di movimento e non fu così orribile come aveva creduto. Sentire l'erezione gonfia in bocca era strano ma gli diede anche una forma di potere che non aveva mai provato.

Quando poi si spinse a leccarne la base, sentì James allentare la presa sul suo cuoio capelluto e capì di aver fatto qualcosa di buono.

Non durò molto e per tutto il tempo l'altro gli tenne le mani tra i capelli, finché alla fine anche lui venne e lo lasciò andare. L'attimo dopo si accese una sigaretta e lo fece alzare, allungandogli una mano per tirarlo in piedi.

«Non ti metterai a piangere ora, vero? Comportati da uomo e paga le conseguenze delle tue azioni.»

«Ti ho già detto che mi dispiace, perché fai lo stronzo?»

James non rispose, gli soffiò il fumo sul viso e si rimise la camicia; anche lui si rivestì e poi si appoggiò al mobiletto che per tutto il tempo lo aveva sorretto.

«Io volevo farlo, non mi sono tirato indietro» sbottò con una punta di fastidio per quel modo freddo con cui l'altro lo trattava; dopotutto aveva fatto ogni cosa che gli aveva chiesto.

«Hai avuto paura!» sentenziò secco.

E Garrett fu sorpreso di quanto l'altro fosse riuscito a leggergli dentro. Dopo solo un piccolo incontro e un breve scambio di battute, James sembrava conoscerlo meglio di chiunque altro.

«La prossima volta...» Lo vide tendere le labbra e scuotere il capo.

«Non ci sarà un'altra volta! Te l'ho detto, era questa la tua grande occasione per scoparmi.»

«Perché no? Cosa ho sbagliato? Dimmelo! Imparerò, te lo giuro!»

James quasi scoppiò a ridergli in faccia. «Sei davvero un verginello. Ficcatelo bene in testa, tu non sei il mio amante e non lo sarai mai. Tra noi non c'è niente e non ci sarà. Questa è l'ultima volta che mi vedi e mi rivolgi la parola.»

«No.»

Preso dalla paura di perderlo per sempre, lo afferrò per il bavero e lo spinse contro lo scaffale di metallo dietro di loro incollando la bocca alla sua. Stampò le labbra con forza e attese impaziente che l'altro si aprisse a lui. Non successe, James lo afferrò per la cintola e lo allontanò.

«Ti cercherò io! Guai a te se provi a fare un'altra cavolata come oggi.» Garrett sorrise, aveva vinto. James aprì la porta per uscire, ma si voltò a guardarlo. «Aspetta a uscire. Non ti darò un'altra occasione per convincermi che non sei un egoista senza spina dorsale. Cerca di sapere che cosa vuoi la prossima volta che verrai da me.»

Ebbe voglia di saltare di gioia, ma si trattenne a stento. Il Guardiamarina lo fissò gelido e non si spinse a fargli capire quanto quella concessione lo esaltasse.

Capitolo 10

Si svegliò di soprassalto, ansimando, sudato e con il respiro corto. La testa gli scoppiava ed era ancora confuso dall'effetto del sonnifero. Le nebbie dell'intorpidimento impiegarono parecchio ad abbandonarlo, così restò sdraiato a fissare il soffitto contando le foglie intagliate nel legno. Provò con ostinazione a scacciare la sensazione, ma perse la battaglia.

Non poteva più addormentarsi, erano quasi le cinque del mattino, mezz'ora più tardi si sarebbe dovuto alzare e preparare, quindi era inutile provarci, oltre che rischioso.

Quando riuscì a pensare con più lucidità, si accese una sigaretta, la appoggiò alle labbra e, tenendole strette, guardò la fiammella danzargli davanti agli occhi, colorando di rosso la punta. Il tremolio lo affascinò per alcuni secondi. Si prese persino il lusso di fare scattare l'accendino una seconda volta, solo per prolungarne la magia.

Smise solo perché il pollice iniziò a scaldarsi, così lasciò l'oggetto sul copriletto e afferrò il cellulare. Sbattendo gli occhi, vide che erano già le cinque e mezza passate e sbuffò, mentre liberava una boccata di fumo; c'era già anche un messaggio di Gus. Lo aprì e non si soffermò a valutare come fosse possibile che si fosse perso mezz'ora in quel modo così stupido.

"Amore, mi sono alzato adesso, mezz'ora e parto. Per le sei e mezza dovrei essere lì da te. Tienimi al caldo un litro di caffè, mi ci vorrà per arrivare a stasera."

Lo rilesse due volte, per essere certo di aver compreso davvero quello che gli aveva scritto, stava arrivando lì per lui. Il sollievo gli tirò le labbra in un sorriso, socchiuse gli occhi e aspirò la sigaretta un paio di volte lentamente e con gusto, assaporandone l'aroma.

La sveglia che aveva puntato alle sei squillò e la spense con una manata. Rimise il cellulare sotto carica, non voleva consumare preziosa batteria, di pomeriggio gli sarebbe servita, ne era quasi certo. Poi lasciò cadere il mozzicone nel bicchiere.

Era pronto ad alzarsi quando gli parve di udire un rumore insolito, che colpiva la porta. Si diede dello sciocco quando collegò il rumore al luogo in cui si trovava e l'attimo dopo Alfred entrò con molto silenzio e si schiarì la voce con due colpi di finta tosse.

«Signorino Garrett, credo sia ora di alzarsi. Tra poco inizieranno ad arrivare gli ospiti.»

Garrett alzò una mano in segno di assenso, poi si sedette sul letto.

«Sì, sono già sveglio, grazie Alfred. Per favore prepara una generosa dose di caffè nero bollente, sta arrivando Augustus Montgomery, il mio amico sarà qui a momenti.»

Il maggiordomo si drizzò sull'attenti e poi fece un inchino.

«Sì, signore. Il caffè è già pronto in cucina, vuole che le porti la colazione in camera?»

«No, grazie. La farò insieme al mio amico appena arriva. Preparaci un tavolo in cucina se non ti arreca disturbo.»

«Sì, signore. Quando arriverà, sarà tutto pronto come desidera.»

Garrett valutò di portarselo a casa con Gus, l'anziano la mattina era molto utile, se si era ancora mezzi intontiti e il bisogno di caffeina era al massimo del livello umano.

Per sua fortuna aveva ancora trenta minuti, forse un'ora intera, per sistemarsi un po' prima che arrivassero i vari partecipanti. Gus non contava, lui era abituato a vederlo dopo una notte insonne o piena d'incubi, come quella appena trascorsa. Lo avrebbe capito al volo con un'occhiata.

Solo quando fu sotto l'acqua bollente della doccia, si concesse di ripensare ai sogni di quella notte, il nodo allo stomaco tornò a bloccarlo. Anche dopo anni, nel peggior giorno della sua vita, James riusciva a scuoterlo e distrarlo. Almeno ricordarsi di lui non lo aveva eccitato come in quei funesti giorni all'Accademia, pensò finendo di lavarsi.

Uscì dal box e si avvolse l'asciugamano intorno alla vita. Doveva rasarsi mentre la pelle era ancora fresca e umida e si diresse al lavello. L'immagine che vide riflessa non lo stupì più di tanto, sapeva già d'avere sia le occhiaie sia lo sguardo vacuo.

Mentre si passava la lama sul mento, Garrett si tagliò. Per riparare il danno afferrò un piccolo pezzo di carta e, dopo averlo inumidito, lo appoggiò sul graffio per tamponarlo.

Quel gesto lo riportò indietro alla sua adolescenza, alla volta in cui si era rasato per la prima volta e si era tagliato nello stesso sciocco modo. Quella volta la sua mano aveva tremato per un motivo diverso, ma il risultato era stato uguale. Per fortuna con lui c'era Mark e lo aveva istruito a dovere anche su quel piccolo particolare. Come il Sergente aveva insegnato a lui, il ragazzo lo aveva tramandato all'amico, scherzando sul fatto che era come se fosse suo padre e lo iniziasse alle cose da uomini.

La barba non era stata l'unica cosa da uomo che Mark gli aveva insegnato. Infatti per la prima volta aveva avuto la certezza che lo avrebbe amato sempre e nonostante tutto.

***

Mark gli arrivò alle spalle senza che lui se ne accorgesse. Era intento a scrutarsi con fervente attenzione l'unico pelo che gli spuntava dal mento, quando l'amico lo prese alle spalle. Il braccio gli premette sulla gola e lo tirò indietro con una delle più classiche prese di lotta libera.

«Che stai facendo?» La sua voce all'orecchio gli diede i brividi con quel suo alito bollente e la pressione del suo bacino sulla schiena lo fece vacillare fin troppo, ma si morse la lingua.

Sebbene lo tenesse imprigionato, non sentiva né la necessità di liberarsi né quella di cercare aria, perché Mark lo stringeva appena.

«Dai, lasciami!» borbottò poco dopo.

L'amico lo liberò, ma restò a guardarlo serio. «Ho un pelo sul mento!» annunciò a quel punto, con eccessiva enfasi, tanto da far sbellicare dalle risate l'altro e distrarlo quel tento che bastava perché non si accorgesse della sua erezione nei pantaloni del pigiama.

«Tony corri, Gary ha un pelo sul mento!» lo schernì, chiamando a gran voce il loro compare, che come al solito stazionava nella loro stanza.

«Cosa ridi! Guarda che lungo, devo farmi la barba...» Mark smise di beffarsi della sua scoperta, si avvicinò assottigliando gli occhi e poi annuì.

«Cavoli, hai ragione, hai un pelo sul mento! Sei un uomo!» A quel commento scoppiarono entrambi a ridere, facendo accorrere Tony quanto mai incuriosito.

Quando anche il suo secondo migliore amico vide la novità pilifera, il trio si ritrovò nel bagno di Mark, per fare il punto della situazione. Tra loro era sempre stato così, fin dalla prima volta che si erano conosciuti in prima liceo, l'anno prima: ogni novità di uno di loro, diventava argomento di dibattito del gruppo.

«Be', un pelo è poco per radersi, ma mio padre mi ha detto che più li tagli e più ti crescono. Io dico d'iniziare a farcela tutti e tre!» Spiegò loro Mark con la serietà di chi deve prendere una grande decisione; Tony sbuffò scuotendo il capo.

«Ma che dici! Io non ho la barba. Perché dovrei perdere tempo a radermi? Già dovrò farlo per il resto dei miei giorni, lasciami almeno godere adesso gli ultimi momenti di libertà» Agitò le mani parlando e finì incrociando le braccia. Garrett ridacchiò vedendo i due battibeccare.

«Siete sempre i soliti» protestò. «Io, comunque, non voglio andare in giro per la scuola con questo coso sulla faccia, già mi prendono in giro senza che dia loro dei motivi in più. Devo levarmelo.» I due amici annuirono concordi.

«Vai di accendino, lo bruciamo e via!» Tony aveva sempre qualche uscita poco saggia.

«Bravo genio! Così se tutto va bene mi si brucia la faccia! Usa una delle mie lamette, tienila in bagno e quando vedi un paio di peli, zac» Mark sottolineò le parole con un gesto di chi estirpa un pelo. «Almeno sei sicuro di non fare danni.»

«E se mi taglio?» chiese poco convinto, mentre i suoi amici si scambiavano uno sguardo d'intesa. Tony scrollò le spalle, poi sollevò le mani in segno di resa, tirandosene fuori. Alla fine uscì dal bagno lasciandolo con Mark.

«Vieni, ti faccio vedere cosa mi ha spiegato mio padre» asserì l'amico dopo avergli appoggiato una mano sulla spalla. Dopo di che, cacciando via Tony che occupava tutto lo spazio disponibile, Mark estrasse lametta, sapone da barba, pennello e afferrò il rotolo della carta igienica.

«Fa come faccio io: lama orizzontale dal basso verso l'alto o comunque sempre nel senso opposto di crescita del pelo.» Nel frattempo gli mostrò i gesti e la tecnica, come un bravo istruttore.

Garrett lo osservò, poi lo imitò e quando il pelo sparì insieme a un minuscolo grumo di sapone bianco, Mark gli strizzò l'occhio.

«Bravo figliolo!» scherzò, poi gli diede un pugno sulla spalla. Garrett rise di gusto e si lavò il viso, quel momento fu uno dei primi in cui avrebbe volentieri confessato a Mark di essere attratto da lui, ma per sua fortuna non commise quell'errore.

***

Garrett si spalmò con cura il dopobarba, picchiettando la pelle arrossata e si spazzolò i capelli. Ora aveva un aspetto meno disastroso.

Prima di arrivare alla vecchia residenza di famiglia, era passato dal barbiere di quando era un ragazzo e il vecchio uomo era stato davvero felice di rivederlo. Ovviamente gli aveva rivolto le più sentite condoglianze e con un sorriso non gli aveva fatto pagare il conto.

«Non scherziamo, ragazzo! Tuo padre era il mio migliore e più affezionato cliente, non dire nulla. Non accetterò denaro da te, oggi. Magari, se ti comporti bene, la prossima volta…» Furono le battute dell'anziano barbiere, prima che Garrett gli stringesse la mano.

Adesso che era pronto gli mancava solo l'abito; ma compiere i semplici gesti senza che Gus gli ronzasse intorno con sguardo curioso, gli sembrò stranissimo.

Ormai era un anno che vivevano insieme ed era troppo abituato ad averlo accanto in ogni momento; ma era un uomo adulto e non poteva certo mettersi a frignare perché sentiva la sua mancanza.

Entrò così nella stanza da letto con ancora l'asciugamano attorno alla vita e rimase a bocca aperta.

«Buongiorno!» Un sorriso contento gli fiorì sulle labbra, quando Gus si voltò e gli rivolse quel saluto a sorpresa. «La porta era aperta…» Garrett annuì.

«Stavo giusto pensando che mi mancavi per scegliere la cravatta.»

L'avvocato gli andò incontro, gli si fermò a un passo e gli accarezzò una guancia liscia. La sua mano bruciava a causa del calore del camino e il suo viso era disteso in un'espressione serena, degna di un amante soddisfatto.

«Solo la cravatta?» ironizzò, lasciando la mano mollemente sulla sua spalla, come se interrompere il contatto tra loro fosse una fatica insostenibile.

Garrett lasciò cadere l'asciugamano e sollevò un sopracciglio; quando il suo amante abbassò lo sguardo, entrambi risero divertiti, poiché Garrett mostrava di aver molto gradito la comparsa di Augustus.

«Ti basta come risposta?» gli mormorò mentre lo attirava per la cintola. L'altro si lasciò prendere e gli diede il tanto agognato bacio del buongiorno. Fu leggero, come un puma e delicato come la carezza di poco prima, ma soddisfò entrambi come un sorso di acqua fresca.

Solo dopo Augustus gli diede uno schiaffo sul sedere. «Smettila di perdere tempo! Sotto c'è già qualcuno che ti aspetta, avanti vestiti!» Lo redarguì, mentre Garrett inclinava il capo di lato.

«Chi è arrivato così presto?» domandò incuriosito, non riuscendo proprio a immaginare chi potesse essere l'ospite così ansioso di presenziare a quel funerale.

«Lo vedrai non appena scenderemo per fare colazione» Fu l'ultimo commento di Gus, prima di sparire dentro l'anta dell'armadio per prendergli i vestiti.

Garrett arricciò il naso nel contemplare il contenuto, sentendosi un bambino cui è stato negato il regalo di compleanno. Il battere del grosso pendolo del corridoio però lo riportò alla realtà e gli mise un po' di fretta. Si concentrò sul compito che doveva portare a termine: l'etichetta della società benestante gli imponeva un completo nero e dal taglio sartoriale, o almeno grigio scuro.

L'unica soluzione per quel giorno, era stata quella di portarsi dietro gli unici due completi che rispettavano i requisiti: uno era un Ferragamo grigio antracite dal taglio classico e pulito, lo poteva accompagnare a una camicia azzurro chiaro e all'unica cravatta grigia che aveva scovato; l'altro era uno spezzato nero che aveva preso da un sarto molto rinomato, era un regalo di Gus del Natale passato; era un gessato un po' più moderno, con righe molto sottili di un grigio opaco; anche per quel completo aveva almeno due camicie da abbinare: una bianca e una verde chiarissimo. Quella gialla e quella rosa le aveva evitate, dopo che Gus lo aveva guardato con espressione sconcertata e si era messo a ridere, scuotendo la testa in modo esagerato.

Il secondo dopo, Augustus estrasse entrambi i completi eleganti e li osservò alla luce della finestra, poi si girò a guardarlo, mentre si stava infilando i calzini.

«Metti il Ferragamo, quello nero potresti tenerlo per la cena di Natale… ho già prenotato in un posticino molto esclusivo!» Garrett annuì. Tirò fuori i pantaloni dalla cruccia, facendo attenzione a non sgualcirli e ne sbottonò il primo bottoncino; ma gli salì un dubbio.

«Sicuro che il grigio sia saggio? Non dovrei usare il nero… per Natale dopotutto ho quello Bordeaux che mi hai regalato sempre tu…» Augustus si grattò il mento, sovrappensiero.

Entrambi immersi nei loro pensieri, non si accorsero dell'arrivo del vecchio servitore.

«Signore, perdoni il disturbo. In cucina l'attende il signor…» Gus fece un tuffo in avanti, arrivando quasi al collo del maggiordomo come un giocatore di football e terrorizzando il pover'uomo.

«Arriviamo subito!» lo interruppe con un tono alto, che sorprese Garrett e gli fece salire la curiosità. Se il suo amante era così misterioso verso l'ospite, doveva essere qualcuno che lui non si aspettava e che lo avrebbe di certo stupito. Adesso era ansioso di scendere per scoprire chi fosse.

Afferrò i pantaloni grigi e quasi ci saltò dentro, poi afferrò la camicia che Gus gli porgeva e la infilò di corsa.

Nei mesi, loro due insieme avevano instaurato una routine che spaccava il secondo. Ogni mattina si alzavano, facevano la doccia e si vestivano a tempo di record, per godersi il massimo del tempo in compagnia l'uno dell'altro. Per loro la colazione insieme era un appuntamento irrinunciabile, il semplice bere il caffè e mangiare una fetta di pane con la confettura era il gesto più importante di qualsiasi altro impegno di lavoro. Ecco perché non aveva dormito quella notte e perché Gus aveva fatto quel viaggio all'alba: solo per fare colazione con lui.

E adesso c'era qualcuno che li attendeva di così importante da cambiare quel loro momento intimo. Garrett sentì le mani sudate, mentre finiva di infilarsi i pantaloni e allacciarsi le scarpe.

Capitolo 11

Garrett alla fine infilò la giacca del completo e piegò le labbra in un sorriso, allietato dalla sensazione di freschezza del cotone morbido e dal profumo del prodotto per inamidare le camicie. I pantaloni avevano l'elegantissima piega sul davanti e ai polsi Gus lo aveva aiutato a mettere i gemelli di madreperla. Gli ci volle davvero poco perché fosse presentabile, soprattutto con l'aiuto del compagno. Terminò il tutto sporgendosi e rubando un bacio all'avvocato accanto a lui.

Nella sua breve vita l'abbigliamento era sempre stato una questione molto seria; tutto doveva essere piegato in un certo modo, i colori dovevano essere sempre sobri e spesso erano prefissati da qualcun altro. Già a otto anni aveva imparato a fare il nodo alla cravatta e a legarsi le scarpe alla perfezione. A quindici, quando era entrato al liceo St.Claire, sapeva tutto il codice dell'etichetta a memoria, sia quello militare sia quello dell'alta società, come lo aveva costretto a imparare suo padre per punizione dopo una brutta figura durante una cena ufficiale.

Per fortuna, il tempo era passato in fretta e quel giorno le regole per lui erano molto più flessibili. Nessuno si sarebbe sorpreso se in quella particolare situazione non avesse abbinato il fazzoletto alla camicia, ma tutti i presenti avrebbero notato se indossava vestiti sgualciti o non in perfetta forma. Dopotutto si presupponeva che fosse scosso e addolorato, ma anche che una certa educazione lo avesse preparato a un'occasione simile; per non tirare in ballo la sua formazione militare.

Così, prima di fiondarsi per le scale, si guardò nello specchio rettangolare dell'armadio; la vecchia cornice scrostata aveva ancora la patina dorata, ma la superficie riflettente presentava già le prime crepe scure. Quello che vide però se lo aspettava: il suo viso era troppo sereno, doveva trovare un modo per sembrare triste. La presenza di Augustus lo aveva aiutato a ritrovare la serenità e l'attesa dell'ospite lo rendeva agitato, non certo triste o addolorato.

Il pensiero fugace della notte appena passata e dei ricordi di James lo distrassero, aiutandolo nell'ardua impresa di sembrare più mesto mentre scendeva al piano inferiore.

Gus lo prese sottobraccio e gli passò un fazzoletto con un'occhiata complice e Garrett lo aprì incuriosito, sentendo che conteneva qualcosa. Si sorprese nel notare che conteneva una fettina di cipolla.

«Non sarà troppo scontato?» mormorò un po' titubante.

Augustus scrollò le spalle e scese qualche scalino.

«Io dico che tutte le signore presenti ne avranno una nella borsetta, da usare all'occorrenza» sentenziò, arrivando in fondo e guardandolo senza un'espressione chiara.

«Sarà… ma non m'ispira molto. Preferisco dare un'apparenza più composta, che mettermi a piangere lacrime copiose come un bambino.» Ma al contempo s'infilò il fazzoletto in tasca, piegandolo in modo che non fosse visibile.

Adesso che era vicino alla cucina e sentiva il vociare delle cameriere e di Alfred, l'interesse per il misterioso ospite prevalse sul comportamento da tenere in presenza di nuovi arrivati. E poi aveva fame, era già tardi e il suo stomaco si stava lamentando della mancata cena della sera prima, voleva mettere qualcosa sotto i denti prima di dover pensare agli amici di suo padre. A passo di carica, quindi, precedette Gus verso il tavolo, che l'anziano maggiordomo aveva preparato per loro, con il caffè e qualche altro piatto succulento; sentiva già il profumo delizioso della pancetta con le uova, quando le spalle della sua *sorpresa* gli si pararono davanti e gli strapparono un sorriso di gioia adolescenziale. Ancora una volta avrebbe rotto le regole del buon costume per correre ad abbracciare l'amico.

«Mark!»

Il giovane si alzò appena udì il suo nome e spalancò le braccia, per accoglierlo nell'abbraccio più fraterno che conoscesse.

«Come sei arrivato? Com'è andato il viaggio? Come stai?» Garrett lo sommerse di domande, troppo contento di vedere il migliore amico; anche Mark lo accolse con gioia e, dopo averlo abbracciato, gli diede una pacca sulla spalla e gli rivolse un sorriso sincero e radioso.

«Chiedilo a lui…» mormorò, guardando Gus, che nel frattempo li aveva raggiunti e stava per sedersi al tavolo.

«Io sto morendo di fame e voi?» cercò di cambiare discorso l'avvocato, ma Garrett non si lasciò trarre in inganno.

«Gus…» mormorò e lo vide infilarsi un pezzo di croissant ai cereali in bocca. Era un gesto lampante per non rispondere; lo scrutò masticarlo con gusto, lasciandosi scappare anche un paio di mormorii di apprezzamento.

«Ho capito…» Si arrese vedendolo ridacchiare con la bocca in movimento. «Sono davvero contento che tu sia riuscito a venire» disse poi rivolto all'amico, che si era seduto e si stava versando del succo d'arancia.

«Anche io! È passato tanto tempo dall'ultima volta che ti ho visto. Devi raccontarmi come va il lavoro con lo studio e com'è il nuovo appartamento. Siete a Washington, vero?»

«Sì, abbiamo trovato un appartamento in vendita in una posizione stupenda, devi assolutamente venire per Natale! Potremmo organizzare una cena e invitare anche Tony. Che dici, riusciremo a strapparlo dall'Europa per una cena in onore dei vecchi tempi?» Mark sorseggiò il succo aspro e gli concesse la tranquilla normalità di una colazione.

Per un momento, Garrett credette di essere tornato indietro nel tempo, quando da ragazzini lui e Mark pranzavano alla mensa del St.Claire. Gli mancava avere Mark accanto a sé, potergli confidare i suoi pensieri e raccontargli i suoi risultati.

«Se riesci a convincere la moglie, so che è una tosta» scherzò il marinaio, mentre finiva di bere.

«Alla fine ha trovato qualcuna che l'ha domato!» entrambi si lasciarono sfuggire delle risate divertite. Il pensiero del terzo componente del trio che si faceva domare dalla consorte li rallegrò parecchio; conoscendo l'impeto mondano del giovane coetaneo, l'ipotesi era davvero spassosissima. Gus bevve il caffè, gustandosi quell'ultimo momento di pace, mentre loro continuavano a chiacchierare.

«Il Tenente verrà?» chiese Garrett, dopo aver bevuto a sua volta una generosa dose di caffè bollente.

«Oh sì, ancora stamattina mi ha telefonato per chiedermi conferma su ora e luogo. Lui e mamma si sono già messi in auto, io dico che entro un'oretta saranno qui. Sai quanto ci tenesse a portarti di persona le sue condoglianze, anche se gliel'ho detto che non aveva nessun bisogno di farsi tutte quelle ore di macchina da Bethesda.»

I genitori di Mark erano molto affezionati a lui e Garrett ricambiava l'affetto. Per lui l'uomo era stato il miglior esempio di come volesse essere da adulto e la donna era stata l'unica madre che avesse mai avuto in tutta la vita. Era certo che i due anziani sarebbero accorsi per qualsiasi evento importante della sua vita. C'erano il giorno della sua laurea e anche il giorno che aveva lasciato l'accademia. Erano sempre stati presenti, quando aveva avuto bisogno di una guida, ed era certo che quello per loro fosse solo uno della lunga serie di viaggi che avrebbero fatto per lui.

«Che vuoi farci, le teste dei vecchi marinai sono tutte uguali» mormorò pensando che anche suo padre non lo aveva mai ascoltato; poi si servì con una fettina di bacon.

«Quindi verrà anche tua madre?» Augustus aveva appoggiato la tazza del caffè e si era inserito nella discussione, senza nessun problema. Il tono era incuriosito, ma non incredulo verso quella possibilità.

«Oh sì, Herrietta mi adorava quand'ero un bambino. Sono sicuro che non ci abbia pensato due volte quando Mark l'ha informata» Si limitò a rispondergli, infilandosi in bocca una generosa forchettata. Non aveva fame, non sentiva la necessità di cibarsi in quel momento ma non appena masticò il primo boccone, l'esplosione di gusto gli riempì la bocca e lo stuzzicò.

«Esattamente» bofonchiò Mark con la bocca piena. «Volevano persino venire qui già ieri per aiutarti con i preparativi. Pensa un po'!»

«Alfred sarebbe impazzito vedendola arrivare e iniziare a impartire ordini…»

L'immagine gli si palesò davanti agli occhi come una proiezione di un vecchio film. Herrietta era la moglie di un Tenente, abituata a regole rigide e totale controllo della dimora di famiglia, non aveva mai avuto cameriere o altre persone di servizio, aveva sempre fatto tutto lei. Era una donna d'altri tempi, abituata a fare di testa sua e Garrett la ricordava sempre fasciata da un grembiule da cucina, i capelli raccolti dietro la nuca e vesti variopinte stile anni ottanta.

«Per fortuna hanno capito che non era il caso» Augustus finì in quel momento di fare colazione. Garrett inclinò la testa, aggrottando la fronte a quel commento; poi comprese come mai Gus si fosse comportato come un cospiratore fino a poco prima: aveva organizzato lui l'arrivo di Mark e quindi aveva forse anche telefonato ai suoi familiari.

Allungò una mano e intrecciò le dita a quelle del compagno, non appena compreso quanto Gus avesse fatto per lui, quel giorno. Gli era davvero molto grato. Avere lì Mark gli aveva alleviato la tensione, ma avere accanto il Tenete di vascello Richardson e sua moglie era qualcosa di davvero speciale.

Suo padre non aveva mai voluto incontrare i genitori di Mark, non dopo che lui aveva abbandonato l'Accademia e aveva scoperto il ruolo dell'altro marinaio nella decisione.

«Grazie» gli mormorò infine, per poi stringergli la mano e sorridergli. Mark tossicchiò, forse in imbarazzo per quello scambio di effusioni, ma lo ignorò. Gus invece ricambiò la stretta e lasciò che i loro sguardi s'incrociassero, non proferì verbo ma i suoi occhi parlarono per lui. Tra loro le parole ormai erano ridotte al minimo, non avevano nessun bisogno di usarle in quelle occasioni.

Capitolo 12

All'improvviso un leggero bussare s'intromise nella scena e richiamò l'attenzione del trio. Garrett d'istinto nascose la mano che stringeva quella dell'avvocato, ma Gus lo intercettò a metà strada, afferrandolo e obbligandolo a rimettere l'arto sul tavolo. Mark alzò gli occhi al cielo e si girò verso il maggiordomo che era entrato nella stanzetta.

«Chiedo perdono Signori, ma… Signor Gordon-Lennox, sono arrivati altri ospiti» disse con un inchino elegante e ignorando in modo educato il gesto di Garrett.

«Caspita, di già!» Mark espresse la sorpresa di tutti e tre in modo perfetto, mentre si guardavano sorpresi l'un l'altro e poi davano uno sguardo rapido ai rispettivi orologi, erano già le sette e mezza passate.

Mark e Augustus appoggiarono quasi in modo simultaneo il tovagliolo sul tavolo per alzarsi, mentre lui prima si puliva la bocca all'olio succulento del bacon.

«Grazie Alfred, arriviamo subito» mormorò, passandosi il tovagliolo su giacca e pantaloni per eliminare invisibili briciole.

Il tempo, durante quella colazione libera da pensieri negativi, era volato, e Garrett lo percepì quando si alzò a sua volta osservando Gus sistemarsi la cravatta.

Si alzò a sua volta dalla seggiola e si voltò per dirigersi verso il salone d'ingresso, seguendo Mark, quando Augustus lo prese per un polso fermandolo.

«Aspetta! Non dimentichi nulla?» Garrett sollevò un sopracciglio girando il viso verso il compagno e aggrottò la fronte, esternando il suo dubbio a tale domanda.

Invece che dargli una risposta verbale, Gus infilò una mano in tasca e ne estrasse una custodia che riconobbe subito.

«Oh, cavolo! Sei la mia salvezza!» si sorprese a gioire mentre afferrava l'oggetto rigido e aprendolo inforcava gli occhiali. «Ho mal di testa da ieri! Solo ora riesco a capirne il motivo. Avevo pensato fosse lo stress ma mi bruciavano gli occhi e... devo proprio abituarmi a non lasciarli in giro» mormorò più a se stesso che a Gus che lo aveva affiancato e gli sorrideva amorevole.

«Ti ci abituerai, ci vuole solo un po' di pazienza» lo consolò Gus, con una carezza sulla spalla. «C'è altro che questo povero avvocato può fare per lei, Signorino?» scherzò affettuoso, strappandogli un mezzo sorriso.

«No, sei già indispensabile così, senza che ti dia altri compiti da fare» lo ringraziò, precedendolo verso l'ampia stanza d'ingresso, ma si soffermò sulla soglia e osservò la porta che conduceva alla piccola camera sul retro. A differenza del giorno prima, adesso era spalancata e dall'interno proferiva un odore molto forte d'incenso e fiori recisi.

Sapeva di dovervi entrare per rendere omaggio al padre, ma più ci pensava, più la sua pancia gli mandava segnali negativi. Lo stress, l'ansia e il nervosismo si palesarono tutti insieme in un groviglio di emozioni e anche la colazione stava minacciando di soffocarlo.

Strinse i denti e fece un respiro profondo, Mark era vicino alla porta accanto a una coppia di uomini in divisa che lui non riconobbe, ma fu il gruppetto che Alfred accolse ad attirarlo verso il portone principale.

Il maggiordomo prese i pesanti cappotti dei suoi due zii materni e della donna anziana, proprio mentre lui arrivava alle loro spalle.

«Zio Benjen, Zio Bernard ben arrivati. Com'è andato il viaggio?» chiese stringendo loro le mani ricoperte da spessi guanti, per poi rivolgere l'attenzione alla donna accanto. «Zia Beth, sono felice di vederti» la salutò con un bacio affettuoso e un abbraccio, che la donna ricambiò.

«Oh, il viaggio è stato un inferno, come sempre, e vedere che questo museo è sempre identico mi ricorda perché non venivo qui da vent'anni!» mormorò Bernard, il più giovane dei tre zii, nella sua direzione, strappandogli un sorriso d'intesa. Benjen gli strizzò l'occhio e poi afferrò per il gomito la donna. «Dimmi un po' ragazzo, è vero quello che si vocifera in famiglia, sei diventato socio dello studio di avvocati a Washington? Un bello scherzetto al vecchio che pretendeva tu diventassi un frigido marinaio come lui, eh?»

Stava per rispondergli con la solita frase fatta, che aveva imparato a memoria dieci anni prima, quando zia Beth scosse il capo per non ridere e fulminò il fratello, scivolando dalla sua stretta, e gli si aggrappò al braccio con occhi languidi e gentili. Com'era possibile che i tre fratelli Gordon- Lennox fossero parenti? Proprio non lo sapeva, pensò Garrett per l'ennesima volta.

«Tesoro, non dare retta a quel vecchio, la mia dama di compagnia mi ha letto un paio di articoli su di te. Sei stato eccezionale! Ma dimmi, c'è anche il tuo fidanzato, quell'avvocato tanto carino e gentile?» Garrett mascherò una risata con un colpo di tosse e indicò con il mento, Augustus poco distante.

«Oh sì, zia Beth. É laggiù che parla con quel gruppo di marinai» le rispose sfoderando un sorriso bonario verso la curiosità dell'anziana. Fin da piccolo quella donna era stata l'unica figura femminile della sua vita ed era grazie a lei se a sei anni era riuscito a superare la morte della madre.

Zia Beth per lui era stata a tutti gli effetti il collante della famiglia Gordon-Lennox e l'esempio di come sarebbe dovuta essere una moglie.

Garrett la sorresse quindi con sollievo fino alla camera, dove giaceva la salma del padre, e attese che anche i due uomini gli si avvicinassero prima di varcare la soglia e lasciare che il trio salutasse il fratello minore.

Pochi minuti di silenzio, in cui sentì solo il flebile mormorio di una preghiera d'obbligo e un mezzo commento sussurrato a fior di labbra tra i tre fratelli, mentre sostavano davanti alla bara e poi la donna lo richiamò accanto a sé.

«Tesoro, sei già stato da lui, vero? Avete fatto pace...» Tutti i presenti nella piccola saletta sapevano che tra lui e il genitore non correva buon sangue e non si erano più frequentati, dopo la sua laurea in legge. La donna lo aveva spesso pregato di perdonare l'uomo anziano e comprendere le sue motivazioni e la sua posizione, ma Garrett aveva preferito restare il più lontano possibile dalle grinfie del padre.

E ora che l'uomo era morto, sebbene ne comprendesse meglio le spiegazioni, non sentiva nessuna fiammella di rimorso per quel silenzio prolungato.

«No, zia. Sono arrivato anch'io questa mattina a Whitehall, la cerimonia l'ha preparata tutta Alfred» mentì e vide la labbra dell'anziana stringersi e tirarsi in una smorfia di disappunto.

«Molto male!» gli rivolse anche un'occhiata eloquente su cosa pensasse di quel suo comportamento. «E non azzardarti ad accampare scuse inutili. Ora noi usciamo e intratterremmo gli ospiti per tutto il tempo che ti servirà per parlare con lui e chiedergli scusa... avanti ragazzo! Non fare lo sciocco e va da tuo padre» lo redarguì con il tono che usava sempre per dettare legge con i suoi fratelli minori e familiari, non c'era nessuna possibilità che avesse scampo. Ora che zia Beth aveva parlato, a Garrett non rimase che annuire.

Quel modo di comandare era stampato nel DNA dei fratelli Gordon-Lennox, Garrett non aveva mai conosciuto un membro della famiglia che non usasse il pugno di ferro e quel particolare modo di rivolgersi a chi si reputava inferiore o in errore. E lui forse era anche l'unico che non ne traesse beneficio per la propria carriera; anzi aveva evitato con cura di coltivare quella sua prerogativa.

La zia gli strinse con energia sorprendente il braccio e socchiuse la porta. Mentre usciva e lo lasciava solo nella stanza, i due fratelli la precedettero con andatura claudicante.

«Forza ragazzo, fa quello che devi!» gli mormorò con un gesto inequivocabile per poi lasciarlo solo nella penombra della camera.

Ora il tempo di tergiversare era finito, poteva anche mentire ai parenti, dire che era appena arrivato e che non aveva fatto in tempo a ricongiungersi al genitore; ma lui non era mai stato un codardo e un bugiardo. Così strinse i denti e percorse il breve tratto che lo separava da quel rettangolo di legno lucido con metà coperchio sollevato, affinché lasciasse libera la vista del mezzo busto del defunto.

Alfred lo aveva reso partecipe di ogni dettaglio, così sapeva bene che ai piedi della bara erano deposte due corone di gigli bianchi e gialli, un diffusore per l'incenso e un buon numero di candele votive. Nell'avvicinarsi di più il naso iniziò a pizzicargli per il forte odore della spezia che bruciava.

Il velluto in cui l'uomo era deposto era bianco, come il cuscino e la prima cosa che notò fu che era stato preparato in modo eccellente, truccato e vestito con scrupolosa perizia; perché sebbene fossero passati già quattro giorni, la salma era integra e si presentava molto bene.

L'abito era costellato di medaglie ben lucidate e tra le dita dell'uomo era stato intrecciato un rosario. Accanto alla bara poi c'era un piedistallo con una foto dell'uomo in divisa, nella posa del saluto militare, e accanto a lui il tavolino con il libro delle firme.

Nel punto in cui si trovava in quel momento, Garrett valutò che era alla destra del padre, posto che gli sarebbe spettato di diritto per tutta la vita, ma che non aveva mai occupato.

Fu un collegamento ovvio e scontato quello che gli salì tra i ricordi, l'ultima volta che i due avevano condiviso qualcosa: il sedile posteriore della limosine del genitore.

***

Quella mattina si alzò ancora prima dell'alba, si vestì con cura e chiuse tutti gli scatoloni, accatastandoli accanto alla porta del piccolo appartamento, come concordato con Alfred per telefono il giorno precedente.

L'uomo lo aveva chiamato in vece del genitore per chiedergli conferma degli orari e se doveva affittare per lui un camioncino o bastava il bagagliaio della vettura patronale.

Garrett gettò un'occhiata triste ai due scatoloni malconci e umidi che giacevano sul pavimento, accanto alla grossa valigia e riferì al servitore del padre il suo dubbio.

«Ho solo due scatoloni pieni di libri e la grossa valigia. Come sai ho già spedito il grosso delle mie cose a casa giorni fa...»

In realtà anche in quel caso gli era bastato un grosso scatolone affidato a un corriere, poiché anche lì a Yale aveva evitato con scrupolosa attenzione di stringere amicizie che poi il vecchio padre gli avrebbe contestato. Lui e Mark si sentivano ogni giorno, o se l'amico era in mare, appena arrivava in un porto e con Tony si scambiavano decine di messaggini con i cellulari.

Oltre ai due, aveva frequentato solo alcuni sporadici gruppi di studio, e i suoi compagni di stanza, che però aveva cambiato ogni semestre su saggio consiglio di Mark. Sette lunghissimi anni di evasive risposte o mezze bugie a chiunque, pur di tenerli alla larga da lui.

Per tutti, insegnati compresi, lui era solo uno come tanti, un Garrett come decine di altri. La libertà dell'anonimato era stata durissima, non lo negava e quella mattina, quando si ritrovò al telefono con Alfred se ne rese conto, soprattutto quando fece suo malgrado il paragone con il ragazzo con cui condivideva il piccolo bilocale.

Lui aveva una pila di scatolini, libri sparsi ovunque, ben tre valigie di cianfrusaglie varie, gagliardetti della squadra di football dell'università e ben tre album di foto dei primi anni. Oltre al portatile e allo stereo ancora collegati alle prese.

Garrett lo aveva adorato, ma anche con lui aveva mantenuto un profilo bassissimo, per evitare che gli facesse domande e gli chiedesse perché lui preferisse tenere nascosti i suoi oggetti personali dentro a un cassetto.

Davanti allo specchio, dunque, il giorno della consegna delle lauree, Garrett aveva storto il naso e aveva toccato la tasca con una foto di lui con Mark e Tony, era l'unico oggetto che aveva portato via da Annapolis quel giorno, sullo sfondo, piccolino e sfocato dalla mano poco ferma di uno dei due amici, c'era anche James, o meglio solo il profilo e un pezzo di spalla, ma a lui era bastato per molti mesi.

Ora che si sarebbe laureato in legge, con un voto di tutto rispetto e che con l'aiuto del padre di Mark aveva già un colloquio per un tirocinio a Washington, quella foto era il solo oggetto del passato che avrebbe portato con sé nel suo futuro, oltre a una grossa dose di orgoglio da sbattere in faccia al padre alla prima occasione.

Guardò l'orologio e sorrise a se stesso attraverso lo specchio, mancava solo un'ora alla sua rivincita sul vecchio Ammiraglio.

Si era preparato tutto, il modo in cui salutarlo, il discorso da fargli e le parole per annunciargli che non sarebbe nemmeno passato da casa, ma sarebbe andato direttamente a Washinton; peccato che non avesse tenuto conto di quel viscido e arrivista del Rettore della facoltà.

L'uomo quasi corse verso di loro non appena il padre scese dalla vettura, quasi spingendolo di lato per arrivare primo alla mano protesa del militare. «Alla fine ho il piacere di conoscerla, signor Gordon-Lennox. Per me è un onore averla qui, un veterano di guerra come lei. Prego venga, oggi è un grande giorno per Garrett. Sarà molto orgoglioso di suo figlio, è il migliore del suo corso, ma che dico, di tutta l'Università!»

Dal canto suo, il padre si limitò a una smorfia educata e cercò con gli occhi il maggiordomo per passargli in modo discreto il biglietto con le indicazioni per la sua stanza. Il Rettore però non colse il clima gelido che scorreva tra i due e strinse la mano del padre, con fin troppa enfasi, decantando le sue lodi come il migliore dei leccapiedi. L'Ammiraglio lo incenerì sul posto con la migliore delle occhiate di biasimo, per poi schiarirsi la gola con un elegante *colpo di tosse.*

«È un piacere fare la sua conoscenza, Rettore Smith.» Forse sperava che il padre gli firmasse un bell'assegno, ma non lo conosceva come lui; infatti, non appena ebbe la mano libera, l'Ammiraglio cercò d'ignorarlo e superarlo, ma l'uomo lo placcò con un'agile mossa da serpente.

«Ha ricevuto la mia valutazione e la mia lettera di raccomandazione, non è vero? È soddisfatto del nostro Garrett, vero?» A quelle parole per poco non gli era caduta la mascella in terra per lo stupore, ma si era trattenuto sollevando un sopracciglio verso l'uomo che però non lo considerò.

I due si erano a malapena scambiati due parole da quando si erano visti, poco prima: lui aveva salutato il genitore con un cenno del capo e l'uomo lo aveva scrutato severo con cipiglio supponente, per poi sistemarsi la giacca.

«Sì, molto» rispose a quel punto il genitore al Rettore, lasciandolo a bocca aperta. Il lecchino invece sfoderò un sorriso a trentadue denti e lo accompagnò al suo posto con mille moine e vezzeggiamenti.

«Venga, Ammiraglio Gordon-Lennox, mi segua. Suo figlio o le ha riservato uno dei posti migliori, la visuale è libera e ampia, sarà soddisfatto della nostra cerimonia, vedrà... pensi che è venuto apposta...» Garrett seguì il duo con lo sguardo quasi scioccato, ma a metà del discorso perse interesse, preferendo mandare un messaggio a Mark.

L'amico gli mancava molto, ma era in mare per un'esercitazione e quindi non sarebbe potuto venire nemmeno volendo.

Salito in auto, però, non si aspettò di ricevere lo sguardo severo dell'uomo.

«Padre!»

«Alfred mi ha riferito che la tua roba è tutta nel bagaglio.» Fu il commento piatto che ricevette.

«Sì, grazie» mormorò mentre già stava soppesando le sue future parole.

«Spero che in valigia tu abbia un abito adatto, stasera avremo una rappresentanza da Annapolis per questioni militari di massima urgenza.» L'uomo lo stupì con un colpo basso e per tutto il tempo guardò avanti e rimase nella sua solita posizione composta.

«Certo, ma credevo che Alfred ti avesse informato che non resterò a Whitehall...»

«Prego?» solo allora, vide il viso del padre mostrare una qualunque emozione, con il sollevamento di un sopracciglio e le labbra che si piegarono in una smorfia di fastidio.

«Ho un appuntamento tra due giorni» tentennò, sperando che l'uomo accettasse la cosa senza dover litigare, ma allo stesso tempo era certo che lo avrebbe fatto, finendo per litigare con durezza.

«Non vedo il problema, ti porterà Alfred con la limousine...»

Garrett boccheggiò in cerca di aria, stava di nuovo dettando legge sulla sua vita. Nonostante lui fosse ormai un uomo e con una laurea in legge. «Fino a Washington?» Cercò di mantenere un tono calmo, ma lo scherno trasparì comunque.

«Disdicilo! È di massima importanza la tua presenza a casa in questi giorni» poi gli passò un bigliettino; Garrett era pronto a protestare, a spiegargli di cosa si trattasse e di quanto avesse faticato per ottenerlo, quando l'Ammiraglio lo fermò di nuovo. «E poi non hai nessun bisogno di fare colloqui a Washington, hai già un lavoro.»

«Cosa?» gli sfuggì.

«Mio figlio non si abbasserà mai a fare stupidi colloqui con squali del diritto, ti ho già trovato io un posto nello studio di un mio vecchio amico. Inizi il prossimo mese!» Il padre era tornato a fissare di fronte a lui, come a dimostrargli che non aveva altro da aggiungere, che per l'uomo la questione era conclusa così.

«Assolutamente no! Ormai sono adulto e indipendente, ringrazia pure il tuo amico ma io troverò da me il mio lavoro!» sbottò innervosito dalla prepotenza del genitore. «E poi non torno a casa, mi fermo a casa dei genitori di Mark, a Bethesda. Ho già due appartamenti da visitare e vari colloqui.» Quasi glielo urlò addosso e il vecchio reagì voltando il capo nella sua direzione con gli occhi che lanciavano lampi di ghiaccio. «L'hai detto tu stesso anni fa che non avrei più dovuto mettere piede a casa tua finché non fossi stato rispettabile!» concluse, con una punta di soddisfazione a rinfacciargli le sue parole dure e perentorie.

«Il mio spronarti ti ha spinto a essere il migliore in tutto. Adesso hai le carte in regola per essere un vincente. Dovresti ringraziarmi!» sebbene le parole fossero di lode, il suo tono era così freddo che gli parvero più una critica.

«Certo, padre. Ti ringrazio, ma continuerò a fare da solo!»

Le lunghe ore di dibattito alle lezioni gli avevano insegnato molto, sopratutto sull'accondiscendenza e sulla dissimulazione.

«Vedo che nemmeno Yale è riuscita a inculcarti il rispetto, ragazzo! Sei una continua delusione!»

Garrett strinse i pugni dentro le tasche della giacca elegante, per non lasciar trasparire quanto quelle parole lo avessero colpito in negativo. Fu sul punto di ribattere e sostenere la sua tesi, ma Alfred abbassò all'improvviso il tramezzo che divideva la parte anteriore con i sedili del retro e annunciò il loro arrivo in stazione.

«Signorino, la stazione!»

«Grazie Alfred!» rispose ma il padre lo afferrò per il polso.

«Scendi da questa auto, Bradford e io ti eliminerò dal testamento. Fine del denaro elargito, sarai solo!» Quella fu l'ennesima minaccia che spinse Garrett a reagire all'esatto opposto rispetto al padre. La conferma che per ogni complimento l'uomo gli avesse rivolto, lo avrebbe insultato e manovrato tre volte.

«Non aspettavo altro!» disse, per poi tirare per liberarsi dalla presa dell'uomo.

«Escogiterai di sicuro qualche modo più creativo per deludermi, come ti diverti a fare da tutta la vita! Ma ora riappoggia il tuo sedere irrispettoso su questo sedile e torna a casa con me!» L'uomo ripeté l'ordine con quasi un tono di scherno nella voce, come se lo divertisse quel battibeccare con lui, certo poi di aver partita vinta.

«Sì, padre, hai ragione. Posso deluderti ancora in mille modi diversi, magari per fare soldi sfrutterò il mio essere gay facendo sesso a pagamento! Chissà, Washington è grande...» Il padre lo fissò, stringendo le labbra con sdegno e ripugnanza, e Garrett lesse nei suoi occhi il rifiuto definitivo.

L'uomo sbatté lo sportello con rabbia e grazie al finestrino nero non vide la sua reazione alle parole, ma colse l'espressione di Alfred, che uscì per porgergli la valigia.

«Signorino Gordon-Lennox...» il sussurro concitato gli giunse alle orecchie, quasi come una supplica.

«Garrett! Il mio nome da omosessuale povero e senza famiglia è Garrett» commentò rabbioso, anche se l'uomo non ne sapeva nulla. Dopo di che prese le sue cose dal bagagliaio aperto ed entrò in stazione senza voltarsi indietro.

Capitolo 13

Nemmeno a dirlo, l'anziano al servizio del padre non lo aveva mai chiamato con quel nome, ma quel particolare non l'aveva stupito. Succube com'era all'uomo con cui aveva condiviso la vita, Alfred era in tutto e per tutto devoto ai voleri dell'Ammiraglio.

Dal canto suo Garrett aveva plasmato il resto della sua vita il più lontano possibile dal genitore.

Lo stesso uomo che stava fissando da lunghi minuti.

Ci aveva provato, aveva anche aperto la finestra per farsi aiutare dall'aria fredda, ma non aveva riscosso nessun beneficio.

Sbirciò l'orologio, notando che il tempo era volato, mentre era rimasto chiuso lì dentro, e quindi si chinò verso il volto dell'Ammiraglio.

«Sono tornato solo per dovere. Non credere che lo abbia fatto per un altro motivo. Ci hai provato, padre, ma hai fallito. Sono ancora gay e lavoro ancora per lo studio che mi sono scelto io.»

Per tutta la vita aveva odiato in silenzio l'uomo che adesso giaceva dentro il feretro rivestito di velluto chiaro, attorniato dai gigli bianchi e con gli uomini in uniforme a rendergli omaggio; eppure anche da lì, da quel sarcofago adornato dai vessilli della sua grandezza, l'uomo riusciva a suscitare in lui lo stesso sgomento di quando era un bambino.

Suo padre, il modello di riferimento cui aveva ambito fin dal primo vagito.

Suo padre, l'Ammiraglio inflessibile che aveva fatto di tutto per renderlo a sua immagine e somiglianza. Ma si era dovuto arrendere di fronte alla cruda realtà.

Suo padre, l'ultimo barlume di famiglia che poteva mostrare di forte al mondo, era svanito e lui non riusciva a provare nulla, se non un immenso vuoto al centro esatto del petto.

Alla fine aveva compreso cosa sentiva, non era rabbia, né dolore. Era molto più simile a quando guardi un cielo stellato e ti fissi a immaginare cosa c'è oltre. Il vuoto infinito.

Tornò in posizione eretta, chiuse la finestra e riaccese qualche candela che si era consumata.

Qualcuno bussò, così si diresse verso i doppi battenti, senza però evitare di voltarsi a controllare che tutto fosse in ordine.

«Eccomi...» mormorò aprendo e si ritrovò a guardare, attraverso le lenti, i volti perplessi di Gus e di Mark.

«Stai bene? Sei stato lì dentro un'eternità.»

Garrett annuì e la porta, lasciando che tutti i presenti si avvicinassero alla salma.

«Non preoccupatevi, è tutto a posto» li rassicurò per poi avvicinarsi a un numeroso gruppo di rappresentanza della base militare. Il gruppetto lo osservò per qualche secondo, ne sentì gli sguardi preoccupati sulla schiena, poi l'intravide disperdersi e si rilassò.

Ritornando nel ruolo che si aspettavano, cercò di riconoscere tra i volti anziani degli Ufficiali qualcuno dei suoi istruttori, ma non ne scorse nessuno. Quindi si limitò a stringere loro le mani, indicando il buffet e la stanza.

Il gruppetto reagì con educazione e pacata freddezza, cosa che non lo sorprese, dato che suo padre avrebbe fatto lo stesso. Quello era il modo di fare di tutti i presenti, eccezione fatta per i tre zii, che stavano discutendo con un gruppo di parenti guardinghi e sospettosi, per Mark e la sua famiglia.

Per l'ennesima volta, in quasi venti anni di conoscenza con Mark, Garrett fu sollevato di averlo come amico. Lui e Augustus erano le sue stampelle.

Erano già quasi le dieci del mattino e la sala d'ingresso della magione era piena di uomini accompagnati dalle mogli o da altri militari, come suo padre.

Impegnandosi mente e corpo in quella sfida di resistenza, dunque Garrett superò la sua poca abilità d'intrattenimento parlando con tutti ma solo per pochi minuti, due o tre, massimo dieci e poi cambiava.

La mattinata, grazie a quella tecnica, proseguì senza intoppi, sua zia lo chiamò spesso per presentagli i pochi parenti davvero importanti. Dopo poco, però, ricominciarono a pulsargli le tempie e provando a mascherare il mal di testa da rumore persistente, man mano che le chiacchiere si sollevarono dal silenzio, si massaggiò più di una volta la radice del naso, in cerca di sollievo. Purtroppo per lui non cambiò la situazione, ma attirò l'attenzione dei suoi amici.

Gus da lontano attirò il suo sguardo e dopo un attimo gli arrivò al fianco.

«Signor Gordon-Lennox, Alfred mi ha chiesto di portarle

l'analgesico che gli ha chiesto...» il giovane lo toccò con il gomito e gli passò un bicchiere. Nell'afferrarlo sentì il tocco leggero delle dita del compagno e gli rivolse un fugace ringraziamento piegando le labbra in un sorriso.

Gus gli strizzò l'occhio e poi con un mezzo inchino si allontanò, dirigendosi verso l'anziana zia che, nel prenderlo sottobraccio, ricominciò a parlargli agitando le mani, come se i due fossero in combutta e amici da sempre.

Guardando il ragazzo con la donna, Garrett sentì un sentimento agitarsi nello stomaco, una specie di calore non ben definito. Avrebbe voluto seguirlo, andare con i due e partecipare a quella conversazione, ma non poté perché un altro uomo richiamò la sua attenzione; così placò la sensazione e tornò a recitare la sua parte.

Il sacerdote, che era accorso per stare accanto al genitore, lo avvicinò insieme ad Alfred. Garrett non aveva mai avuto occasione di conoscere l'uomo di chiesa e si stupì di quanto fosse giovane.

«Lei dev'essere il giovane Bradford.» Lo salutò l'uomo allungando una mano pallida e ossuta che strinse a sua volta.

«Mi chiami Garrett, lo preferisco. Bradford era mio padre» cercò di rispondergli con educazione, anche se ormai quella frase iniziava a urtargli i nervi e a indispettirlo.

In tutta risposta ricevette un'occhiata strana e un sorriso dolce e inquietante. «Comprendo, io sono padre Rudy, ho assistito suo padre negli ultimi giorni su questa terra e l'ho aiutato a ricongiungersi a Dio con il cuore pieno di amore e pace.»

Le parole studiate e così inaspettate, considerato chi fosse il soggetto di quella filippica, dovevano avergli dipinto in volto l'incredulità, poiché l'uomo lo prese sottobraccio e, inclinando il capo nella sua direzione, assunse un tono più cospiratorio.

Alfred li guidò verso lo studio, lontano da orecchie indiscrete e nel seguirli, senza proteste, Garrett controllò dove fosse Augustus e che lo vedesse. L'avvocato stava parlando con Mark e i genitori dell'amico e, incrociando il suo sguardo, aggrottò le sopracciglia ma non mosse un muscolo.

Padre Rudy riprese a parlargli solo quando Alfred chiuse la porta alle loro spalle, precedendo il tutto con un colpo di tosse.

«Intuisco che magari lei non crederà possibile quello che sto per dirle, Garrett, ma mi creda, ho conosciuto suo padre anni fa, quando venni assegnato a questa diocesi e scoprii che Whitehall aveva una cappella personale.» Garrett annuì ripensando alla piccola chiesetta sul retro.

«Non è certo la sua presenza che m'incuriosisce, padre. Conosceva il suo predecessore, veniva spesso qui e fu lui a battezzarmi quando nacqui.»

Mentre lo ascoltava il giovane prelato non staccava gli occhi da lui, anche se si muoveva per lo studio, come se lo conoscesse a memoria. Fece persino il giro della scrivania per poi appoggiarsi alla poltrona davanti al camino acceso.

«Sono sicuro che sia così. Però mi sembra che lei non sia stato abituato a frequentare la chiesa, o sbaglio?»

«Mio padre preferiva che frequentassi posti diversi, in effetti» ammise mentre si sedeva sul piccolo divanetto e incrociava le gambe in attesa che l'altro gli rivolgesse la domanda che sapeva sarebbe ben presto arrivata.

«Spero che, diventando adulto, si sia ricreduto.» La sua smorfia fu la risposta che il giovane religioso si aspettava e proseguì con un sorriso pacifico e rassicurante. «Vede, Garrett, ho chiesto ad Alfred di condurla qui per due motivi: il primo è rassicurarla che continuerò a venire ad aprire la cappella per lei e la sua famiglia e, ogni volta lo desidererà, sarà a sua disposizione.»

«Sono sicuro di ciò e ve ne sono grato, padre. E il secondo motivo?»

Prima di dargli la risposta che cercava, Padre Rudy si allontanò dal caminetto e si diresse di nuovo alla scrivania, dove si sedette, mentre estraeva da una tasca una piccola chiave. Garrett si alzò l'istante successivo, incuriosito da una tale familiarità con quel luogo.

«Vede, Garrett, in quanto uomo di chiesa sono tenutario di tantissimi segreti, per lo più coperti dal segreto del confessionale, ma alcuni posso svelarli grazie al permesso di chi me li ha consegnati a cuore aperto.»

Garrett non comprese fino in fondo quelle parole e si sorprese quando vide il prete infilare la piccola chiave dentro la serratura del cassetto più misterioso del mobile del genitore.

«Suo padre, nell'ultimo anno, sentiva che il suo tempo stava per finire. Insieme al suo valletto Alfred ho notato in lui i primi segni di stanchezza e mi sono preso cura di lui come mi è stato possibile.

Venivo qui tutte le domeniche e insieme a lui passavo molte ore a parlare di ciò che lo preoccupava.» L'ennesima pausa a effetto suggerì a Garrett che lui stesso fosse uno degli argomenti in questione.

«Si lamentava del figlio degenere, è questo che mi volete suggerire? La ringrazio Padre ma so già quanto mio padre mi detestasse e mi reputasse un fallimento.» Una smorfia di fastidio gli fece pulsare le tempie così, mentre parlava all'uomo, si tolse gli occhiali e li pulì con il fazzoletto che aveva in tasca. Nell'estrarlo ritrovò anche quello con dentro la cipolla che gli aveva passato Gus e storse il naso, sicuro di non volerlo usare.

«É proprio questo che intendevo: suo padre era molto amareggiato dalla piega che aveva preso il vostro rapporto, ma non nel senso che intende lei.» La chiava fece uno scatto e il cassetto si aprì con un rumore di serratura che veniva sbloccata. Il prelato infilò entrambe le mani dentro e ne estrasse un enorme faldone rilegato e chiuso con un elegante nastro di pelle. «Questo è il motivo per cui suo padre era addolorato.» E diede un piccolo colpetto sulla copertina scura. «Avrebbe voluto dirvelo, ma lei era troppo arrabbiato per ascoltarlo, così si confessò con me e mi pregò di lasciarle questa chiave e album affinché potesse capire...» Poi gli riservò l'ennesimo sorriso stucchevole. «...e magari aprire il suo cuore al perdono» concluse e infine si alzò.

Garrett fece per parlare, ma padre Rudy alzò una mano nella sua direzione.

«No, non c'è bisogno che dica nulla. Se può, creda solo a questo: ho conosciuto suo padre e oggi forse sono l'unico in questa dimora che ne sentirà la mancanza, insieme ad Alfred che l' ha servito per tutta la vita, poiché ne ho ascoltato le parole senza giudicarne le azioni, ma preferendo dare calore all'uomo e ai suoi intenti.»

Dopo averlo detto, si lisciò la giacca, si sistemò i polsini della camicia e uscì senza fare rumore. Lo lasciò solo nello studio dell'Ammiraglio, con il tomo chiuso e la chiave appoggiata accanto.

Garrett impiegò qualche minuto per decidere come valutare tutto il discorso assurdo del religioso e la faccenda di suo padre. Alla fine andò alla scrivania, afferrò il plico e lo rimise dentro il cassetto chiudendolo. Lo avrebbe guardato più tardi, quando quella giornata fosse finita, o magari il giorno dopo.

Appena fu nel salone, Augustus gli arrivò al fianco e lo prese sottobraccio.

«Tutto bene?» annuì con il capo. «Il religioso ti ha fatto la predica? Dobbiamo per caso confessare i nostri empi peccati e purificare la nostra anima nel fuoco?» Garrett sollevò gli occhi al cielo, mentre respirava a fondo. Gus inclinò il capo nella sua direzione e lo guardò con aria incuriosita. «Che ti ha detto di così preoccupante?»

«No, niente. Mi ha dato la chiave del cassetto della scrivania di mio padre e un faldone da guardare.»

«Un faldone? Documenti contabili?»

«Non credo, penso siano più documenti di famiglia, forse qualcosa sulla proprietà o l'eredità...» ipotizzò, mentre andavano verso il buffet e lui si versava un caffè bollente. La sua non era necessità di bere o di caffeina, aveva ampiamente placato quel bisogno poco prima a colazione, aveva preso quella dose di liquido bollente per avere qualcosa in mano, qualcosa di concreto che gli impedisse di rimuginare sulle parole del sacerdote.

L'uomo, infatti, stava iniziando a parlare in tono solenne, davanti alla salma dell'Ammiraglio; tutti si radunarono di conseguenza nella piccola stanza sul retro, occupando le sedie. A lui fu riservata una sedia in prima fila, ma preferì lasciarla all'anziana zia che da qualche momento stava piangendo lacrime di commozione.

Quella vista lo turbò più del volto sereno del genitore a poca distanza, d'istinto cercò la mano di Gus e prese posto dietro ai tre zii, in un posto più nascosto.

Parecchi gli si avvicinarono comunque, ancora per rivolgergli frasi di cordoglio di cui fu molto grato; in modo particolare trovò di profondo sollievo la presenza di Gus al suo fianco; il compagno infatti non lo abbandonò finché il prete non concluse.

***

Garrett ritornò ad Annapolis, all'inizio di quel secondo anno alla base. Era il 2003, anche se gli sembrava fossero passati mille anni, da quando aveva iniziato a mentire al suo migliore amico e si era sentito spezzato in due.

Una parte di lui era quella che s'impegnava, che faceva tutto il possibile per essere il migliore del suo corso e che i suoi superiori tenevano sempre sotto controllo per sfidarlo in ogni occasione.

Soprattutto dopo che la teoria sui libri si trasformò in pratica, Ora da maggiorenne poteva impugnare un'arma ed essere legalmente libero di addestrarsi; non vi era lezione, allenamento o prova sul campo in cui non fosse spronato a essere il migliore.

A volte falliva, non era possibile eccellere sempre al primo tentativo, ma se capitava l'occasione, la seconda volta non si faceva mai cogliere impreparato.

Gli Ufficiali lo lodavano, i suoi compagni invece lo detestavano. Era infatti in quel modo che era diventato oggetto di scherzi crudeli e sbeffeggiamenti da parte dei compagni e soprattutto dei più alti in grado.

Era spesso diviso tra il dovere verso la divisa, la Marina, verso il giuramento cui prestava fedeltà e l'altra parte, quella che si concedeva solo sotto la doccia, quando era solo ed era certo che nessuno lo potesse sentire.

Durante quei mesi, solo Mark sembrava non badare alla sua costante ricerca di perfezione e non lo abbandonava mai. Quell'attaccamento lo aiutò a non cedere e lo legò a doppio filo con il ragazzo. Mark era diventato la sua scialuppa nei momenti in cui la tempesta imperversava, anche se non riusciva comunque a essere sincero con lui.

A mensa e nelle ore di pausa i due amici erano sempre insieme. E i commilitoni iniziarono a sbeffeggiarli, appellandoli "sposini" o "marito e moglie" e a schernirli con dispetti vari.

Garrett non voleva cedere, stringeva i denti e si mordeva la lingua ogni volta, e solo un paio di volte Mark prese a pugni il malcapitato burlone; a differenza sua, non essendo un vero genio nello studio teorico, l'amico colmava le carenze con un fisico molto sviluppato. Certo non lo aiutava la quantità di testosterone nell'aria e il clima di perenne competitività.

In palestra Mark aveva un bel gruppo di amici con cui si sfidava ogni giorno, mentre lui li guardava sconvolto dalla loro forza e cercava di stare lontano.

Per avere solo diciotto anni il suo migliore amico era molto ben piazzato, alto e atletico quasi al pari del padre, mentre Garrett continuava ad avere il fisico asciutto e slanciato, ma poco muscoloso.

Durante le vacanze invernali di quell'anno, il Sergente più di una volta aveva detto loro, scherzando, che potevano partecipare a uno studio scientifico, poiché erano la metà perfetta del super-soldato: Garrett la mente geniale e ligia al dovere, Mark la forza fisica e la resistenza.

I due ragazzi lo presero come un complimento e duplicarono gli sforzi per essere i migliori, rendendo la loro amicizia ancora più solida e inattaccabile.

Peccato che la verità fosse leggermente diversa. Se l'uomo avesse conosciuto il vero Garrett, lo avrebbe di sicuro allontanato dal figlio e rifiutato, come aveva fatto il suo vero genitore.

Quell'estate, al ritorno ad Annapolis, Garrett iniziò gli ultimi corsi del suo secondo anno, mentre Mark aveva finito il suo primo; entrambi non stavano più nella pelle per la fine di quell'anno di separazione; poiché da quello successivo erano certi che avrebbero condiviso anche la camerata e per loro era il massimo. A tavolino studiarono in anticipo tutti i dettagli del loro futuro, le lezioni da frequentare per stare più tempo possibile insieme e i corsi di specializzazione per continuare a studiare in coppia e rendere al meglio.

Garrett non stava più nella pelle all'idea di poter salire sul ponte di comando e vedere i pannelli di controllo delle grandi navi ormeggiate al porto. Per non parlare delle sale macchine e del ponte. Infatti pensava che quella sarebbe stata la sua prossima specializzazione.

Allo stesso tempo, però, man a mano che i giorni trascorrevano, era sempre più diviso tra il cadetto curioso e ambizioso e il giovane che scalpitava per rivedere James e appagare quell'assurda smania che non lo lasciava dormire; perché nella testa di Garrett le parole del ragazzo si erano impresse a fuoco. Le ore, le settimane e i mesi si sommarono accanto a Mark che lo spronava a dare sempre di più per essere il migliore del suo anno, senza che il guardiamarina desse sue notizie, fino a farlo impazzire all'idea che avesse lasciato per sempre la base.

Nel silenzio, ogni notte sdraiato sulla sua branda, Garrett si rodeva le viscere per quella menzogna che stava diventando così pesante sia verso Mark sia verso le persone a cui teneva.

Capitolo 14

Poi il calendario delle lezioni lo portò verso la prima esercitazione in sala di comando. I pulsanti, le luci, le leve e i grandi timoni lo affascinarono tanto da fargli dimenticare per qualche momento che era un falso, bugiardo e ingannatore; durante l'ora in cui rimase in quell'angusto spazio comune, dimenticò tutti i suoi problemi di adolescente.

Per un lasso di tempo breve, si sentì quasi felice, ma non aveva fatto i conti con i compagni più grandi che affollavano i corridoi.

Appena l'insegnante si fu allontanato, lo presero con la forza, lo legarono, imbavagliarono e chiusero dentro un armadietto. Qualcuno poi lo spinse stuzzicandolo sul suo costante rifiuto di unirsi a loro, altri lo sbeffeggiarono a causa sua amicizia con Mark e supposero che il Tenente, padre dell'amico, lo proteggesse.

«Avanti femminuccia, prova a farti aiutare dal tuo gorilla adesso» lo derisero e Garrett morì dallo spavento.

In un momento di panico si ritrovò al liceo nei panni di quel povero ragazzo che, accusato di essere troppo effeminato dai più grandi, fu soggiogato e stressato al tal punto da costringerlo ad abbandonare gli studi per chiudersi in una struttura psichiatrica. Questo lo scoprì dopo, quando Tony venne a saperlo dal suo stesso padre.

In quell'occasione Garrett aveva tenuto la bocca chiusa, ma questa volta, sentendosi in pericolo e avendo imparato a difendersi, provò a ribellarsi dando qualche pungo. I suoi aguzzini però erano troppi per poterli affrontare; così provò il vero terrore per la prima volta in vita sua.

Da dentro lo spazio stretto, attraverso tre minuscole fessure, vide la luce rossa del corridoio, le lanterne a muro giallo scure e poi il buio che lo inghiottì.

Iniziò quasi da subito a dare pugni e testate allo sportello, ma il rumore assordante dei motori coprì ogni suo tentativo.

Trascorsero ore, perse molto presto la cognizione del tempo e si afflosciò sul freddo metallo dell'anfratto.

Il suono dell'allarme lo destò dall'intorpidimento, poi un via vai di marinai che spalancavano portelli, aprivano stanze e perlustravano ogni corridoio.

Lo trovarono che era già sera. Un Ufficiale spalancò lo sportello e Garrett, madido di sudore, gli cadde tra le braccia.

«Marinaio Gordon-Lennox?!» lui annuì mentre l'uomo gli levava il bavaglio. «Per fortuna l'abbiamo trovata! Stavamo per telefonare a suo padre e dirgli che era disperso...» fu il commento che lo raggelò.

«No! No! Non dite niente a mio padre!» gracidò con la gola riarsa e la bocca asciutta, ricevendo come risposta un'alzata di sopracciglio dal graduato marinaio che lo aiutò a uscire e raggiungere il suo superiore.

Quella sera Mark piombò nella sua camerata come un tornado, il viso purpureo e i pugni stretti, proprio mentre ne usciva l'infermiera, era sconvolto e agitato come non lo aveva mai visto.

«Cos'è successo? Chi è stato! Dimmelo che li uccido.» Corse ad abbracciarlo e Garrett non riuscì a trattenere le lacrime, nascondendosi come meglio poté agli occhi del resto della compagnia per non fare la figura del fifone. Si sentì ancora più colpevole e pur di tranquillizzarlo gli raccontò tutto, facendogli giurare di non agire, che li avrebbe affrontati lui da solo. Quella sera Mark contravvenne addirittura al regolamento e spodestò il suo compagno di letto a castello per dormire con lui.

Garrett lo amava tanto quanto un fratello, eppure nemmeno in quell'occasione ebbe il coraggio di confessarsi e raccontargli quello che davvero lo agitava.

***

Il coraggio non era mai stato una delle sue qualità, ma il più delle volte colmava la mancanza con la costanza e la voglia di dare il meglio di sé.

Quel giorno, però, davanti alla salma del padre e a Padre Rudy, che più di una volta aveva cercato il suo sguardo per ottenere una conferma sconosciuta da parte di Garrett, quella sua deficienza gli pesò.

Dopo un lungo respiro profondo e l'ennesimo inchino del capo verso un compagno di armi del padre, che si era avvicinato per porgergli la solita frase di cordoglio, tornò verso la bara con il coperchio aperto.

Il prete aveva finito l'omelia e toccava a lui fare un discorso di ringraziamento, doveva e lo avrebbe fatto. Lui e Gus avevano provato tanti discorsi nella loro carriera da avvocati che per lui improvvisarne uno sul momento non era così difficile; eppure si rese conto di non trovare nessuna parola adatta.

Abbassò lo sguardo quando fu vicino all'uomo che fino a tre giorni prima era stato tutta la sua famiglia e guardò per l'ultima volta quel volto pallido, le rughe profonde e gli occhi chiusi di quel viso cereo; persino il collo rigido della camicia bianca non gli sembrava così spaventoso, come quando aveva sei anni. Nulla di quel corpo freddo incuteva in lui la minima perturbazione, come quando era stato in vita.

Fu una rivelazione. Sorrise.

Alla fine aveva trovato le frasi di circostanza migliori per ringraziare i presenti e raggirare la loro curiosità sulla sua persona.

Adesso era libero; poteva essere chi voleva e per un momento fugace si sentì addirittura più leggero.

Incrociò lo sguardo incoraggiante di Augustus e poi cercò prima Mark e poi i genitori di lui. Il Sergente annuì con il capo in segno di approvazione e Garrett fu libero per davvero.

«Addio, padre» mormorò, sfiorando con la punta delle dita le mani incrociate sul ventre dell'uomo e poi si voltò a ringraziare i presenti.

Quel gesto però lo riportò alla realtà, quando percepì la pelle fredda sotto i polpastrelli e oltre alla consapevolezza di essersi liberato dell'uomo, sentì montare dallo stomaco qualcosa di diverso.

La gola gli si serrò come se fosse stata stretta da una morsa, gli occhi ricominciarono a pungergli e non riuscì a trattenere la lacrima.

Del tutto involontario il dolore lo schiaffeggiò in pieno viso e le mani iniziarono a tremargli.

Con la vista che si appannava, Garrett si resse al bordo del feretro e spalancò le labbra in cerca di ossigeno. Non capiva come fosse possibile che all'improvviso sentisse quel male al petto così forte per suo padre. Lo stesso che lo aveva sempre riempito d'insulti e angherie. Adesso da morto sembrava volergli dare l'ultima delle sue importanti lezioni.

Per fortuna sentì una mano calda e sicura circondargli un gomito e accanto a sé un corpo solido e familiare. Gus gli porse un fazzoletto di tessuto morbido e profumato di pulito.

«Ce la fai?» una domanda molto banale, ma alla quale per un paio di secondi non seppe cosa rispondere.

Il suo compagno capì lo stesso e restò al suo fianco senza aggiungere altro.

In realtà il silenzio era calato su tutta la stanza e se ne rese conto solo quando anche i tre zii si avvicinarono e la donna anziana con il suo solito fare spiccio gli accarezzò una mano.

«Tesoro bello, piangi pure, ti fa bene. Tira fuori tutto adesso che puoi dirglielo in faccia. Lui ti ascolterà, sai?»

L'idea che l'uomo lo potesse sentire per un momento fugace lo inquietò, ma poi fu sommerso dal resto dei sentimenti pesanti che lo affollavano.

«No, no. É tutto a posto.» Cercò di ricomporsi, usando il fazzoletto e poi infilandolo nella tasca dei pantaloni.

Gus e i tre zii gli diedero qualche pacca sulla spalla; quei piccoli colpetti lo aiutarono a riprendere il controllo. In modo particolare fu il sorriso amorevole della zia che gli offrì l'ultimo appiglio di cui aveva bisogno, accompagnandolo con un respiro profondo.

«Grazie» mormorò mentre, ripresa la padronanza di sé, si girava a richiamare l'attenzione del gruppo di uomini che avrebbe accompagnato suo padre nell'ultimo viaggio.

Il quartetto di eleganti giovani portantini arrivò insieme al proprietario dell'agenzia, cui si erano rivolti, e davanti a loro iniziarono a chiudere il coperchio del feretro con delle viti dorate e tondeggianti.

Garrett rimase accanto alla zia, che dopo il primo avvitamento lo strinse per un braccio ricominciando a piangere, il suo era un dolore silenzioso, senza singhiozzi o strepitii, non parlava, chinò solo il capo e le palpebre pesanti sotto la veletta lasciando che le lacrime le bagnassero le guance solcate da rughe profonde.

Trovò quel contegno così solido da sentirne il bisogno; avere la donna accanto che si lasciava trascinare dalla perdita del fratello maggiore fu quasi come avere il permesso di provare lui stesso un certo tipo di dolore verso l'uomo.

Dopotutto era stato il solo membro vero e proprio della sua famiglia. Sebbene tra loro i rapporti fossero sempre stati tesi e complicati, Garrett scoprì di non riuscire a immaginare il resto della vita senza sue lettere o chiamate da Alfred in sua vece.

Il rumore del trapano avvitatore che lavorava fu come quando il giudice usava il martello in aula: fine delle chiamate, un altro chiodo, terminate le lettere, e poi il successivo, niente più obblighi imposti. L'ultima vite chiusa per sigillare il tutto venne anche cosparsa da un paio di gocce di ceralacca rossa, cui uno dei lavoratori applicò il sigillo dell'agenzia funebre: niente più di nulla.

Il singhiozzo che ruppe l'aria fece sollevare il viso cereo dell'anziana donna, che poi gli accarezzò la mano con gentilezza.

«Il mio piccolo dolce ometto...» gli sussurrò, come quando da bambino lo consolava dalle lacrime o gli rimboccava le coperte. Garrett si chinò a darle un bacio sulla mano che stringeva un fazzoletto bianco e respirò ancora una volta per riprendere il controllo.

Quando l'attimo dopo padre Rudy gli andò vicino, Garrett era tornato dietro la barricata di apparenze e nei ranghi che si aspettavano da lui.

«Possa l'anima di suo padre riposare in pace» mormorò per poi seguire i movimenti del gruppo di portantini e degli anziani parenti dietro al feretro.

«Padre...» lo fermò, aspettando che tutti i presenti si allontanassero prima di proseguire. «Spero di non esserle sembrato sgarbato poco fa, non era mia intenzione. Sono felice che abbia assistito mio padre nei suoi ultimi giorni.»

«Non c'è bisogno che mi chieda scusa. Essere qui a confortare la famiglia è il mio lavoro.» Poi si avvicinò e in modo del tutto inaspettato lo prese sottobraccio, iniziando a seguire la processione di persone fuori dalla casa. «La cosa importante è che lei perdoni i peccati che suo padre può aver fatto in vita.»

«Tenterò di farlo...» concesse al religioso che accolse quel suo commento con un sorriso di soddisfazione.

Mentre camminava attraverso il grande salone d'entrata, però Garrett si domandò se fosse davvero possibile che lui riuscisse a perdonare l'uomo. Il padre che lo aveva cresciuto senza affetto e amore, l'Ammiraglio inflessibile che non permetteva sbagli, ma pretendeva ordine, disciplina e regole ferree. Forse non sarebbe mai riuscito a perdonare quel lato del genitore, ma forse era possibile quello dell'uomo che lo aveva cresciuto da solo, portando il lutto della moglie deceduta in silenzio e senza mai mostrare cedimenti.

Forse poteva perdonare l'essere umano che al ritorno dalla guerra si era ritrovato un marmocchio scheletrico e malaticcio da crescere senza altri esempi se non l'educazione militare. Con molta probabilità, con un po' di tempo e un distacco accettabile tra le varie identità dell'Ammiraglio, Garrett avrebbe trovato un modo per perdonargli un paio di parole dure che gli aveva rivolto.

Lo capì nell'esatto momento in cui incrociò lo sguardo del Sergente Richardson, accanto alla moglie e al figlio. Quel militare lo aveva accolto nel peggiore dei suoi momenti e forse aveva scatenato la gelosia del padre che lo aveva sempre denigrato e criticato davanti a lui per "la facilità con cui si faceva raggirare da due mocciosi".

No, capì. Non avrebbe mai perdonato suo padre per quella volta, per quel giorno in cui senza nemmeno permettergli di spiegarsi gli aveva detto:

***

«Non m'interessa niente cosa vuole dirmi il Comandante in capo. Se osi farti espellere dalla base o pensi di lasciare la marina, stupido ingrato, non sei più mio figlio. Non azzardarti a farti vedere in una delle mie proprietà, perché ti riserverò il trattamento che tengo con i ladri. Imbraccerò il fucile! Questa era la tua ultima occasione per farmi ricredere su quanto tu possa essere uomo. Fallisci e per me non esisti più!»

La conversazione fu chiusa con un tonfo e le mani gli tremarono per l'imbarazzo, mentre sollevava gli occhi sul gruppo di uomini in divisa.

Nemmeno in quel momento, mentre lui avvampava e diventava rosso per la vergogna e l'umiliazione, i visi seri degli uomini non tradirono nessuna emozione. Solo uno di loro inclinò il capo di lato, sollevando un sopracciglio spesso e scuro in segno di domanda tacita, ma nessuno ebbe il coraggio di parlare per qualche secondo; poi il Comandante della sua classe si schiarì la gola.

«Ebbene, marinaio, cos'hai da dire adesso in tua discolpa?»

Avere la risposta a quella domanda in quel momento sarebbe stato troppo bello, invece tutto quello che riuscì a fare fu emettere un rantolo goffo e imbarazzante e chinare il capo.

I militari presenti non si scomposero ne esternarono il minimo segno di volerlo aiutare. Così quando il più anziano del gruppo, nonché il più alto di grado, prese la parola e incrociò le braccia al petto in segno d'impazienza, Garrett seppe di essere nei guai.

«Marinaio di seconda classe Gordon-Lennox, qui non abbiamo tempo da perdere. Lei è con noi ormai da tre anni, sta per fare giuramento di fronte alla bandiera della Marina degli Stati Uniti e fino a oggi ha dimostrato di possedere la capacità per diventare un ottimo Guardiamarina, anzi molto di più...» lo spronò in tono severo, ma Garrett non era in grado di articolare una risposta onesta e veritiera.

Balbettò qualcosa d'incomprensibile, poi chinò il capo guardandosi le ginocchia. Il padre di Mark gli aveva sempre ricordato che prima di ogni altra cosa in Marina era di basilare importanza il rispetto delle regole e l'onore e lui era stato stupido, molto stupido a pensare di nascondere la sua omosessualità a quelle persone.

«Qual è il motto della nostra base?» lo interrogò un altro dei presenti con tono solenne.

«Sviluppare la moralità, la mente e il fisico degli aspiranti guardiamarina e d'instillare in loro i più alti ideali di dovere, onore e lealtà per offrire laureati dedicati a una carriera di servizio navale e che abbiano del potenziale per un futuro sviluppo nella mente e nel carattere al fine di assumere le più alte responsabilità di comando, cittadinanza e governo! Signore!» recitò, sollevando il mento e raddrizzando la schiena, come gli era stato impartito fin dal primo giorno ad Annapolis.

I militari tenevano in modo particolare all'apparenza e alla forma e non avrebbero mai ammesso cedimenti o tentennamenti, almeno quello in due anni era riuscito a impararlo. Non si sorprese dunque di vederli imperturbabili e statuari durante quell'interrogatorio considerando le ipotesi di accusa che pensava gli avrebbero mosso.

«E lei possiede tali requisiti, Signor Gordon-Lennox?» Garrett si bloccò qualche secondo a scorrere uno a uno i visi impassibili di fronte a lui, per poi soffermarsi su quello che gli aveva rivolto la domanda.

Un altro dei militari proseguì l'interrogatorio. «Ha lei il fisico, la mente e l'attitudine giusta per essere ciò che le è chiesto qui, aspirante Guardiamarina?»

Garrett si morse per la seconda volta il labbro e ripensò alle sei ore passate nella cella in cui lo avevano rinchiuso, dopo che fu arrestato insieme a James, e alla seguente permanenza seduto fuori dalla stanza, con i manifesti che millantavano i valori su cui tutto l'esercito della sua nazione si basava e piantonato da due marinai messi di guardia.

Uno di quei manifesti in modo particolare lo raggelò, perché era l'ingrandimento del depliant che gli era stato dato alla sua iscrizione; molti lo erano e lui tenne la mente occupata, rileggendoli più volte.

Garrett lo fissò e, mentre ne rileggeva le righe che conosceva a memoria, il sangue gli si congelò e la gola gli si chiuse in un nodo: la vignetta di un Ufficiale che esponeva al pubblico la legge "don't ask, don't tell".

Quel pomeriggio, il gruppo di Ufficiali era partito quasi certamente in cerca di James, perché non si stupirono più di tanto di trovarlo dentro a quel bagno, ma nel scorgerlo in sua compagnia, lui vide su un paio di loro la delusione e lo sdegno, insieme all'accusa.

Poi, mentre attendeva che lo chiamassero a giudizio, sperò che tra loro ci fosse un amico del padre che parlasse in suo favore. Ma ora non aveva più vie di fuga e se ne rese conto mentre, seduto sulla seggiola di legno, le decine di aghi gli pungevano le natiche e le cosce.

«Io credo...» riuscì ad articolare con voce roca, ma il pugno che fu battuto con forza sul tavolo lo fece sobbalzare e lo bloccò.

Gli occhi dilatati per la sorpresa corsero al militare che compì quel gesto irruente. «Adesso basta, marinaio! Che diavolo ti passa per la testa! Vuoi finire in prigione o ti decidi a parlare?» disse il suo istruttore di tecniche di sopravvivenza, in evidente stato d'irritata pressione.

«Quali sono le conseguenze alle accuse?» chiese più per prendere tempo che per vera intenzione di saperle. Dopotutto gli uomini che lo avevano scoperto, gli avevano elencato un numero infinito di regolamenti violati, ma lui non li aveva riconosciuti tutti.

«Nel peggiore dei casi, oltre alla macchia sul tuo stato di servizio, ragazzo, rischi una denuncia per atti osceni e comportamento indecoroso in luogo pubblico, oltre alla condotta irrispettosa verso un tuo superiore. Quella che hai violato è una regola molto importante nel Corpo che vuoi rappresentare, te ne rendi conto?»

Il dubbio si dipinse sul suo volto, quelle accuse per lui non avevano senso, ma forse erano quelle che erano impartite senza tirare in ballo la sua omosessualità.

«Sì, signore, lo comprendo. E se invece me ne andassi, signore?» il volto dell'uomo che gli aveva parlato in tono amichevole fino a quel momento si oscurò.

«Se abbandoni il corso, sei fuori! Non potrai più entrare in nessun un altro corpo: i rangers, i piloti... nessuno. Saremo costretti a fare un rapporto sulla cosa e depositarlo nei registri ufficiali. Pensaci bene prima di fare questa scelta, dopo non potrai più tornare indietro.» Fu la spiegazione che ricevette.

«Tuo padre potrebbe chiudere un occhio nel caso tu cambiassi solo base e destinazione, magari t'indirizzerà verso un altro amico Ufficiale» intervenne un altro dei quattro uomini, che fino a quel momento non aveva parlato, ma che lo aveva fissato per tutto il tempo con attenzione. «La tua carriera in Marina sarà preclusa, ma potresti entrare nella Legione Straniera... o tentare una strada nelle forze dell'ordine sul territorio» gli propose come soluzione, e Garrett scoprì di avere un amico nel gruppo dopotutto.

«Signore, senza offesa, ma ne dubito. Al telefono non mi è sembrato così disponibile» rispose, dopo un sospiro di delusione e dopo aver guardato la punta delle sue scarpe scure lucide e ben tenute.

«Dunque resterà, aspirante guardiamarina Gordon-Lennox? Ammette il suo coinvolgimento e la sua colpa? Si prenderà la responsabilità delle sue azioni o negherà tutto?» tornò a interrogarlo il più alto in grado del gruppo.

«Signore, posso avere quarantotto ore per pensarci?»

«Te ne concederemo ventiquattro. Domani, al suono della tromba, o sei dentro o sei fuori!» Fu la lapidaria concessione che ebbe a chiusura di quell'interrogatorio.

«Vi ringrazio, signori, sfrutterò al meglio il tempo che mi avete concesso.»

Poi si alzò, portò la mano all'occhio e attese che il gruppo di uomini gli concedesse il permesso di tornare nella sua camerata.

Quando, l'alba seguente, la tromba suonò l'adunata, Garrett annunciò la sua decisione: con gli unici abiti civili e la valigia in mano uscì per sempre da Annapolis.

Capitolo 15

Ventiquattro ore.

Lo stesso tempo che aveva passato dentro quella casa. E ora che ne stava uscendo, sentendo l'aria fresca sul viso, gli parvero trent'anni.

La sensazione sgradevole si amplificò non appena il freddo pungente penetrò sotto la giacca leggera e s'insinuò sotto i vestiti. Valutò di tornare dentro a prendere il cappotto, ma nel momento in cui lo pensò, arrivò Alfred al suo fianco con l'indumento.

«Signorino, prego indossi qualcosa, fa parecchio freddo qui fuori» cinguettò quasi fosse contento che Garrett avesse bisogno di qualcuno che gli ricordasse di mettere la giacca, come da bambino.

Annuì, mentre s'infilava la prima manica, e cercò Augustus, senza però rispondere all'anziano che si prodigò ad aiutarlo e voi si volatilizzò.

Nel frattempo la folla di partecipanti si radunò in un piccolo corteo e il feretro fu caricato sul carro funebre.

I più anziani degli amici del padre salirono sulle loro vetture, mentre lui e un ristretto gruppo, che comprendeva anche i due zii, avrebbero seguito la macchina a piedi; poiché i territori della proprietà comprendevano un piccolo cimitero che distava seicento iarde e il tragitto costeggiava tutta la magione per la maggior parte della distanza. Dopo tutto Whitehall Manor era stata una grande piantagione secoli indietro e come s'imponeva per le famiglie nobili, oltre a un complesso principale vi erano altri edifici, cappella e cimitero attiguo compresi.

Quindi, quando il retro del carro fu chiuso, la vettura iniziò il tragitto a passo d'uomo e il gruppo di persone divenne un piccolo corteo.

Garrett e i due zii in testa, Alfred e i pochi lavoranti della magione in coda; nel mezzo tutti gli altri, un po' alla rinfusa.

Non vide né Mark, né Augustus, ma non ebbe la possibilità di cercarli davvero, perché i due anziani lo avvicinarono e lo seguirono quasi spalla contro spalla per tutto il tempo.

Bastarono non più di dieci passi che zio Benjen si schiarì la gola per richiamarlo all'ordine.

«Nipote, so che non è il momento migliore, ma noi tre ci chiedevamo che programmi avessi per i prossimi giorni. Ti fermerai a Whitehall?»

Garrett lasciò che Bernard lo prendesse sottobraccio per camminare con più facilità e poi rispose all'altro zio. «Non ne ho ancora parlato con Augustus, ma resteremo di sicuro fino a domani mattina. Ci sono da sbrigare ancora parecchie pratiche e quindi domani mattina dovrò senza dubbio stabilire un piano d'azione con Alfred.»

Le sue parole furono ben accettate dal duo di uomini maturi, perché entrambi mugugnarono un assenso.

«Ma continuerai a stare a Washington, giusto?» lo incalzò Bernard e lui annuì.

Dopo quasi metà tragitto, iniziò a sentir venire meno il beneficio dell'aria del mare. La temperatura infatti si era abbassata ancora nei pressi della baia e del porto.

La giornata era fredda quel dicembre, ma non aveva ancora nevicato, quindi il cielo era sgombro da nuvole e un pallido sole schiariva l'aria cupa senza però riscaldare la temperatura con i suoi raggi.

Un mormorio composto alle sue spalle gli indicò che anche il resto dei presenti si era concesso qualche chiacchiera, quindi tornò a rivolgersi ai due zii, per scacciare ancora per qualche secondo l'idea che davanti a lui nella vettura c'era suo padre.

«Voi invece, pensavate di fermarvi per la notte o tornerete a Boston?» chiese più per cortesia che per vero interesse.

Prima di rispondergli Benjen alzò gli occhi al cielo. «Appena Beth verrà a sapere che resti qui ci farà impazzire pur di restare anche lei. Ma potremmo dirgli che resti solo tu con il tuo amico e che noi vecchi saremo solo d'impiccio.» E gli diede un piccolo colpetto al gomito, mentre Bernard annuiva.

«Non che mi entusiasmi tanto viaggiare di notte, sto diventando vecchio e vedo sempre poco quando è buio, ma domani abbiamo parecchi impegni all'Associazione Veterani e il programma prevede la partenza appena la funzione terminerà.»

«Esatto. E poi sarai stanco e scombussolato. Meno persone avrai intorno che t'importunano, meglio riposerai...» lo incalzò Benjen.

«Se volete restare, per me non c'è problema. Ho già chiesto ad

Alfred di preparare tutte le camere libere» gli riferì per poi rallentare il passo.

Giunsero infine al cancello in ferro battuto che delimitava l'area della chiesetta e padre Rudy scese da una macchina per aprirne i battenti.

Sferzata da un vento gelido e del tutto in ombra, grazie agli alti fusti secolari, la bassa costruzione era più raccapricciante di quando si ricordasse. Persino da una certa distanza, poteva sentire l'aura di solenne terrore che quei muri gli avevano sempre trasmesso.

Il cimitero alla destra dell'entrata, poi, era ancora più inquietante se possibile. Gli alberi lo circondavano e qualcuno era cresciuto al suo interno; radici grosse come i suoi avambracci correvano tra le lapidi annerite dall'umidità e un paio di esse erano persino piegate. Le sepolture più vecchie erano solo croci di marmo, mentre le più recenti avevano qualche statua e pietra incisa; la cosa che però, nonostante l'età, lo mise più in difficoltà, fu guardare dentro quei volti spenti e statici che riposavano dentro le cornici.

Un brivido lo costrinse a spostare il peso da un piede all'altro, ma grazie alla rigida istruzione sapeva come dissimulare l'imbarazzo iniziale; poi il retro del carro funebre fu aperto per estrarre la bara e il silenzio che calò sui presenti lo colpì più di un pugno diretto allo stomaco.

Elisabeth gli arrivò al fianco, trascinando i piedi sul selciato e gli si aggrappò al braccio libero. L'altro era ancora occupato da Bernard, che per non opprimerlo lo liberò l'attimo dopo, ma restò dritto in piedi accanto a lui insieme a Benjen.

Padre Rudy disse qualche parola di circostanza e poi mentre i portantini deponevano il feretro accanto al buco, lesse un passo religioso sul valore dell'uomo pio e sul coraggio che sarà premiato.

Garrett ebbe un fugace pensiero sull'uomo che adesso non c'era più, la mente gli riportò le immagini di un giorno in particolare:

***

Quel giorno la sua balia Emma lo portò al parco. Non era inusuale che la giovane donna lo accompagnasse in giro per la proprietà, ma era un evento eccezionale che si spingessero fino alla piccola cittadina vicina, sebbene fossero sempre accompagnati dall'autista.

*La scusa che trovò con Alfred fu che lui avesse bisogno di un po'
di sole per riprendersi dall'influenza appena guarita e, piccolo
com'era, non aveva colto le espressioni preoccupate dei due
servitori della magione, né il significato della smorfia dell'uomo nel
vederlo sorridere felice dell'idea.*

*Fin da che ne aveva memoria, Emma era stata la sua ombra, lo
aveva vestito, gli aveva insegnato a mangiare con gli adulti e a
vestirsi. In quei giorni erano alle prese con il difficile compito
d'allacciarsi le scarpe, ma la dolcezza della ragazza lo aveva
sempre incoraggiato a dare il meglio di sé.*

*Garrett non vedeva l'ora che giungesse la cena per far vedere
alla mamma quanto fosse bravo, perché ogni volta che imparava
qualcosa, la donna gli concedeva il permesso di mangiare un
pezzetto di dolce un po' più grande: il premio per il suo ometto
volenteroso.*

*«Bravo, amore di mamma, sei stato bravissimo. Stasera Alfred
dovrà tagliare un pezzetto di dolce da grandi anche per te!» lo
encomiava e per lui quello era il premio migliore di tutti.*

*Era sempre stato così e a quel tempo lui era così piccolo da non
cogliere i segnali di avvertimento; così la sua speranza non vacillò,
anzi, al ritorno dal parco, Garrett corse verso il piano di sopra per
esercitarsi, infantilmente sicuro che la sera avrebbe avuto il suo
premio e non fece caso alla porta dello studio del padre che era
aperta.*

*Fu solo quando l'uomo, ancora in divisa e con il cappello bianco
sotto il braccio, aprì la porta della sua camera e fece uscire Emma,
che lui, anche se aveva solo quattro anni, capì che qualcosa non
andava. Suo padre era scuro in viso, anche se risplendeva di luce
propria nella divisa bianchissima e lo guardò con un sorriso amaro
che lui non comprese.*

*«Papà!» disse felice di vederlo, ma l'uomo fece un'altra smorfia e
Garrett si trattenne dal saltargli al collo, intuendone la rigidità nelle
spalle. Si limitò ad alzarsi in piedi e allungare una scarpa nella sua
direzione. «Guarda! Emma mi sta insegnando a legarmi le scarpe
tutto da solo, per cena saprò farlo, vedrai! Così mamma mi darà il
permesso di mangiare il dolce! Lo mangeremo tutti insieme ora che
ci sei anche tu, vero papà!» disse tutto d'un fiato. La risposta che
ricevette però non fu quella che si era aspettato, poiché l'uomo si
schiarì la gola con un colpo di tosse e poi, girandogli la schiena,*

appoggiò il cappello sul ripiano del comò e si sedette su una poltrona per chiamarlo accanto a sé con un colpetto sul bracciolo.

«Bravo ragazzo, impara in fretta!» fu il primo complimento che l'uomo gli fece e che Garrett si ricordasse. Piccolo com'era non aveva colto i segnali, ma il tono dell'uomo era strano e quello fu l'ultimo apprezzamento che ricevette dall'uomo.

«Sì, papà!» rispose esaltato all'idea.

«Adesso vieni qui e ascoltami bene, devo dirti una cosa importantissima.»

«Che cosa, papà?»

«Sei un bambino grande adesso, hai già quasi cinque anni. Da oggi in poi dovrai imparare a chiamarmi padre o Signore in presenza di estranei. Capito?»

«Sì, pa... padre?!» L'uomo aveva annuito e gli aveva accarezzato i capelli in un'inusuale carezza.

«Bene, ora ascolta. La mamma è dovuta andare a fare un viaggio e tu sai bene che io sono sempre in missione con i marinai. Quindi per non lasciarti da solo, lunedì prima di tornare alla base, ti accompagnerò in una scuola speciale, dove ci sono tanti bambini come te, e tu resterai buono e bravo lì finché non tornerò a prenderti.»

«Ma c'è Emma, perché non posso stare con lei? Appena mamma sa che sono solo, vedi che torna!» si lagnò.

«No, mamma sa già che sei solo e anche lei vuole che tu vada a scuola.»

«Ma Emma...» tornò a piagnucolare con gli occhi lucidi, preoccupato di non ricevere più i dolci per i suoi progressi futuri.

«Bradford, adesso basta! Non esigo pianti e lamentele, lo sai che non mi piacciono!» lo redarguì con un tono severo poco convinto, che però lo riempì di sorpresa, non avendolo mai ricevuto.

Garrett tirò su col naso e si fregò il visetto con la manica, prima di vedere l'espressione contrita del genitore e annuire ubbidiente.

«No, non piango più, promesso.» Poi il padre lo fece di nuovo sedere sul piccolo sgabello, dove lo aveva trovato, e gli porse la scarpa che aveva lasciato in terra.

«Bene! Adesso finisci di allacciarti le scarpe. Mostrami come fai, se vuoi il dolce stasera!» la felicità per quella promessa cancellò come una spugna la paura della scuola.

Dopo di che il padre tornò sulla poltrona davanti a lui, lo obbligò a sedersi composto sullo sgabello e a provare a fare il nodo almeno cento volte, poi con eccezionale pazienza gli mostrò per ben tre volte come si facesse il nodo alle scarpe in marina e lo aveva sfidato a imparare anche quello.

«Se per cena saprai fare il nodo così, avrai la fetta di dolce più grande della mia! Avanti, prova e impara!» E poi uscì, lasciandolo solo.

Ore dopo, a cena, vide Emma in lacrime e lui non capì perché; ma quando il padre finito di mangiare lo interrogò sui suoi progressi, Garrett saltellò fino a lui, strappando un singhiozzo sospetto alla ragazza, e dopo essersi seduto in terra mostrò a tutti i suoi progressi.

«Bravo, piccolo mio.» Si sciolse in lacrime la ragazza per poi alzarsi e prendere lei stessa la torta che gli era stata promessa in premio, dandogli un bacio e un sorriso pieno d'amore.

Quel sorriso fu l'ultimo di Emma, perché il lunedì seguente, mentre lui partiva per la scuola, lei lasciò la magione. L'Ammiraglio l'aveva licenziata poiché lui sarebbe tornato a casa solo per le vacanze e solo se c'era lui a casa, rendendo la sua permanenza inutile, come quella della maggior parte della servitù.

La bugia che la madre era partita per un viaggio, invece, fu una delle suore all'Istituito a svelargliela una quindicina di giorni più tardi. Quelle donne pie furono rigide e inflessibili con lui fin dai primi giorni e Garrett pianse tutte le notti per molto tempo prima di addormentarsi, ma di fronte agli estranei imparò quasi da subito a non tradirsi.

***

Furono i tre colpi di baionetta sparati verso il cielo dal picchetto d'onore e il suono della tromba, che spezzò il silenzio pesante, a riportare Garrett al presente.

Nel riprendere il controllo di sé e reggendo il corpo anziano e pesante della zia con il braccio, osservò con sorprendente distacco i militari che si avvicinavano alla bara e piegavano con gesti precisi e studiati il vessillo. I presenti restarono in silenzio per tutto il tempo e poi dalle retrovie sentì qualche singhiozzo mal trattenuto, proprio mentre uno degli uomini in divisa gli consegnava la bandiera piegata a regola d'arte in un triangolo rigonfio.

Lo ringraziò con un gesto contrito del capo e lasciò che fosse l'anziana donna a prendere il dono tra le mani e a stringerlo al petto.

Dopo quel rituale, padre Rudy incrociò il suo sguardo e poi ordinò di calare il feretro nella fossa. Garrett attese finché i portantini non ritirarono le corde e poi lasciò la zia.

Uno a uno gli astanti gettarono un garofano rosso sul coperchio della bara e poi si ritirarono; poi, come consuetudine, il suo turno venne per ultimo. A lui spettava l'onore di gettare sul corpo del padre la prima palata di terra.

Lo fece e poi si ritirò, avvicinandosi senza volerlo ad Augustus, che era apparso proprio in quel momento nel suo campo visivo. I due non si rivolsero la parola, si limitarono a restare spalla contro spalla, schiene dritte ed espressioni serie, come spesso accadeva durante i processi mentre aspettavano i verdetti finali o il responso del giudice.

L'aria fredda si sollevò all'improvviso, mentre la fossa era riempita con scrupolo, e Garrett si sorprese quando dita gentili s'insinuarono tra le sue. La stretta della mano fu dolce e gentile, una caratteristica che Gus aveva sempre riversato su di lui fin dall'inizio, non dovette quindi indagare su quell'azione e si limitò a custodire nella sua la mano del compagno.

Il cuore trovò un inaspettato giovamento da quel gesto spontaneo e non richiesto, il calore che emanava quell'intreccio gli salì oltre il polso fino al petto e lo avvolse in un abbraccio consolatore. Il potere dell'amore sincero fece la magia, scaldò il suo cuore infreddolito e lo rianimò di speranza e attesa.

Capitolo 16

Dopo quell'intenso momento, il silenzio fece tremare l'aria. Il momento di rientrare in casa divenne imminente e i due si guardarono negli occhi, dopo molto tempo.

Gus era più vecchio di lui di quasi dieci anni eppure solo in quell'istante Garrett notò le piccole rughe intorno ai suoi occhi scuri; erano entrambi stanchi dopo quei giorni così lunghi e quasi di certo l'altro aveva bisogno di riposarsi e staccare da tutto tanto quanto lui.

Immaginò per la seconda volta di essere a casa, nel loro appartamento; lasciò che la mente gli rimandasse la sensazione di togliersi le scarpe, spegnere il cellulare e sdraiarsi accanto al suo compagno sul loro divano.

Un sospiro gli sfuggì dalle labbra, mentre ci rimuginava e cresceva in lui la voglia di mollare tutto per rendere reale quella fantasia.

«Rientriamo?» fu il mormorio che lo richiamò al presente.

«Sì!» eppure le gambe non si mossero, i piedi gli rimasero saldi nell'erba ghiacciata del campo. La sua mano fu stretta con più forza, un incoraggiamento muto che lo portò a sollevare ancora lo sguardo sul viso dell'altro.

«Garrett...» ancora un bisbiglio che una folata gelida portò alle sue orecchie. Quella preoccupazione gli strappò una smorfia di disagio, le labbra s'incresparono e il naso si arricciò prima che potesse parlare.

«Sto bene, davvero, siamo solo tutti un po' stanchi» avvallò come scusa per quel tentennamento, perché comprese di non essere ancora pronto a dire la verità ad alta voce.

La vocina interiore che aveva imparato a tacitare in aula, durante i processi, e quando doveva rapportarsi con personaggi più alti in grado di lui, stava urlando come se fosse sul ponte di una portaerei. Era l'incredulità di vedere quei quattro estranei che, una palata di terra dopo l'altra, stavano sotterrando suo padre. I colpi ritmici che udiva erano orribili, quasi dei pugni in faccia, oppure quando ti colpivano una parte molle e tu sputavi fuori il fiato di colpo.

Rabbrividì e provò a placare il tornado di emozioni incontrollate che rischiava di farlo crollare.

«Sto bene» ripeté più per se stesso che per Gus. Per un secondo credette volesse prenderlo sottobraccio, invece fece passare la mano dietro la sua schiena e lo tirò piano verso il torace.

«So che è così, ma semmai dovessi averne bisogno, sai bene che io sono qui solo per te.»

Garrett appoggiò la testa sulla spalla imbottita dal cappotto dell'uomo e chiuse gli occhi prima di annuire.

Altri lunghi secondi di silenzio, poi i tonfi finirono e riaprendo gli occhi vide che la fossa era quasi piena. Il gruppo di uomini era impegnato a completare il lavoro, ma il loro capo si avvicinò a lui, insieme a padre Rudy.

«Signor Lennox, noi qui finiremo tra qualche minuto, perché non torna in casa al caldo. Si è alzato il vento freddo, si gela qui fuori.»

Il prelato annuì concorde.

«Sì, fa un freddo terribile qui fuori, io andrei. Ormai fino a domenica non c'è nessun bisogno che io resti qui...» ipotizzò il religioso, infilandosi le mani nelle tasche del cappotto, che aveva indossato appena concluso l'omelia, e stringendosi nelle spalle con uno sbuffò di fiato.

«Sì, padre, vada pure» lo liberò per poi girarsi verso l'altro uomo. «Passerò io domani nel suo ufficio, prima di tornare a Washington per saldare il conto. Se per lei non è un problema...»

L'uomo non protestò, sbattendo le mani tra loro e soffiandoci dentro per acquistare un po' di calore.

«Il suo maggiordomo conosce i dettagli, signor Lennox» biascicò prima di tornare dalla squadra e al lavoro.

E a quel punto non ebbe più scuse, dovette incamminarsi verso la magione.

Alfred lo aveva preceduto, aprendo le portefinestre sul retro. Già dopo essere uscito dal perimetro della cappella, ne vide i pesanti tendaggi che svolazzavano mossi dal vento. Con Gus, procedette lento, ascoltando lo scalpiccio delle loro scarpe che schiacciavano la ghiaia del vialetto. Più di una volta guardò le punte degli alberi che si muovevano seguendo le folate di vento provenienti dal mare e seguì il passaggio delle autovetture di chi stava lasciando la proprietà.

Uno sparuto gruppo di anziani militari, che erano presenti per rendere omaggio al padre, stava già andando via, seguito dagli amici.

Garrett si soffermò a valutare che di lì a un'ora lui e Gus sarebbero rimasti soli nella grande casa. Quindi, quando varcò gli usci aperti della stanza sul retro, rimase quasi a bocca aperta notando che il salone era ancora affollato.

Il maggiordomo gli andò incontro trafelato, non appena lo intravide.

«Signorino, sono arrivati altri ospiti e molti dei nostri vicini. Se vuole seguirmi, alcuni chiedono di lei con insistenza.» La cosa lo sorprese e si lasciò sfuggire un'esclamazione di dubbio, ma Alfred indicò un folto gruppo di uomini in divisa e tra loro vide Mark, quindi si avvicinò più tranquillo.

Il suo amico lo accolse con una pacca sulla spalla e quando Garrett guardò da vicino gli Ufficiali, riconobbe i suoi insegnanti di un tempo.

«Garrett, ti ricordi dell'Ufficiale Winston, vero?» l'amico lo aiutò con i nomi, anche se lui non ne aveva alcun bisogno. Erano passati anni da quando il gruppo di uomini lo aveva allontanato con gentilezza dalla Base, ma lui ricordava i loro visi come se fosse successo il giorno prima; insieme all'umiliazione di doverlo comunicare al genitore.

«Guardiamarina Gordon-Lennox è per noi un piacere rivederla in salute, sebbene in circostanze così tristi.» Fu la frase di rito che sentì pronunciare da ciascuno di loro.

«La ringrazio della presenza ma la prego, mi chiami Avvocato Lennox. Per me è finito da molto il tempo dell'appellativo di Guardiamarina.»

L'uomo sorrise con un misto d'orgoglio ed educazione.

«Il suo amico, qui, il Sottotenente Richardson, ci stava giusto dicendo che lei è un avvocato ben avviato nel distretto di Washington.»

«Sì, vi stava dicendo il vero» ammise con un mezzo sorriso e stava per rimarcare che non doveva nulla né a loro né al genitore, quando il suono del campanello della porta lo colse di sorpresa.

Con la coda dell'occhio vide Alfred precipitarsi ad aprire e, quando il battente si aprì e l'ombra si stagliò nella stanza, gli parve di vedere Mark trattenere il respiro.

Quello che non si aspettava di veder comparire propri lì, in quel posto, in quel giorno, fece un passo all'interno e Garrett sentì come se una forza invisibile lo trascinasse indietro nel tempo di otto anni e allo stesso tempo lo schiaffeggiasse per mantenerlo nel presente.

«Cosa diavolo ci fa qui?» Mark sbuffò e vide che si era rivolto a un giovane con cui stava parlando, segno che anche l'amico aveva riconosciuto il nuovo arrivato.

Non si soffermò a cogliere gli stralci del discorso che ne scaturì, né la risposta del ragazzo in divisa perché l'etichetta gli imponeva di accogliere il nuovo ospite con gentilezza e cortesia, come aveva fatto con tutti gli altri; anche se gli si stava rivoltando lo stomaco per il nervosismo; anche se sentiva le ginocchia molli e le mani sudare; anche se piuttosto che rivolgergli la parola si sarebbe mozzato la lingua con un morso... anzi, avrebbe volentieri mozzato a lui una parte del corpo molto più in basso.

Perché era pronto a tutto, si era preparato a quasi ogni eventualità per quel giorno e per quelli che ne sarebbero seguiti nell'immediato, ma non era certo pronto a vedere lui: James.

Non dopo quello che gli aveva fatto. Non dopo tutti quegli anni di sparizione dal suo radar e inoltre James non aveva fatto il minimo sforzo per contattarlo e chiedergli almeno scusa per avergli rovinato la vita dopo quella maledetta mattina nel bagno. O forse avrebbe dovuto persino essere lui a ringraziarlo per avergli offerto quell'occasione.

Ormai però era tardi per farsela sotto o scappare da Gus a chiedergli aiuto, James puntò gli occhi scuri come una tempesta in mare aperto nei suoi e sorrise. Alfred gli prese la giacca come consueto e lasciò che entrasse e fu in quel momento che notò i gradi appuntati sulla giacca scura: alla fine era riuscito a fare carriera nell'aeronautica, comprese.

La mano di James si allungò verso la sua, gli parve quasi che si muovesse al rallentatore e per fare altrettanto dovette usare tutte le forze.

Le dita si sfiorarono, gli occhi restarono puntati gli uni negli altri e i loro visi non tradirono nessun tipo di emozione per i successivi dieci secondi, poi James parlò e a Garrett mancò la terra sotto i piedi.

«Garrett...» il suo tono di voce sembrava grave e capì cosa stava per dirgli. Menzogne educate, anche se da lui si aspettava di tutto, quello lo spinse a malcelare il suo disappunto con una smorfia: storse il naso con nervosismo.

James ignorò il gesto e, di fronte a tutta quella gente, mantenne un incredibile comportamento composto e serio. «Avanti, amico!

Non fare quella faccia, sai che agisco così solo perché l'etichetta me lo impone» lo punzecchiò con un mezzo sorriso di derisione sulle labbra. Garrett annuì, ma nascose nella tasca dei pantaloni le mani, così che non vedesse quanto le stesse stringendo per trattenersi.

«È tu sai che l'educazione che ci è stata impartita vuole che io ti sorrida triste e ti ringrazi» sbottò alla fine e James sollevò le sopracciglia in segno di assenso; poi gli diede una piccola pacca sulla spalla, costringendolo con quel gesto a estrarre le mani per tornare a stringere una delle sue. I loro petti s'incontrarono, il colpetto sulla spalla si ripeté e l'altro avvicinò il viso al suo.

Garrett trattenne il respiro, con il cuore che gli balzava nel petto per la sorpresa, mentre il respiro caldo gli bruciava la mascella e l'altro gli mormorava:

«Mi dispiace molto per la tua perdita, Guardiamarina Gordon-Lennox.»

Garrett sentì un brivido lungo la schiena, poi James lo lasciò andare e lui riuscì addirittura a ringraziarlo.

«Grazie Guardiamarina Brennar.» La smorfia non lo sorprese, né il segno di diniego che ne seguì.

«Ora sono nell'aeronautica, sono un pilota sulla USS Enterprise e... be', roba grossa e con le ali di lamiera» concluse con tono annoiato e agitando le mani per una manciata di secondi, per poi tornare subito dopo nei panni del freddo militare. A Garrett parve di tornare indietro negli anni a quando ragazzino al St.Claire sentiva vantarsi quelli degli anni superiori delle loro prodezze. Sollevò gli occhi verso il soffitto a volta e la consapevolezza che anche dopo un decennio erano sempre gli stessi gli fece venire i brividi.

«E io sono un civile ormai, anzi sarei avvocato a Washington» gli sfuggì in tono seccato, mentre il brusio di sottofondo si faceva sempre più lontano e inconsistente.

«Mi è arrivato all'orecchio qualcosa in merito, bravo!» il commento dell'altro lo colpì, quasi il fatto che fosse riuscito a costruirsi una vita soddisfacente fuori dalla Base lo infastidisse. Lo osservò per un paio di secondi e si rese conto di quanto non lo ricordasse per davvero. Negli anni lo aveva idealizzato molto, si rese conto, ma adesso che lo guardava ne colse decine di difetti; non credette possibile che all'epoca non li avesse notati e fosse così geloso, ma forse il sentimento era dato dalla situazione. Dopotutto lui era fuggito da quel mondo mentre James ne era rimasto invischiato.

Per di più, era pronto a rispondergli con malagrazia, ma notò che parecchi presenti li stavano osservando e quindi si morse la lingua.

«Cosa ci fai qui?» gli domandò in tono basso, in modo che la loro conversazione rimanesse privata. Sapeva di non dover rivolgergli quella domanda, ma era troppo curioso di capire cosa lo avesse spinto a partecipare, anzi a rifarsi vivo dopo più di dieci anni di silenzio.

«Sono venuto a porgerti le mie condoglianze, che altro?» lo incalzò con un tono sempre infastidito, che lo rese ancora meno convinto.

«Scusa, ma non ci credo» gli confessò senza dare peso all'eventualità che ciò lo mettesse su un piano più basso rispetto al ragazzo di fronte. Ormai sapeva destreggiarsi in tante situazioni svantaggiose e non gli importava più di partire sfavorito. E, l'attimo dopo essersene reso conto, scoprì che l'averlo fatto aveva invece spiazzato James.

«Anche il tuo amico laggiù ha fatto tappa sull'Enterprise per arrivare qui e sbarcando mi ha detto che saresti tornato qui per... questa cosa e volevo vedere come te la passavi. Contento?» concluse con uno sbuffo e cambiando il peso da un piede all'altro.

Garrett si sorprese di quell'agitazione e maledisse la fissazione di Augustus per la psicologia criminale e lo studio della gestualità che gli rivelava tante cose "non dette" delle persone con cui interloquiva. Pensando al compagno lo cercò con lo sguardo, trovandolo che parlava con Mark. Quello lo tranquillizzò, perché i due erano abbastanza vicini da soccorrerlo in caso di bisogno.

«No, però mi sembra una risposta più plausibile.» E nel dirlo provò quasi un'inaspettata compassione per quel ragazzo che aveva di fronte; perché si rese conto che a differenza sua, non era riuscito a liberarsi dal giogo della Marina.

James sembrava su una graticola, tanto si muoveva nervoso e non sorprese Garrett quando, per svicolare il discorso, estrasse il pacchetto di sigarette e l'accendino da una tasca della divisa. Garrett osservò le dita lunghe e pallide scartare l'involucro trasparente ed estrarne una.

«Fumi ancora?» bofonchiò, mentre ne appoggiava una sulle labbra socchiuse, catturando la sua attenzione all'istante e ricordandogli cosa lo aveva incatenato e ossessionato per anni.

«Sì!»

«Ci facciamo una sigaretta in nome dei vecchi tempi?» Garrett fece spallucce e aprì la porta per tornare fuori sui gradini d'entrata. Afferrò al volo il cappotto e si sollevò il bavero per combattere il vento freddo che si era sollevato dalla baia.

James lo precedette e, appoggiandosi al muretto che delimitava la piccola scala d'entrata, fece scattare la fiammella davanti agli occhi. Quella luce lo fece sobbalzare e gli riportò alla mente all'istante la prima volta che aveva visto quell'effetto sul viso del giovane pilota.

Anche in quel caso erano passati anni duri e difficili, ma il ricordo di quella notte si era incollato nella sua memoria come un marchio a fuoco.

Con molta probabilità nel silenzio che seguì, emise qualche gemito, perché James sollevò gli occhi su di lui e nel porgergli il pacchetto di sigaretta, con una di esse estratta a metà, lo fissò con intensità.

«Una delle tante prime volte che non si dimenticano, eh?» Garrett per poco disimparò come si respira e iniziò a tossire. Solo dopo che ebbe riacquistato la normale respirazione e la calma, prese la sigaretta e l'accese a sua volta, notando che un sorriso divertito si era palesato sul viso di James. Il bastardo lo aveva fatto apposta, capì.

«Ti diverti a ricordarmi che è grazie a te se ho questo vizio, non è vero?» disse mentre il primo tiro di nicotina gli riempiva la bocca.

«Un divertimento futile... ci sono altri dettagli che preferirei ricordarti, ma so che non mi è permesso.» Questa volta fu il turno di James di schiarirsi la gola con un mezzo colpo di tosse.

Garrett maledisse se stesso per avergli permesso di coglierlo in fallo e d'istinto raddrizzo la schiena e trattenne il respiro. James inclinò il capo e soffiò un po' di fumo fuori dalle labbra nella sua direzione.

Labbra socchiuse e il fumo che ne usciva lento con volute danzanti nell'aria fredda, che si diressero verso di lui, avvolgendolo.

Ancora una volta, l'ennesima quel giorno, le lancette del tempo si fermarono e impazzirono riportandolo verso quella notte, quella che si stava sforzando di non ricordare; perché farlo, con James a così poca distanza era quasi come cancellare tutti quegli anni e forse anche tradire Augustus nel peggiore dei modi.

«Hai ragione, non hai più il potere che avevi su di me a quel tempo» gli rispose e lo scrutò restare serio con la sigaretta a mezz'aria. «E se ti fa piacere crogiolarti, sappi che non ho dimenticato niente di quello che è successo laggiù, né quello che è accaduto dopo» concluse con una punta di fastidio, mentre a sua volta soffiava fuori il fumo.

Prima di rispondergli, James fece un passo avanti nella sua direzione e fece un tiro, una seconda volta, dalla sigaretta. «Bene, allora... forse... dovrei approfittare della situazione...» Garrett spostò il peso del corpo sulla destra, già pronto a sfuggirgli prima che lo chiudesse all'angolo e mandasse all'aria tutta la sua vita. Non gli avrebbe permesso di rifarlo una seconda volta, così sollevò la mano che reggeva il piccolo cilindro allungato e nel farne un tiro, lo impugnò al contrario, con la parte accesa rivolta verso il palmo.

«Non ti avvicinare più di così, James! Dico sul serio» sibilò piano in modo che lui lo sentisse ma nessun altro. Aveva ormai il cuore in gola, ma non sapeva se fosse per la situazione o per la vicinanza del corpo massiccio di James. L'altro però lo sorprese, ridacchiando nella voluta di fumo che ne seguì e mostrandogli una fila di piccoli denti bianchi e perfetti.

«Intendevo dire, approfittare dell'occasione per chiederti perdono. Quel giorno non volevo in nessun modo coinvolgerti, anzi ero prontissimo a lasciare Nick per te. Ero proprio venuto per...» nel cogliere l'emozione che lo stava soffocando il ragazzo si fermò e lo scrutò intensamente per poi tornare verso la ringhiera di pietra opposta alla sua. «Sono cosciente di aver combinato un casino e ho aspettato troppo per tornare da te e chiederti scusa. Credimi, lo so.»

Quella confessione lo colpì, leggeva sincerità nei suoi occhi e per qualche secondo si sentì in colpa per essere stato duro; la sensazione passò non appena si ricordò i mesi seguenti il suo abbandono dalla Marina.

«Sì, hai ragione. Hai aspettato troppo per tornare» gli rispose e poi fece per allontanarsi, ma James lo afferrò per la manica del cappotto.

«Garrett, aspetta! Dico sul serio, mi dispiace.» I loro occhi s'incrociarono e rimasero incatenati per un lungo secondo; poi James deglutì e distolse lo sguardo, concentrandosi su un cespuglio di sempreverde. «La verità è che ho cercato in tutti i modi di rintracciarti per sistemare le cose, appena ho potuto. Mi hanno incarcerato, lo sai? Ho aspettato mesi per uscire e tornare libero, ma sono riuscito solo a scovare il tuo amico Mark che mi ha insultato fin quasi a rischiare una punizione. Lì ho capito quanto tu e lui foste legati, fratelli, mentre io ero stato solo la tua rovina.» Non gli lasciò il cappotto per tutto il tempo, quasi avesse bisogno di quel contatto per confessarsi.

Quelle parole gli seccarono la gola come una manciata di sabbia. Il vento scompigliava loro i capelli e Garrett dovette portarsi indietro il ciuffo in un gesto di nervoso che catturò l'attenzione di James. Il pilota lo seguì come un assetato l'imboccatura della bottiglia.

Il silenzio si protrasse, poi Garrett soffiò una boccata di fumo fuori dalle labbra e James si riscosse.

«Se davvero mi avessi cercato, saresti riuscito a trovarmi» commentò lapidario e notò il gesto d'assenso nell'altro.

«Hai ragione, ma è andata meglio così. Per entrambi, non credi?» Garrett annuì e lo vide spegnere la sigaretta e infilare le mani nelle tasche del cappotto.

«Dimmi solo una cosa. Cos'è successo davvero quel giorno?»

Alla sua domanda James strinse le labbra in una smorfia di fastidio, poi si morse quello inferiore.

«Loro sapevano di me e Nick. Qualcuno aveva parlato. Sapevo che non eri stato tu, mi amavi troppo per pensare a una cosa simile e così hanno aspettato che scendessi a terra dopo l'esercitazione per cogliermi sul fatto, solo che non sapevano che avrebbero trovato te, invece di qualche marinaio soggiogato. Durante l'interrogatorio più di uno di loro mi ha suggerito di ammettere di averti obbligato con la forza, che tu eri innocente. L'ho fatto, ma non mi hanno lasciato la possibilità di dirtelo. Io non avevo scampo, ero fregato ma potevo salvare te, solo dopo la scarcerazione mi hanno detto che tu eri fuori.» James aveva smesso di guardarlo da un po', tanto che Garrett si sorprese di quelle parole così sincere.

Stringendo le labbra per allontanare lo sdegno, annuì e spense la sigaretta nel posacenere.

«E con Nick, com'è andata?» gli era sfuggito, ma nel cercare gli occhi neri di James vide di aver colto nel segno.

«Era finita già quell'estate, non l'ho più rivisto e poi da quel giorno mi hanno tenuto sotto stretta sorveglianza. Non te l'ha raccontato il tuo amico quale clima si respirava in quel periodo alla base? Gli anni seguenti i controlli sono diventati ancora più pressanti.» Mark gli aveva raccontato qualcosa in effetti, senza però dargli nessun dettaglio, neppure che James fosse tornato alla base.

Capiva che lo aveva fatto per proteggerlo e non si sentì di arrabbiarsi con l'amico, ma non poté chiedersi cosa sarebbe successo se invece James lo avesse trovato «Sì, me lo ha raccontato.»

James in modo repentino, scese uno dei gradini che digradavano verso il cortile e spense la sigaretta, schiacciandola con il piede. «Sono contento che tra voi due sia rimasta l'amicizia forte che vi legava al tempo. Quasi v'invidio per avere l'uno l'altro. Io non sono mai stato così fortunato.» Adesso il ragazzo stava guardando l'orizzonte, Garrett lo sentì come se fosse lontano miglia e fece per avvicinarsi, ma l'altro scese gli scalini rimasti e calpestò in modo rumoroso la ghiaia del selciato d'ingresso, dirigendosi verso le auto parcheggiate. «Grazie per avermi fatto entrare in casa tua, Avvocato. Mi dispiace molto che tu abbia perso tuo padre.»

Garrett comprese che lo stava liquidando e scoprì che non gli andava che se ne andasse in quel modo.

«A me no! Era un vecchio militare cieco, cocciuto e arrogante» gli rispose in tono abbastanza alto per sovrastare il vento e la distanza che adesso li divideva.

«Mi suona familiare...» il sorriso divertito che James gli regalò, lo risollevò e gli regalò l'ennesimo ricordo incancellabile, quando i loro sguardi s'incrociarono.

Capitolo 17

Le parole pronunciate nel buio della cappella erano state l'unica speranza avuta per due lunghi mesi: «Ti cercherò io! Guai a te se provi a fare un'altra cavolata come oggi. Aspetta a uscire. Non ti darò un'altra occasione per convincermi che non sei un codardo egoista e senza spina dorsale, cerca di sapere che cosa vuoi la prossima volta che vieni da me.»

Nella base erano iniziate le esercitazioni in mare e tutti i marinai di prima classe erano impegnati e a lui toccava restarsene a lezione con quel chiodo piantato ben saldo nella testa. E la speranza che il tempo scorresse più veloce solo per vedere di nuovo in porto la portaerei che aveva portato a largo la classe di James.

Mark in quel periodo, come lui l'anno precedente trascorreva anche quattordici ore impegnato tra studio ed esercitazioni e i due riuscivano a vedersi solo nel weekend, quando s'incontravano a casa del Tenente di vascello Richardson; così Garrett non aveva raccontato niente all'amico. Mantenendo il silenzio totale su quel segreto che gli pesava come un cannone, ma non aveva scelta e si arrovellava il cervello per capire cosa voleva davvero.

James era stato chiaro, se ci fosse stata una seconda volta, avrebbe preteso da lui molto di più e lui bramava che ci fosse.

Erano gli ultimi mesi del suo secondo anno ad Annapolis, le ore di studio sui libri iniziarono ad alternarsi alle attività di sport e di preparazione per l'anno successivo, quello che tutti definivano "anno della svolta" perché era solo dal quel momento che per i marinai semplici iniziavano le vere prove e le libertà che quella vita garantiva.

Dal canto suo Garrett aveva la sua prima vera sfida da affrontare: sparare senza farsi sfuggire di mano l'arma per colpa del rinculo. Quando lo aveva raccontato all'amico, Mark si era messo a ridere come un matto, rotolandosi sul divano del salotto, mentre il padre si era offerto il fine settimana successivo di insegnargli un paio di trucchi.

La prima volta, infatti, per poco non partì un colpo verso i suoi commilitoni e l'istruttore lo redarguì, allontanandolo tra le urla. Garrett giurò a se stesso che non sarebbe capitato mai più e senza dirlo a nessuno quella settimana prenotò diverse ore serali di prova nel poligono, dopo l'orario delle lezioni, quando era vuoto e nessuno poteva vederlo.

Il colpo preso la prima volta gli aveva lasciato un grosso livido sul palmo destro e ora gli faceva ancora male a prendere il calcio della pistola in mano, ma non aveva fatto parola della cosa, troppo in imbarazzo.

La prima ora di poligono era così arrivata e lui fremeva d'ansia all'idea di stringere un'arma tra le mani; come prima prova prese la più leggera, una M9, ma già solo caricarla lo mise in difficoltà e prese un sacco di tempo a montarla, innervosendosi ancora di più.

«Che diavolo stai facendo?» la frase pronunciata con tono seccato e alto lo fece sobbalzare e girare di scatto. «James!» il cuore gli aveva chiuso la gola per la sorpresa.

«Sei fuori? Abbassa l'arma!» lo colpì al polso con una manata che gli fece vedere le stelle. James lo fulminò con un'occhiata eloquente.

«Io...» balbettò avvampando in imbarazzo e lasciando che il canne della pistola puntasse verso il basso.

«Posa quella roba per piacere. Non vorrai far ridere tutta la classe la prossima volta che dovrai puntarne una?!» Garrett aprì la bocca per protestare, massaggiandosi la mano dolorante, ma poi si rese conto che James era lì davanti a lui, in divisa... le sue ultime parole tornarono a rimbombargli in testa. Il respiro gli si mozzò per l'agitazione e comprese con dolorosa rassegnazione che non gli importava più nulla d'esercitarsi in quell'attività.

«Mi... mi cercavi?» ipotizzò, cercando nella sua espressione indecifrabile di capire cosa avesse spinto il ragazzo ad andare lì.

In tutta risposta, James scoppiò a ridere divertito. «Sei uno spasso! Comunque no, o almeno non per quello che ti è appena passato per la testa.» I suoi occhi neri si fissarono nei suoi e gli gelarono il sangue nelle vene. Garrett rabbrividì nel fissargli le labbra secche dalla salsedine. «Oh sì, so perfettamente a cosa stai pensando...»

Garrett per un attimo non sentì più il suolo sotto le piante dei piedi, poi d'istinto raddrizzò le spalle e appoggiò l'arma sul ripiano. «Ci ho pensato, è vero e ho anche deciso cosa voglio!» gli annunciò con finta sicurezza, che però non riscosse il successo che sperava, perché l'altro fece spallucce.

«E allora fammi vedere!» quelle parole lo colsero di sorpresa, quello era un luogo pubblico, poteva entrare chiunque e se li avessero visti insieme rischiavano l'espulsione entrambi; un brivido lo fece tentennare, ma strinse i pugni e si avvicinò deciso a mostrarglielo.

«Sei sempre il solito... intendevo, fammi vedere come spari, verginello!» lo canzonò indicandogli il cubicolo, dove aveva lasciato la cuffia e gli occhiali e in cui era appesa la sagoma.

Garrett aggrottò la fronte e lo guardò incredulo per qualche secondo, così James sbuffò, facendogli vedere una cartellina con un foglio sopra.

«Sei il responsabile?»

«So che ti sembra impossibile, ma dato il mio grado di guardiamarina, sì. Sono uno di quelli che assistono alle esercitazioni e dato che ho letto il tuo nome, ho pensato di venire io a controllare che non facessi danni» gli spiegò con una punta di divertimento goliardico nella voce. «Contento, verginello?!» lo canzonò.

«Io non farò danni, non c'è bisogno che resti qui!» borbottò colpito nell'orgoglio.

«Veramente è la regola, ragazzino frignoso!» sottolineò il più grande, mentre lasciava la cartellina sul ripiano delle armi.

«Senti, lasciami solo, devo concentrarmi e...» tentò di protestare, senza risultati, perché James lo fissò con un sopracciglio sollevato e un sorriso beffardo sulle labbra.

«Palle! Hai paura! La figuraccia che hai fatto ha già fatto il giro della base.»

«È stato un incidente! Mi ha colto di sorpresa il rinculo!» le mani tornarono a tremargli per l'ansia.

«Ti insegno io!» fu il commento fin troppo calmo che ricevette.

«Non credo tu possa farlo...» il commento gli uscì con fin troppa ironia, tanto che James lo squadrò torvo.

«Scommettiamo?» il sopracciglio del guardiamarina scattò verso l'alto, mentre Garrett per poco non si strozzava con la sua stessa saliva.

«No!» disse seccato dalla sfacciataggine con cui l'altro gli si era rivolto.

«Avanti, che ti costa? Tanto devi comunque restare qui con me per il resto dell'ora. Rendiamo solo la tua permanenza qui un po' più divertente...» lo punzecchiò avvicinandosi di un paio di passi a lui, che indietreggiò come una preda messa alle strette.

«Cos'hai in mente?»

«Niente! Ma se riesco a insegnarti a sparare sei colpi, tu dopo mi fai un pompino!» Garrett sbiancò, poi si soffermò per qualche secondo sulle sue parole. Sei colpi erano meno dell'intero caricatore di una semiautomatica da quindici colpi. Era folle solo pensare di poter compiere una prodezza simile, soprattutto per lui che ne era spaventato; così alla fine sorrise con una punta di coraggio in più.

«E se non ci riesci?» lo incalzò con la spavalderia che gli scaturì dalla certezza di aver già vinto.

«Ti porterò in un posto speciale e ti darò quell'occasione che agogni tanto.»

Garrett quasi saltellò sul posto per l'euforia che lo fece fremere da capo a piedi. Era così facile che non ci credeva e non gli venne nemmeno il sospetto che James tramasse qualcosa, tanto era eccitato all'idea.

«Ci sto!» gli disse deciso. «Sei colpi sono pochi e sarà durissimo per te arrivare alla fine vittorioso.»

James piegò le labbra in un sorriso demoniaco e per la seconda volta lo scrutò come si fa con un dolce succulento. A Garrett parve addirittura che nel ridacchiare alle sue spalle si fosse addirittura leccato le labbra, pregustando chissà cosa.

«Staremo a vedere...» lo schernì dopo un attimo di silenzio per poi andare verso la rastrelliera, dove erano appoggiate le armi di calibro più grande. Con il cuore che gli pompava nel petto come un motore a eliche, Garrett lo seguì. James contemplò le varie possibilità per poi scegliere un M16A2, uno dei più grossi fucili che ci fosse alla base.

«James non è proibito che io impugni un'arma simile?» Il ragazzo fece spallucce, mentre afferrava un caricatore pieno e lo inseriva nel suo alloggiamento.

«Mio padre mi ha sempre detto che se devo imparare qualcosa, tanto vale partire dalla più difficile, così il resto sarà tutto in discesa!» Garrett ci pensò un secondo poi trattenne il respiro, preso in contropiede.

«Tuo padre deve essere uno che la sa lunga.»

«No, è un vecchio militare cieco, cocciuto e arrogante, senza amore per nessuno se non per se stesso» fu la risposta piccata che lo punse come un ago. A quanto sembrava in quella base non era l'unico ad avere un padre militare e senza amore per la prole, anche se la consapevolezza non lo rallegrò affatto.

Con un moto di nervosismo, si passò le mani sudate sui pantaloni e ne passò una tra i capelli corti. «Mi sembra familiare» gli sfuggì e vide un'occhiata particolare incrinare la fredda figura dell'altro.

«Basta perdere tempo in chiacchiere, infila la cuffia e gli occhialini protettivi!» Garrett eseguì l'ordine, entrando nel cubicolo in penombra. L'attimo dopo sentì la presenza dietro di lui che armeggiava e poi nelle orecchie sentì la voce di James attraverso le cuffie.

«Afferralo!» Il fucile comparve davanti a lui insieme alle mani di James.

Nel prenderlo seguì i gesti dell'altro che si era sistemato dietro le sue spalle.

Le mani sull'impugnatura furono coperte da quelle dell'altro, mentre il suo bacino si premeva contro le sue reni. Per un secondo il gesto lo confuse e lo destabilizzò, ma trovò in fretta la concentrazione, fissando gli occhi sulla sagoma ondeggiante. Il calore del corpo di James però divenne un fattore di distrazione molto impellente, che gli bruciava la schiena, si morse il labbro per non tradirsi e puntò gli occhi nel mirino.

«Fa un respiro profondo. Senti il peso e il calcio contro la spalla?» Lui annuì, l'arma era fredda e pesante e, ora che la premeva contro la spalla, ne percepì la potenza. Il tremore nelle dita gli ricordò che un'arma del genere, se usata con stoltezza, poteva rompere una clavicola per il contraccolpo. Il tremore passò dalle falangi fino al gomito e poi alla spalla.

«Bene, ora sentila tra le dita. Pensa che sia una ragazza: devi accarezzarla, farla eccitare, usa i polpastrelli... un tocco leggero, non devi schiacciare con rudezza. Lei sentirà se hai paura e ti colpirà molto forte!» Garrett tremò d'attesa e timore viscerale. James si accorse di quel suo esitare e il suo alito caldo gli sfiorò il collo nella risata soffocata. «o pensa che sia un ragazzo, non cambia poi molto» lo schernì mentre con le dita gli accarezzava il dorso della mano posata sul calcio del fucile e la stringeva con forza.

L'attimo dopo il boato del colpo fece vibrare l'aria intorno a loro. La forza del contraccolpo spinse Garrett contro il petto di James e l'altro dovette spostare il peso all'indietro per non perdere l'equilibrio.

«Ma che cavolo fai?!» gli urlò nelle orecchie attraverso il piccolo microfono, il viso deformato dal fastidio. Garrett si massaggiò la clavicola e lasciò che James reggesse l'arnese infernale.

«Sei tu che mi hai detto di usare i polpastrelli...» provò a scusarsi, ma vide l'altro dilatare le narici e respirare innervosito.

«Ma sei scemo? Mi hai sentito ordinarti di sparare?»

«Mi dispiace, è che tu dietro, quel coso in mano...» le orecchie e le guance gli bruciarono per l'imbarazzo e a quel suo evidente stato d'agitazione, il ragazzo reagì sbuffando.

«Va bene, non è successo niente, al massimo ti verrà un bel livido. Ora riproviamo... ma aspetta che te lo dica io questa volta!» Garrett si sorprese nel cogliere il tono paziente e si sentì sollevato che non si fosse arrabbiato troppo con lui. Incoraggiato, tornò davanti alla sagoma, che non aveva neppure un forellino.

«Sì, signore» e raddrizzò prima le spalle per darsi coraggio e poi la cuffia che si era mossa.

James afferrò di nuovo il fucile e glielo porse. «Ora sparerò io, tu metti le tue mani sulle mie» gli ordinò per poi abbracciare il calcio e posizionarglielo sulla spalla. A differenza di prima però, ora il viso di James era appoggiato alla sua spalla e le braccia erano sotto le sue ascelle. Garrett per un secondo si sentì un fantoccio di quelli usati negli spettacolini teatrali al parco, però il pensiero che mancassero solo cinque colpi alla sua vittoria lo distrasse e non si accorse che l'altro lo fissava.

«Ti vuoi concentrare?» lo richiamò all'attenti e Garrett reagì irrigidendo la schiena.

«Sì, scusa» mormorò colto in fallo. La sua reazione però fu davvero pessima perché così facendo si strusciò contro il suo torace e ne percepì l'intera superficie e più in basso l'imbarazzante protuberanza. Schiuse le labbra per dire qualcosa, ma James gli spinse il retro del fucile sulla spalla facendogli sentire una fitta dolorosa.

«Ahia!» piagnucolò nella cuffia, sentendo al contempo il respiro dell'altro sulla pelle sottile del collo.

«Smetti di agitarti come un'anguilla e metti le mani sulle mie.» Il guardiamarina era così concentrato che sperò non si accorgesse di quanto lui fosse eccitato.

«Questa volta è colpa tua, la tua erezione mi distrae» lo imbeccò con una punta d'ironia e in risposta sentì il respiro bollente dietro l'orecchio.

«Se tu smettessi di sfregare quel culo sodo sul mio inguine, forse riusciremo almeno a prendere la mira... o preferisci che ti scopi qui, nel cubicolo?» il tono di sfida e di scherno era tornato prepotente e Garrett non dubitò che dicesse sul serio. «Mi basterebbe piegarti in avanti...» proseguì e nel farlo si appoggiò con tutto il petto e l'inguine contro di lui, poteva sentirlo come se non avesse abiti addosso.

«Va bene, resterò fermo.» Si arrese e s'impose l'immobilità poiché quella tortura era un vero supplizio e non vedeva l'ora che finisse. «Tanto in cinque colpi non riuscirai lo stesso» lo sfidò e poi ridacchiò nel percepire il movimento di risposta: James gli premette ancora con forza l'erezione contro le natiche.

«Si vedrà!» lo stuzzicò imperterrito. Poi qualcosa cambiò, perché Garrett sentì l'altro piegarsi, collocare i piedi ai lati dei suoi e appoggiare il viso contro la sua guancia. Lo vedeva così vicino che il cuore gli salì in gola per l'emozione.

«Mani...» fu l'ordine e lui le appoggiò su quelle del ragazzo imitandolo, per poi vederle sgusciare via e coprire le sue. «Più strette» e lui strinse, fino a vedere le nocche diventare bianche. James non parlò per un secondo, forse due, poi le sue labbra sfiorarono il suo collo. «Guarda la punta della canna, portala sul punto centrale della sagoma...»

Garrett sentì il peso dell'arma spostarsi un po' e nemmeno si accorse che l'altro, nel prendere la mira, si era abbassato sul collo le cuffie. «Ci sono...» e si piegò per guardare dentro il mirino e calibrare la traiettoria.

«Ora fa un respiro profondo e conta fino a tre...» James che lo avvolgeva con le braccia imitò il suo movimento.

«Tre... due... espira!» il colpo partì, ma era così concentrato sulla voce dell'altro, sul respiro e sul mantenere le mani in posizione che non lo udì. Il calcio però gli fece di nuovo sentire la fitta sulla clavicola con il contraccolpo e lui fu tentato di massaggiarsela ma non poté perché le mani di James erano ancora premute sulle sue.

«Ecco!» esordì James. «Ora sai la teoria, proviamo a invertire i ruoli...» il sudore gli si congelò dietro la nuca, mentre Garrett rabbrividiva all'idea di dover sparare da solo con un aggeggio simile. L'unica cosa positiva era che nel parlargli l'altro lo aveva liberato dalla morsa delle sue braccia e ora poté passarsi una mano sulla spalla, con una smorfia.

«No, aspetta. Fa un male cane...» provò a lamentarsi, ma l'altro lo fulminò con un'occhiata che lo fece tacere all'istante.

«Piantala di lagnarti sempre. Dopotutto mi pare che la ricompensa ti sarà parecchio gradita!» James stava ridendo di lui, ma lui non trovò nulla di divertente in quello che gli stava chiedendo.

«Io dico che piacerà anche a lei, Guardiamarina Brennar.» Al suo imbarazzante tentativo di tenergli testa, James rispose, dandogli un pizzicotto sul fianco.

«Non essere irriverente!» lo ammonì mentre alzava un angolo della bocca in un sorriso beffardo. «Ora torna in posizione. Hai quattro tentativi.»

Garrett trattenne il respiro e provò ad afferrare l'arma, ma gli tremavano tanto le mani che perse addirittura la prese del calcio, James lo afferrò al volo prima che cadendo partisse un colpo.

L'espressione che gli contorse il viso era impossibile da fraintendere e il bruciore delle guance gli ricordò le sensazioni sgradevoli dell'esercitazione precedente e il motivo per cui era lì quella sera.

«Mi dispiace...» mormorò, ma James agitò una mano in aria, mentre appoggiava sulla rastrelliera il fucile.

«Ti ci vuole una sigaretta! Sei un fascio di nervi tremolanti...» e si avvicinò all'uscita, lasciando cuffia e tutto il resto su una scrivania.

«Ma io non fumo!» lo fermò lui, con una mano sulla maniglia antipanico e l'altra nella tasca dei pantaloni in cerca dell'accendino.

«Non mi stupisce... vieni, stasera avrai un'altra prima volta!» e nel notare che invece lui non muoveva un muscolo, si girò a guardarlo dritto negli occhi. «Avanti, muoviti! Non puoi restare qui dentro senza supervisione! Esci con me!»

Facendosi forza con un respiro profondo, a quel punto fu costretto dalle regole a seguirlo oltre la porta a doppio battente e fin sul primo gradino della scaletta, dopo aver lasciato cuffia e occhialini nel cubicolo. In verità l'aria fresca lo aiutò a riprendersi un po' e placò la smania che gli bruciava nello stomaco. James aveva quella naturale abilità di mandarlo oltre ogni confine possibile del controllo e trascinarlo nelle acque più tempestose, anche se non voleva. Quella era stata una delle prime volte in cui aveva compreso la portata del carisma del ragazzo, avendola sperimentata sulla sua pelle e si era rassegnato all'evidenza che la sua erezione lo sapesse già prima di lui.

Quando furono fuori il guardiamarina si appoggiò al muretto e lui non resistette alla tentazione di contemplare l'addome liscio coperto dalla camicia marrone chiaro e scendere, con la gola secca, sui pantaloni scuri e sul rigonfiamento che ne deturpava la perfezione della forma.

«Che vuoi fare?»lo interrogò nervoso e con le mani che gli tremavano incontrollate.

«Sei troppo nervoso per sparare. Tremi come una foglia, dannazione! Dovrò prima insegnarti come ci si rilassa...» sbottò e poi gli infilò a forza una sigaretta tra le labbra. «Fa un tiro, forza! Così ti calmi...» gli ordinò, ma lui tremava tanto che gli cadde in terra.

«Ehi!» James sbuffò, raccogliendola e fulminandolo con un'occhiataccia seccata. «Mi stai facendo perdere la pazienza, ti avverto! Piantala!»

«Mi dispiace, ora mi calmo, giuro... è che...» era nel panico, quasi balbettava per l'ansia e colse al volo che l'altro invece era infastidito. Si aspettava che lo colpisse e gli urlasse contro come faceva il Guardiamarina istruttore, invece James si accese una sigaretta.

«Senti, basta! Andiamocene, sei troppo incasinato per sparare stanotte. Ti porto in un bel posto...» e nel parlare lo afferrò per la camicia e lo trascinò via.

«Dove vuoi andare?» tornò a protestare.

«Fa' silenzio! E alza i piedi, stai facendo un baccano indecente e preferirei non mi beccassero nel posto dove voglio andare!» Il tono era così autoritario e pressante che Garrett serrò le labbra e si sforzò di placare il cuore che gli martellava nel petto e nelle orecchie per camminare in silenzio come gli aveva ordinato. Gli occhi correvano su ciò che li circondava per comprendere da che parte stessero andando, ma era così buio che tutto quello che vide furono le luci del porto.

Capitolo 18

Dieci minuti dopo Garrett capì che si stavano dirigendo verso il Santee Basin, il piccolo porticciolo interno alla base, dove erano ormeggiate le barche più piccole. Qui James senza nemmeno rivolgergli la parola, lo spinse su un piccolo motoscafo e mollò l'ormeggio, saltandoci dentro e accendendolo.

Alla base più di un Ufficiale teneva la sua imbarcazione lì e non si preoccupavano di nascondere le chiavi di accensione, poiché la maggior parte di loro erano studenti e la pena per furto era la galera. Ecco perché Garrett nel capire che stavano per rubare la barca, si fiondò sul timone molto agitato.

«No! Aspetta, se ci scoprono siamo nei guai!» ansimò cercando di fermare James.

«Esatto, quindi chiudi il becco e sta nascosto... ci vuole un attimo a uscire dal bacino» fu la risposta decisa che ricevette. Garrett si accucciò e nel farlo si ritrovò con il viso all'altezza dell'inguine del ragazzo. L'erezione era ancora lì, gonfia e dura a ricordargli che tra loro due, oltre a tutto il resto, c'era ancora in ballo una scommessa.

«James...» bisbigliò.

«Che diavolo vuoi?» Il ragazzo era concentrato a guidare la piccola imbarcazione oltre le due barriere di cemento, mantenendola con il motore al minimo; così lui poté godersi la sensazione liberatoria del suono che l'acqua faceva mentre sciabordava sui lati, insieme al movimento lento che attutiva l'ondeggiamento e la scia.

Sbirciando fuoribordo, Garrett si sorprese di quanto il mare di notte fosse bello da guardare. In cielo e la luna si riflettevano sul cemento dei pontili e sui tetti delle costruzioni, creando un'atmosfera surreale.

«La scommessa. Io non ho sparato sei colpi, solo due... quindi ho vinto io?» La risatina che ricevette gli diede i brividi e lo spinse a sollevare il mento verso il viso del ragazzo.

«Non avere fretta di scoparmi, marinaretto» il tono ironico lo distrasse abbastanza da non fargli accorgere che l'altro aveva aumentato la velocità e ora sfrecciavano in mezzo alle onde.

«Non mi hai risposto, però!» l'altro scoppiò a ridere e Garrett scattò in piedi per la paura che li sentissero. Nel farlo quindi si rese conto che ormai erano lontani dal molo e che erano circondati dal buio della notte, dalle onde della foce del Severn e sferzati dalla gelida brezza del mare.

Ammutolì irrigidendosi sul posto, il silenzio attorno a loro era spezzato solo dal ruggire del motore del motoscafo. Erano immersi nel vuoto mistico del mare aperto, solo le stelle sopra di loro e l'oceano come testimoni della loro fuga. Per sua fortuna era quasi estate e il clima era già caldo per una fuga in piena notte, senza il rischio di morire assiderati.

«Be', che c'è adesso, hai perso la lingua?» lo schernì il ragazzo alla guida, dandogli un colpetto con la mano sul braccio.

«Che spettacolo!» fu l'unico commento che riuscì ad articolare.

«Lo so. È il mio posto al mondo preferito. Qui niente e nessuno può disturbarci.» Garrett tornò a guardarlo, sorpreso di una rivelazione simile e al tempo stesso un po' spaventato, dato che continuava a vedere solo buio, acqua e stelle.

«Il mare aperto è pericoloso! La corrente...» tentò di protestare e vide l'altro allungare una mano e afferrarlo per un braccio. Il movimento lo costrinse ad andargli contro e ad appoggiarsi a lui per guardare nella sua stessa direzione. Solo allora, mentre James gli mormorava parole all'orecchio con fare seducente, vide la riva incolta del bacino e un piccolo attracco isolato.

«Quella è la parte migliore, il brivido del pericolo!» E poi il Guardiamarina spense il motore, lasciò che il motoscafo si fermasse contro la sponda bassa e si lasciò cadere sul sedile posteriore imbottito. «Se vuoi diventare un Ufficiale dovresti superare alla svelta la paura del mare e del buio, lo sai vero?»

«Non ho paura!» gli rispose e nel dirlo a voce alta si rese conto che era vero. La meraviglia della natura che lo circondava in quel momento gli provocava sensazioni forti, ma tra queste non c'era la paura. In più davanti a lui c'era James e non lo aveva mai visto così rilassato e disponibile; oltre che eccitato. «Mi piace quello che vedo.»

A quelle sue parole Garrett lo vide allargare le gambe, allungarle e fargli segno di avvicinarsi con l'indice del dito, piegandolo verso di lui per tre o quattro volte consecutive.

«Avvicinati... devo svelarti un segreto.» Dopo averlo detto, allungò una mano e lo guidò tra le sue gambe per poi farlo inginocchiare. Ora James lo fissava negli occhi. «Ti lascio volentieri la vincita della nostra scommessa... vieni a prenderti il premio.»

A Garrett mancò la terra sotto i piedi, o meglio, sentì il pavimento del motoscafo diventare molle come un gonfiabile.

«Sei serio?»

Non doveva nemmeno sforzarsi di raggiungere il ragazzo per accettare la riscossione di quella vittoria; poiché era già tra le sue ginocchia. Garrett sorrise e si sporse puntellandosi con le mani, tale era la voglia di assecondarlo per avere la sua agognata possibilità di baciarlo di nuovo.

«Molto, c'è una parte di me che non vede l'ora che tu riscuota il premio, a dirla tutta.» Questa volta fu il turno di Garrett di ridacchiare e sollevandosi gli afferrò le ginocchia. James però lo tenne fermo per un polso e lui lo scrutò non capendo cosa volesse.

«Toccami!» Garrett sentì la gola secca e ingoiò a vuoto e, quando l'altro lo lasciò libero, scoprì che le sue mani non tremavano più. Senza alcun fremito o esitazione sfiorò la superficie liscia del pantalone fino all'inguine e solo quando arrivò lì, sollevò gli occhi per guardare quelli neri di James.

«Il patto però era che tu scopassi me...» gli ricordò con un po' di timore che James reagisse male.

«Sicuro, non andrai nel panico come la volta scorsa?» invece ricevette quelle parole come risposta alla sua domanda e anche un sorriso raggelante che però al contrario gli incendiò le vene.

«No! Adesso so cosa devo aspettarmi.» Si sporse in avanti, tanto da essere quasi con il viso sopra all'erezione dell'altro.

«E cosa ti ha portato tutta questa sicurezza?» lo incalzò, continuando a tenerlo in ginocchio e a fissarlo negli occhi.

«Tu mi hai rivelato che una sconosciuta parte di me desidera essere placata.»

James lo afferrò per i lati del viso e lo tirò ancora più in avanti, più in alto, fino a costringerlo a salirgli a cavalcioni.

«Vieni qui...» lo incalzò, mentre gli tappava la bocca con la sua. Le mani abili lo afferrarono per i fianchi e gli estrassero, a strattoni, la camicia da dentro la cintura. «Maledetti aggeggi infernali!» lo sentì sbottare, mentre continuava a eccitarlo con baci sulla mandibola e sul collo. «Levati la cinta!»

Garrett con le mani che tremavano per l'urgenza, faticò a trovare il modo giusto per aprirla, poi senza pensarci fece lo stesso su quella di James. Quando riuscì nell'impresa, gioì e sorrise trionfante nell'estrarre dai passanti la striscia di cuoio, mentre James tornava a percorrergli il collo con baci e piccoli colpetti di lingua.

«Non fermarti!» fu l'ordine che ne seguì, mentre sentiva l'erezione del ragazzo sotto le dita. Incoraggiato da quel gemito, si spinse ad accarezzare il tessuto teso e caldo. James ansimò contro il suo orecchio e lo afferrò per i fianchi. Quel gemito lo spronò più che una lode verbale e gli diede la carica per proseguire. Con maggiore sicurezza, fece scorrere verso il basso la cerniera, senza nemmeno rendersi conto di trattenere il respiro, ne divenne cosciente quando nello strattonargli i capelli, James lo obbligò a inclinare la testa all'indietro.

La sua voce arrochita contro l'orecchio gli scaldò la pelle come la fiamma di una saldatrice: «Se continui, sarò costretto a scoparti adesso, marinaio...»

La risposta che articolò somigliò a un rantolo di supplica, che strappò un risolino divertito a James che gli lasciò i capelli per afferrargli la mascella. «Non sto scherzando, Gary, dico sul serio. Se mi tocchi ancora in questo modo non sarò più in grado di fermarmi, quindi se non sei pronto dillo adesso perché tra mezzo secondo sarà troppo tardi!» Gli occhi neri del guardiamarina erano scuri e profondi come un pozzo e lo attirarono nella loro malia, togliendogli tutte le parole che credeva di conoscere.

L'unico movimento che riuscì a compiere fu quello di puntare le ginocchia sul sedile per piegarsi in avanti e prendere possesso di quella bocca peccaminosa. Assaggiò quel frutto del peccato e si godette la reazione liberatoria che ne conseguì, per poi staccarsi e guardare James in viso. Voleva essere sicuro che le sue prossime parole non fossero fraintese, perché non era sicuro di potergliele dire una seconda volta.

«Sono sicuro di voler essere scopato da te, James!»

Il fremito che sentì sotto i palmi delle mani forse proveniva dal ragazzo all'ottanta per cento, ma anche solo l'idea lo eccitò. Era pronto a proseguire l'esplorazione della virilità dell'altro, ma non fece in tempo, perché James con un solo colpo di reni invertì le parti.

Garrett sentì i polmoni svuotarsi dal colpo e la spalla bruciargli, ma la sua attenzione fu catalizzata dal torace del guardiamarina che emerse dalla camicia.

Il ragazzo libero di muoversi si levò la parte superiore dei vestiti e poi sorrise famelico abbassandosi su di lui.

«Anche io voglio scoparti, marinaio...anzi, credo proprio che adesso lo farò!» e sorrise in quel modo che a Garrett ricordava una iena pronta a mangiarsi la sua preda. L'erezione nei suoi pantaloni quasi si liberò da sola, pur di avere attenzione.

James accontentò quel bisogno animale, aprendogli la zip e poi, chinandosi su di lui, con i denti gli tirò piano il labbro e lo guidò verso l'alto fino a farlo appoggiare sui gomiti. A quel punto le mani abili gli sbottonarono la camicia, mentre con la lingua lo stuzzicava, lo leccava lasciandogli scie bollenti sulla pelle sottile del collo, fin giù a succhiargli un capezzolo.

Garrett era succube e alla sua mercé senza nessuna possibilità di ribellione. Non che ne avesse davvero intenzione, perché tutto quello che voleva era che James andasse oltre, che scendesse molto di più e che gli facesse provare tutto. Lo bramava tanto da desiderare che non finisse mai.

I gesti del guardiamarina parvero aver udito i suoi desideri perché non appena ebbe finito di levargli la camicia, James si abbassò a liberarlo dai pantaloni. La bocca ardente gli provocò brividi, mentre giocava con i suoi capezzoli e le mani armeggiavano con il tessuto.

L'erezione all'aria, ma Garrett era così preso dalla bocca famelica che gli stava percorrendo la pelle, che non sentì l'aria fredda accarezzarlo.

Percepì invece le dita calde dell'altro che lo avvolgevano e dovette affondargli le mani nei capelli, ansimando in cerca d'ossigeno.

Il cuore gli pompava furioso nel petto e nelle orecchie, assordandolo, ma in quegli attimi non si preoccupò perché tutto quello che doveva sentire erano le labbra e le mani di James.

Poi il ragazzo si sollevò dal sedile e lo liberò dei pantaloni.

«Tutto bene?»

Garrett a quella domanda si sollevò sui gomiti e annuì, allungandosi poi per afferrarlo per un braccio e tirarlo di nuovo sopra di sé.

«Io sì, ma tu hai ancora troppi vestiti addosso...» mormorò è sentì l'altro ridacchiare.

«Smetti di dire scemenze e baciami!» lo zittì per poi farlo tacere

con un altro bacio famelico.

Questa volta Garrett però non rimase immobile ad attendere che lui lo guidasse verso il passo successivo, seguendo i suoi movimenti precedenti, si allungò e gli aprì i pantaloni e glieli fece scendere lungo le natiche. A quel punto non resistette e le afferrò stringendole. James in risposta gli morse un labbro, facendolo sobbalzare.

La risata divertita che ne seguì lo appagò ancora più dei baci che ne seguirono, perché James lo spinse contro il sedile per proseguire la sua discesa verso la sua erezione.

Garrett stava per reagire ma la bocca del ragazzo lo catalizzò tra le sue gambe in un'esplosione di sensazioni mai provate e lo ubriacarono all'istante. Incapace di formulare un pensiero coerente, lasciò che lo circondasse con le mani e giocasse con il suo pene, accarezzandolo lascivo. Il tempo fu fagocitato da quelle labbra, Garrett scoprì di avere perso l'uso del corpo intero a favore di un'erezione che gli pulsava svettando felice per quel trattamento nuovo. Non riuscì a dare un nome preciso a nulla di ciò che James gli fece, non quando usò le dita abili, né tanto meno quando con la lingua lo circondò e inumidì. Garrett era ormai creta nelle mani del guardiamarina e non poté fare altro che lasciarlo agire, fino a una sensazione dirompente, come un fiume in piena che sfonda gli argini e allaga i campi.

Sentì questa nuova emozione allargarsi, espandersi e sommergerlo, James non lo lasciò libero di assaporarla, continuò a usare su di lui la bocca calda e lo spinse fin oltre gli argini.

Garrett sperimentò così il primo orgasmo da pompino della sua vita e solo quando James sollevò lo sguardo nero come una pozza di pece su di lui, scoprì che non era finita.

Il guardiamarina lo afferrò per i fianchi, tirandolo verso di sé e piombando come un falco sulle sue labbra. Il bacio gli strappò l'ultimo respiro volontario che possedeva, lasciandolo senza più fiato nei polmoni.

James rise della sua espressione sconvolta, quando si staccò e incrociò i suoi occhi scuri.

«Com'è andata questa volta l'ansia?» gli chiese e Garrett non riuscì a fare altro che annuire come un ebete.

«Non saprò mai eguagliare una cosa simile...» ansimò, trasformando l'espressione divertita di James in una risata che gli illuminò il viso.

Garrett lo contemplò con un'emozione di meraviglia, il ragazzo era così rilassato in quel momento da non curarsi di nulla, lui lo stava abbracciando, nudo, eppure gli sembrava che fosse la cosa più normale del mondo.

L'attimo di meravigliosa rilassatezza durò appena un battito di ciglia, poi James tornò a guardarlo con occhi felini e Garrett capì che non era finita.

«Avanti, vieni qui...» gli bisbigliò , attirandolo di nuovo contro il suo bacino. Lo distese sulla schiena, facendo aderire le sue natiche alle proprie gambe, per poi abbassarsi; le caviglie di Garrett si trovavano all'altezza delle sue spalle, quindi James lo afferrò per i polpacci e, con la sicurezza di chi l'ha già fatto decine di volte, incrociò le gambe dietro la propria schiena. Poi riprese ad accarezzarlo con abile maestria, percorrendolo con le mani calde dalle natiche ai fianchi, per poi cercare il suo sguardo.

«La prima volta dà sempre fastidio, non andare nel panico, ok?» lo avvisò, per poi sollevargli il bacino verso l'alto e strofinare l'erezione nella fessura delle natiche. Garrett trattenne il respiro, sapeva che sarebbe successo, ma non si aspettava che sarebbe stato così. Deglutì a vuoto, cercando di puntellarsi con i gomiti, ma le mani gli fremevano e il petto gli si sollevava frenetico.

«Non ti fermare» ansimò e James sorrise chinandosi a baciarlo e a mordergli un labbro, ingaggiando una giocosa battaglia con la sua lingua.

Quel bacio lo distrasse, lo tranquillizzò e lo eccitò per la lentezza che il ragazzo si concedesse, l'assaporò rispondendo di volta in volta con più sicurezza; finché non sentì la leggera pressione delle sue mani tra le sue natiche.

James lo tenne fermo, lo distrasse con baci sempre più esigenti, ma Garrett non si perse l'attimo in cui lo esplorò con il primo dito.

Forse fu il motoscafo, forse lui ma sobbalzarono quando il secondo dito si unì al primo e James si fermò per succhiargli lascivamente il lobo di un orecchio.

«Sei troppo teso, respira...» gli alitò e Garrett sollevando gli occhi vide il volto scuro del ragazzo nel buio della notte, solo la luce pallida delle stelle alle sue spalle illuminavano la pelle liscia della sua schiena.

Accarezzò quella distesa calda, la percorse con le dita e ne seguì i contorni, per poi fermarsi alla base della nuca e intrecciare le dita ai capelli corti dell'altro.

James proseguì il suo lento percorso di baci e morsi, con qualche interruzione per percorrerlo con la lingua e lasciargli scie calde sul collo e sulla spalla.

Chiudendo gli occhi Garrett s'inarcò, sentendo l'esplorazione di quei polpastrelli farsi più intensa e giungere in un punto che gli provocò brividi in tutto il corpo. Si morse un labbro e strinse la testa del ragazzo che affondò nella sua spalla; poi accadde.

Le dita lo liberarono dal giogo e James affondò il viso nel suo collo, stringendolo per i fianchi con una mano, mentre con l'altra lo penetrava con la sua erezione.

Garrett non riuscì a trattenersi e s'inarcò gemendo alla sensazione di dolore mista a qualcosa che non capiva. Lo aveva avvertito, avrebbe fatto male, ma la sensazione che provò non era vero dolore e fu fugace, passò subito per lasciare spazio a qualcosa di molto diverso.

Quando arrivò la prima spinta, Garrett si ritrovò avvolto dalle braccia del guardiamarina, qualcosa di inaspettato gli riempì il petto e una fiammella di speranza si accese nel fondo del suo stomaco.

Lasciò che l'altro lo riempisse, assaporò le carezze e i baci, scoprendo che poteva avvinghiarsi a lui per avere una sensazione ancora più piacevole.

Il tempo svanì, il rumore del Severn e tutta l'ansia per le future prove che doveva affrontare scoppiarono come bolla di sapone.

Garrett sentì un altro orgasmo crescere e trovare soddisfazione mentre James lo penetrava con quei colpi decisi, intervallati da ansiti e gemiti soffocati nell'incavo del suo collo.

Poi anche James raggiunse l'apice, liberando il suo seme dentro di lui con un gemito. Garrett sentì un brivido caldo percorrerlo mentre il ragazzo lasciava la presa salta con cui gli aveva stretto i fianchi per tutto quel tempo e, solo dopo che fu scivolato fuori, gli avvolse le spalle con un braccio e lasciò che si facesse spazio accanto a lui sul sedile. La posizione era scomoda, ma entrambi avevano il respiro corto ed erano ricoperti da un sottile strato di sudore.

Incapace di articolare un pensiero degno di essere espresso, si limitò a restare immobile, con James rannicchiato contro il fianco, che ansimava in cerca di aria; poi lo sentì muoversi, agitarsi e farsi spazio fino a trovare una posizione comoda per entrambi. Si ritrovò così con la testa sulla spalla e una gamba sopra le sue.

Ancora nudi, Garrett vide James accendersi una sigaretta e farne un tiro, allontanandola dalle labbra con il braccio libero.

«Ora sai cosa vuol dire scoparsi un maschio...» il secondo tiro interruppe la frase del guardiamarina.

«Ora so che mi piace scoparmi un uomo» ribadì e scoprì che la risposta piacque al ragazzo, perché si girò a guardarlo con un sorriso storto sulle labbra.

«Questo è solo l'inizio... sei sicuro di voler continuare questa strada, non è certo in discesa.»

«Ho sempre saputo di essere attratto dagli uomini, solo non volevo accettarlo. Mi faceva paura quello che pensavano gli altri.»

«Cos'è cambiato?» E una nuvoletta di fumo si sollevò nel cielo scuro.

«Ho conosciuto un guardiamarina che mi ha insegnato a fregarmene del giudizio altrui... oltre a un altro paio di cose.» E non si trattenne dal concludere la frase con una risata, a cui in modo del tutto inaspettato si unì anche James.

Quando portò la sigaretta alle labbra per la quarta volta, James s'immobilizzò e si voltò su un fianco, per essere viso a viso con lui.

«Schiudi le labbra... stanotte è la notte delle prime volte, facciamone un'altra.»

Garrett schiuse le labbra, non capendo a cosa mirasse e si stupì di come l'altro si sporgesse a baciarlo, per poi tirare dal piccolo cilindro bianco.

«Respira...» gli suggerì e non appena Garrett lo fece lui gli soffiò lascivamente il fumo in bocca per poi tornare a baciarlo.

L'aroma di tabacco lo avvolse, gli bruciò la gola e poi non resistendo, dovette staccarsi e tossire. James rise ancora e scosse la testa, con un sorriso divertito.

«Sei un tonto, soffialo via dal naso!» Poi ripeté l'azione: tirò dalla sigaretta e passò il fumo dalle sue labbra schiuse alle sue. Questa volta Garrett era pronto e lo soffiò fuori a sua volta con un sorriso di trionfo.

«Quindi è vero che il fumo dopo il sesso è più buono...» scherzò e il guardiamarina gli prese la sigaretta.

«Il sesso è molto meglio, ma perché non provi?»

Garrett accettò e si accinse a fare un tiro quando James gli mise in mano la M9 e tolse la sicura. Per poco non gli cadde la sigaretta dalle labbra, ma il ragazzo fu lesto e l'afferrò con due dita e lo fissò serio.

«Ora spara!» gli ordinò mentre gli porgeva il cilindro bianco e lasciava che lo prendesse tra le labbra. Garrett fece un tiro, e poi chiudendo un solo occhio distese il braccio verso il centro del bacino e schiacciò il grilletto.

Il colpo scoppiò fragoroso nella notte, facendogli fischiare le orecchie per qualche secondo. Non appena ebbe ripreso l'uso dell'udito, guardò il volto soddisfatto di James, che gli tolse la pistola di mano e con un solo gesto del pollice rimise la sicura.

«E con questo, se non ho perso il conto, marinaio, siamo a quattro! Direi che ho vinto io la scommessa.» Ridacchiò mentre lo avvolgeva con un braccio e lo attirava in un altro bacio. Garrett era sconcertato per la facilità con cui ci era arrivato e non riusciva a pensare a niente di concreto, se non che quel pazzo che in quel momento stava duellando languidamente con la sua lingua aveva compiuto un miracolo.

Gli ci volle qualche minuto per rilassarsi dalla tensione e per tutto il tempo James lo accarezzò e stuzzicò con la sua solita abilità seduttiva.

Alla fine riuscì a capire la portata dei cambiamenti che aveva apportato nella sua vita, da quando lo aveva visto la prima volta e si rassegnò all'inevitabile.

«Non ho mai avuto possibilità di vittoria con te, non è vero?» James rise e gli mordicchiò in modo molto esplicito il labbro inferiore, soffermandosi a giocare con il profilo delle sue labbra con la punta della lingua.

«No.» Ridacchiò mentre gli stuzzicava un capezzolo, tirandolo piano tra le dita. Garrett molto meno innervosito, rispose al gioco tirandogli una ciocca di capelli e l'altro sollevò lo sguardo, mentre lui lo attirava di nuovo sopra di sé.

«Dovrò dunque pagare la mia scommessa, signore!»

«Sì, marinaio! Ma non stanotte, per questa volta hai avuto abbastanza, l'alba è troppo vicina, dobbiamo rimettere il motoscafo al suo posto prima del suono della tromba» gli rispose, per poi uscire dal suo abbraccio e iniziare a cercare i suoi abiti per vestirsi.

Garrett voltò il viso verso l'orizzonte, scorgendo i primi raggi rischiarare il nero della notte. Il panico spense tutta la sua sicurezza, così s'infilò la divisa alla svelta per poi attendere in silenzio che James lo guidasse di nuovo nel porticciolo.

Solo quando sbarcarono e furono con i piedi sulla terra ferma e lontani dal molo, James lo afferrò per il polso.

«Non andare nel panico, ok? Forse dovrò ripartire per una missione, tu tieni la bocca chiusa, non raccontare a nessuno di stanotte e al mio ritorno se sarai stato bravo, tornerò da te, ok?»

Garrett annuì e fece il saluto, ma James scosse la testa e lo strattonò fino a rubargli l'ultimo bacio.

«Fai attenzione, ok? Non farti mettere i piedi in testa da nessuno di loro e non ascoltare i loro discorso omofobi. Tu ed io siamo normalissimi e degni di stare qui tanto quanto loro. Dimostragli che sei il migliore di tutti e non fare stupidaggini.» Solo allora, mentre Garrett si domandava chi fosse quel tipo e dove fosse finito l'arrogante marinaio che lo prendeva a pugni nei corridoi, James lo lasciò andare e sparì nelle ultime ombre del primo mattino.

Capitolo 19

Alla fine James se ne andò e, rimasto solo, Garrett si accese una seconda sigaretta, lasciando vagare la mente come una vela sull'oceano dei suoi pensieri. Per alcuni momenti ascoltò il canto dell'acqua in lontananza e delle fronde mosse dal vento, incurante degli invitati che gli transitarono davanti per lasciare la proprietà.

Quando l'ebbe finita, spense il mozzicone dentro un posacenere lasciato lì apposta e poi la gettò nella cenere.

In quel breve lasso di tempo, il freddo gli era entrato sotto il cappotto e si era avvolto con crudeltà alle ossa e alle vene; stava quasi tremando quando, riprendendosi, comprese che non poteva più evitare di rientrare e si costrinse a compiere quei pochi passi che lo distanziavano dalla calca vociante e calda del salone.

Varcò così il grande portone, ma si era dimenticato di portare un tessuto per pulire gli occhiali e così si ritrovò a brancolare in un repentino banco di nebbia. Quell'inconveniente lo innervosì e dovette fermarsi sulla soglia, affrontando lo sconveniente fatto che le lenti si appannavano suo malgrado, ma dopo qualche secondo di tempo tornarono alla loro trasparenza.

Ora però aveva bisogno più che mai di un panno per pulirle e sbuffando cercò la sagoma di Augustus o di Alfred. Non li trovò nella sala, ma notò con distratto interesse che le persone presenti erano molte meno e che si stavano organizzando per andarsene, parlando tra loro a voce bassa.

Il religioso era già andato via e così per allontanarsi dagli ultimi visitatori, interessati solo a interrogarlo fino allo sfinimento su cosa avrebbe fatto adesso, cercò rifugio nello studio.

Entrando per qualche secondo si fermò sulla soglia, qualcuno aveva tirato le tende, facendo ripiombare la stanza in una penombra cupa. Con un'alzata di sopracciglio, valutò che doveva essere stato Alfred perché, oltre a quelle, aveva anche attizzato il caminetto che ora illuminava la stanza con una calda luce arancione. La tenacia con cui l'anziano persisteva a prendersi cura di lui e della casa lo intenerì abbastanza da fargli dimenticare che gli aveva chiesto di non chiudere i pesanti tendaggi.

L'atmosfera era accogliente; anche se, non appena il fuoco

scoppiettante illuminò la poltrona, credette quasi di vedere il genitore seduto sopra che lo fissava con severità.

Un ennesimo brivido lo percorse e lo spinse a dirigersi verso il carrello dei liquori con un sospiro sconsolato. Gli occhiali finirono accanto a una bottiglia di liquore di cristallo, poiché ormai erano sporchi in modo irreparabile.

«Questa situazione sta cominciando a essere inquietante, padre!» mormorò a se stesso. Chissà perché in quel momento rivolgersi all'uomo gli parve fin troppo naturale e un po' lo rincuorò.

Dopo di che afferrò un bicchiere di cristallo e vi versò due dita di whisky.

Il liquido ambrato ondeggiò dentro la prigione trasparente e una goccia sfuggì al suo controllo depositandosi sul suo palmo. La leccò, catturandola con la punta della lingua e sorrise, gustandone il forte sapore.

Si sedette sulla poltrona davanti al camino e, allungando le gambe verso il fuoco, sorseggiò il liquido.

Quel gesto gli ricordò ancora una volta la notte sul motoscafo, ma invece d'infastidirlo, lo fece sorridere: nessuno al mondo, oltre a lui e a James, sapeva cos'era successo e, nonostante quello che era accaduto dopo, ciò lo rendeva ancora più speciale.

Tempo addietro aveva pensato di raccontare tutti i dettagli a Mark, ma aveva evitato per non rischiare che l'amico, vedendo il ragazzo, tentasse di vendicarlo. Già era restio a credere che si fosse lasciato la Marina alle spalle di sua spontanea volontà, senza nessuna forzatura esterna; poi nella sua vita era arrivato anche Gus e la situazione tra lui e Mark si era appianata e i due amici non ne avevano più parlato.

Anche al compagno non aveva raccontato molto di quel periodo; gli aveva spiegato il motivo della sua decisione e le circostanze, ma aveva evitato i dettagli che avrebbero potuto infastidirlo. A quei tempi non era certo che tra lui e Gus sarebbe durata e non aveva voluto rischiare; ora teneva tanto a entrambi che avrebbe fatto qualsiasi cosa perché facessero parte della sua vita, anche mantenere quel piccolo segreto.

James invece era tutta un'altra questione, sebbene avessero passato fin troppo poco tempo insieme, il pilota conosceva di lui aspetti così imbarazzanti che mentirgli era impensabile; per di più in qualche modo inspiegabile riusciva a leggergli dentro senza alcun sforzo.

Quello era stato uno dei motivi che all'epoca lo aveva portato a pensare che tra loro ci fosse un futuro. Lo aveva pensato per qualche tempo anche dopo, poi aveva compreso la verità: in Marina non c'era spazio per le relazioni come la loro e James non aveva lasciato l'esercito per lui, dandogli la conferma che tra loro era stato solo un gioco erotico finito male.

Quelle sue amare riflessioni, alternate a bicchieri di liquore, furono interrotte quando qualcuno bussò alla porta. Era già al terzo, quando dovette voltarsi per accogliere l'intruso.

«Sei qui! Ti stanno cercando tutti...» Il sorriso di Augustus sciolse l'ultimo grumo di rabbia e rimorso che gli si agitava in petto. «Ti senti bene?» gli domandò, mentre si avvicinava e si sedeva accanto a lui nella poltrona gemella. Nessuno aveva su di lui la stessa presa calmante del compagno. Garrett aveva sempre ringraziato il destino di aver messo Augustus sulla sua strada.

«Sì, sto bene. Mi dispiace averti lasciato solo in mezzo a tutti quegli squali, ma avevo bisogno di staccare.» rispose appoggiando il bicchiere sul tavolino accanto. Il tempo del whisky per lui era finito.

Le loro mani si sfiorarono sporgendosi dai rispettivi braccioli imbottiti e le sue dita toccarono gentili il palmo dell'altro. Gli occhi amorevoli di Gus gli restituirono un senso di affetto sincero e puro.

L'influenza paterna aveva influito molto sulla scelta dello studio in cui fare domanda per il praticantato, ma era stato lui a prendere la decisione finale e a dover lavorare lì a stretto contatto con quegli avvocati così abili e fascinosi, per guadagnarsi il posto che desiderava con la costanza quotidiana e l'impegno, fino ad arrivare alla fama attuale e alla promozione di quell'anno.

«Ma no, che dici... erano solo vecchi marinai in pensione. Niente che Alfred ed io non potessimo gestire» lo rassicurò con una carezza gentile sul dorso della mano e un sorriso.

Dopo quelle parole amabili, Garrett sentì in petto un'esigenza impellente. Mise a tacere tutte le voci che tentarono di fermarlo.

«Sei la miglior cosa che la vita mi ha donato» gli sussurrò alzandosi e scivolando in ginocchio verso di lui. Solo quando fu ai suoi piedi e tra le sue gambe, sorrise e gli sfiorò la mano con le labbra. «C'è una cosa che voglio fare da stamattina, da quando mi sono svegliato...» gli sussurrò piano, quasi qualcuno potesse sentirli.

L'altro sollevò un elegante sopracciglio e inclinò il capo di lato, non si tirò indietro, anzi con la mano libera gli accarezzò una guancia indugiando con il pollice sul suo labbro inferiore. «Cosa sarà mai?»

Non gli rispose, si limitò a puntellarsi con le mani sulle sue ginocchia e sporgersi fino alle sue labbra.

Le mani restarono immobili, ma Gus lo avvolse con un braccio, attirandolo un po' più verso l'alto e agevolandogli l'accesso. Con la lingua Garrett percorse il perimetro morbido delle labbra dell'altro, fino a sentirle schiudersi e lasciargli il permesso di penetrare.

Il compagno si lasciò abbracciare e alla fine salì sulle gambe di Gus, il sorriso rassicurante e calmo dell'avvocato non lasciò mai il suo viso e gli fece esplodere il petto di gioia. Fu solo un bacio, un vizietto giocoso che amava prendersi ogni volta che poteva e a cui Gus non si ritirava mai.

Quasi innocente nella sua semplicità, ma pieno di dolcezza e calore umano, che rappresentava in pieno le loro anime; tra loro c'era sempre stata attrazione fisica, ma da uomini maturi prima di tutto avevano cercato l'intesa delle menti.

Se suo padre fosse stato vivo e lo avesse visto strusciarsi in quel modo con il suo amante, un uomo adulto e consenziente tanto quanto lui, sarebbe impazzito di disgusto. Eppure, se l'uomo avesse conosciuto sia lui sia la famiglia da cui proveniva, con molta probabilità gli avrebbe perdonato di essere gay, poiché il giovane proveniva da una delle casate fondatrici della borghesia bostoniana.

Gli venne quasi da ridere, nell'immaginarsi l'impassibile vecchio Ammiraglio in una situazione simile; sarebbe stata la scena più divertente della sua vita, se fosse capitata. Ormai però era troppo tardi per presentare Augustus al genitore.

«Soddisfatto?»

«Molto» e nel dirlo sfiorò di nuovo le labbra dell'altro con le proprie.

«Perché ti sei chiuso qui dentro?» indagò l'altro, senza però farlo scendere dalle sue ginocchia, anzi, avvolgendogli la vita con le braccia in modo che non perdesse l'equilibrio.

«Ero venuto qui per cercare qualcosa che mi pulisse le lenti, poi mi sono concesso qualche sorso di whisky e ho perso la cognizione del tempo» ammise con un sorriso d'innocente colpevolezza.

«E poi?»

«Poi è entrato dalla porta il più sexy degli avvocati di Washington e mi ha sedotto mio malgrado. Un abile stregone, non c'è dubbio!» Gus rise di gusto a quella battuta e gli diede un buffetto sul sedere, costringendolo ad alzarsi.

«Vuoi fare il serio! Siamo a un funerale... insomma!» finse di sgridarlo, anche se era chiaro che lo divertiva scherzare con lui e vedere che la situazione non lo aveva incupito.

«Mentre ero seduto dalle tue labbra, mi sono ricordato di una cosa... vuoi farla con me?» Gus sollevò gli occhi al cielo con teatrale rassegnazione ma poi annuì, così si alzarono entrambi.

«Posso chiederti che cosa?» indagò curioso l'altro.

«Sì, certo!» bofonchiò mentre si allontanava di qualche passo. «Ti ricordi che prima il prete mi ha convocato qui per darmi la chiave del cassetto della scrivania? A quanto pare l'Ammiraglio mi ha lasciato un raccoglitore misterioso e teneva in modo particolare che lo ricevessi io. Volevo darci un'occhiata prima di andare a letto.» E dopo quelle parole si diresse verso la scrivania.

Gus lo seguì verso il pezzo di mobilio e accese la lampada che vi era collocata sopra.

«Hai tenuto la chiave?» Garrett l'estrasse dalla tasca dei pantaloni e, ancora prima di sedersi sulla poltrona imbottita, la usò per aprire il cassetto.

Insieme al compagno estrasse il pesante involucro di pelle rilegato e lo appoggiò con delicatezza sul piano lucido.

«Direi che è un fascicolo bello vecchio... forse hai ragione tu, dev'essere contabilità.» commentò Gus, osservando l'oggetto. Per qualche momento si chiese se aprirlo fosse sensato o era meglio darlo direttamente al suo contabile; cercò la risposta tra gli oggetti della stanza, sulla scrivania oltre alla lampada accesa c'erano un calendario, un porta penne d'argento e una miniatura della casa bianca su un piedistallo di legno con una targhetta di ottone. Si grattò la punta del mento liscio e poi aggrottò la fronte nell'esaminare l'esterno in pelle della rilegatura.

«Ma non ha senso che mi abbia lasciato un affare simile, ci sono i notai e i contabili per certe incombenze...» rifletté a voce alta a beneficio di entrambi.

«In effetti, non ha molto senso logico. Possibile che sia qualcosa d'illegale o misterioso?» fu l'ipotesi seguente di Gus, che però non lo convinse ancor ameno di quella precedente.

«Non credo. Mio padre era un militare devoto, non avrebbe mai infranto una legge qualunque della Costituzione.» chiarì per poi sedersi sulla poltrona.

«Sia bene che io amo i misteri e gli enigmi, ma ormai siamo qui, l'unica cosa che ci resta da fare è aprire e svelare il mistero.» fu il commento finale di Augustus, prima di sporgersi e appoggiarsi al bracciolo della sedia su cui si era accomodato. Garrett non ebbe nessuna obbiezione, così slegò il cordino che teneva chiuso il tutto e aprì la prima pagina.

L'interno era protetto da cartelline di plastica, ognuna ben legata alla pelle della rilegatura.

«Ma che diavolo?!»

Entrambi fissarono il faldone di pagine sbalordite dallo spessore considerevole, ma soprattutto dallo strano contenuto. A colpirli fu in modo particolare il primo foglio che faceva bella mostra davanti a loro; era una via di mezzo tra un diario e un album fotografico. Sulla prima facciata, i due giovani avvocati trovarono un piccolo trafiletto scritto a mano e una foto scattata da una vecchia polaroid. Era sbiadita e i colori erano pessimi, ma il soggetto era chiarissimo, come la scritta a pennino riportata sotto: Bradford Garrett Gordon-Lennox, sei libbre, due piedi, 8 marzo 1986. Era lui in fasce, tra le braccia di sua madre, ancora sul letto della clinica privata in cui era nato.

«É un album di foto... tue!» esordì Gus, avvolgendogli le spalle con un braccio. «Tuo padre voleva che tu avessi i suoi ricordi di te...» gli mormorò, mentre con un gesto molto più sicuro, voltava la pagina e scoprivano insieme il secondo foglio. Un nodo in gola gli impedì di rispondere al compagno e il gelo che gli avvolse le spalle gli rivelò che la sorpresa per il contenuto di quel raccoglitore lo aveva sopraffatto più di quando avrebbe mai ammesso.

Prese un respiro profondo e lasciò che Gus voltasse per lui la pagina. Questa volta trovarono più diapositive, tutte sue insieme a sua madre. In ognuna di esse Garrett era molto piccolo e in compagnia della donna, ma in nessuna di esse era presente l'Ammiraglio. In una suppose che stesse facendo i primi passi, in un'altra stava mangiando una minestrina... e così via. Decine di momenti dimenticati della sua infanzia, impressi su quella pellicola giallastra e sfocata.

Le pagine si susseguirono lente, quasi tutte uguali; poi

comparvero le note di suo padre a margine e il viso dolce e solare di Emma, la sua tata.

Garrett lo chiuse di scatto, non volendo vedere quella parte della sua infanzia per la seconda volta, non voleva rivivere in quel momento l'abbandono della donna che avrebbe dovuto amarlo.

«Chi era quella ragazza?» fu la domanda che arrivò quasi all'istante dal suo compagno.

«Emma, la mia balia» rispose secco, cercando di allontanare la sedia per alzarsi e allontanarsi, ma Gus lo fermò con l'ennesima questione.

«Dov'era tua madre?» proseguì l'indagine, ma Garrett non era certo di voler andare avanti e imbronciò le labbra e sbuffando.

«Non lo so.»

Augustus sembrò accettare la risposta e rimase qualche secondo immobile e sovrappensiero, poi gli toccò il braccio. «Aspetta! Prima che chiudessi ho visto un foglio. Apri, vediamo cos'è... magari è qualcosa d'interessante.» Gus cercò di distrarlo dall'imbarazzo e provò ad aprire il plico di fogli, ma lui lo fermò appoggiandogli una mano sulla sua.

«Non credo di aver davvero voglia di riaffrontare tutto questo da solo.» gli spiegò e vide un lampo di tristezza appannare lo sguardo del uomo che amava. Durò un secondo appena, poi Augustus allungò la mano libera e gliela appoggiò sulla spalla, costringendolo a voltare la sedia un po' più verso di lui.

«Non devi, perché questa volta ci sono io con te. In più ho il forte sospetto che tuo padre avrebbe voluto che tu lo leggessi per intero. Forse voleva che sapessi la verità su qualcosa che non ti ha mai detto a voce.» Garrett digrignò i denti e si agitò sulla sedia prima di cedere e lasciarsi convincere.

«Solo una pagina, se non porterà a nulla, chiuderemo e non ne parleremo più!» sentenziò, già deciso a chiudere tutto e non aprirlo mai più. Gus annuì soddisfatto della piccola vittoria e gli regalò un sorriso e una carezza su una mano.

«Apri qui...» gli indicò un punto del plico da cui era fuoriuscito un angolo di carta quasi trasparente e ingrigito. Notò che non era proprio all'inizio, ma che sarebbe arrivato a quasi metà di tutte quelle pagine piene di ricordi.

Garrett lo fece e rimasero entrambi in silenzio a leggere il foglio, vecchio di più di vent'anni: un referto ospedaliero della stessa clinica in cui era nato. Il linguaggio medico era quasi indecifrabile, colpa della calligrafia e dell'ingiallimento, ma le caselle barrate erano abbastanza chiare: riportava il ricovero di sua madre due anni e mezzo dopo la sua nascita. Parlava di complicanze durante il sesto mese e c'era solo un appunto a lato vergato a penna con una calligrafia stentata: Mary Alice, morta prematura.

Garrett sentì un conato di nausea salirgli su per la gola e strinse la mano di Gus d'istinto.

«Povera donna...» fu il gemito che sfuggì dalle labbra dell'avvocato al suo fianco, mentre lui sentiva un macigno pesargli sullo stomaco. Lui non ricordava niente di quel periodo, ma era più o meno lo stesso in cui era comparsa Emma nella sua vita.

Dopo un paio di secondi di sorpresa, tornò nel possesso dei suoi istinti e voltò pagina più per curiosità che per interesse e trovarono, con crescente sgomento altri due fogli simili. Erano tutti e tre ben conservati dentro le cartelline trasparenti e spezzavano la cronologia delle foto della sua infanzia.

Li lessero tutti e tre, Garrett sentì più di una volta il nodo alla gola farsi soffocante, ma riuscì a non cedere e a inghiottirlo ogni volta. Scoprire che poteva essere il fratello maggiore di quattro gli provocò milioni di domande a cui non aveva tempo di rispondere, così tornò a leggere quei tre referti.

«Diavolo, doveva essere devastata dal dolore...» fu l'ennesimo commento di Gus che si era portato la mano al petto. Garrett notò che aveva anche gli occhi lucidi, per lui che aveva due sorelle doveva essere terribile pensare che potevano non nascere.

«Sì, ma con me deve aver finto molto bene perché non ne ho mai avuto idea... è tremendo.» ammise sentendo un dolore sordo ampliarsi nel torace.

«Eri troppo piccolo per capire, qui dice 1990, avevi solo quattro anni.» Garrett annuì, non trovando parole degne di essere dette in tali circostanze.

«Vediamo cosa c'è dopo?» gli chiese dopo un attimo di silenzio, Gus, e si tirò la sedia al suo fianco per stargli sempre accanto. Garrett annuì ancora e si rese conto che gli tremavano le mani.

Voltando pagina videro una sua nuova foto, era il giorno in cui l'Ammiraglio e Alfred lo avevano accompagnato alla scuola gestita delle suore. Anche qui c'era un appunto del padre e oltre, trovarono una copia di ogni cosa: pagelle, compiti, temi, referti ospedalieri.

«Guarda qui. Mi ha sempre controllato...» mormorò con la voce rotta a metà tra la commozione per la madre e la rabbia verso l'Ammiraglio.

«Eri il suo unico figlio, si preoccupava che tu stessi bene e crescessi intelligente e preparato.» lo incalzò Gus, appoggiandogli una mano sul braccio. Quel contatto era l'unica cosa che lo teneva lucido in quel momento, sapere che il compagno era sempre con lui e che lo capiva e appoggiava.

Garrett torse il viso in una smorfia d'incredulità. All'improvviso era tornata la voglia di chiudere tutto e non saperne altro. Era pronto ad abbandonare la ricerca poi notò che i fogli verso la fine erano molto più nuovi e recavano molte più foto e meno copie. Saltò a quel punto e scoprirono che le foto aumentavano a scapito di fotocopie e documenti; trovò tutto il suo percorso alla St.Claire e con orrore anche i piani di studio che aveva compiuto ad Annapolis. C'erano anche sue foto alla base, sul ponte per le esercitazione e un paio di scatti di lui insieme a Mark.

«Lui sapeva sempre tutto.» sbottò infastidito.

«Be', è una di quelle cose tipiche delle mamme. Collezionano tutti i ricordi più insulsi dei loro figli. Io lo trovo un gesto d'amore.» Garrett fissò il plico, lo spessore e l'accuratezza con cui il padre aveva conservato tutto. Valutò che lo custodiva in un cassetto chiuso a chiave e che forse non lo aveva mostrato a nessuno. Un po' si convinse che forse c'era dell'amore in quello, poi Gus lo colse alla sprovvista e aprì l'ultimissima pagina del raccoglitore.

«Vediamo cos'è stato il suo ultimo appunto!»

«Ehi!» sbottò, guardandolo di traverso; Gus lo colse sul fatto e si fece perdonare con un bacio sulla guancia.

«Dai, non sei curioso di sapere cos'è stata l'ultima cosa che ha scritto?» No, non lo era per niente, ma si lasciò trascinare ancora una volta dallo spirito spavaldo e curioso del compagno; così entrambi guardarono l'immagine, e un conato di nausea gli riempì la bocca quando vide che il paragrafo scritto a mano accanto.

Era una foto molto recente con colori chiari e nitidi, con un brivido di terrore, Garrett riconobbe il portone vicino al quale lui era dritto in piedi con un enorme scatolone: era il loro nuovo appartamento, suo e di Augustus. Nella foto il compagno era appena sopra di lui sulla piccola scaletta d'entrata e stava aprendo la porta, agitando la chiave.

«Garrett, guarda! Tuo padre lo sapeva! C'è anche una nostra foto davanti allo studio!» gli mostrò Gus, con un tono fin troppo contento per i suoi gusti.

«Già...» Garrett aveva la gola secca, non riuscì a parlare per qualche secondo e poi dovette prima fare un respiro profondo. Accarezzò la foto e sfiorò la scritta sottostante che recava il loro indirizzo di casa e una dicitura che gli appannò la vista:

Mio figlio Garrett e il suo compagno Augustus, la loro casa nuova a Washington. Agosto 2017.

Augustus si accorse delle sue lacrime e si alzò, lo lasciò qualche momento solo e si avvicinò al mobiletto dei liquori. Lui ne approfittò per accendersi una sigaretta e aspirare un po' di nicotina che gli riempì la bocca e lo inondò di nicotina calmante.

Quando il compagno tornò alla scrivania aveva un bicchiere mezzo pieno e gli occhiali puliti; prima di consegnargli tutto gli passò un fazzoletto di cotone e Garrett non si vergognò di usarlo prima di alzare lo sguardo sul viso del compagno, allontanando la sigaretta perché il fumo non infastidisse l'altro e appoggiandola in bilico sull'elegante posacenere di osso.

«Grazie!» e prese sia il bicchiere sia gli occhiali.

Gus sorrise e attese che avesse bevuto tutto il whisky prima di prendergli una mano tra le sue.

«Amore, è stata una giornata lunga. Che ne dici se andassimo a letto e dormissimo un po'? Poi domani da riposati e freschi penseremo a cosa fare?»

Garrett si alzò, massaggiandosi le tempie con le dita e attirarlo in un bacio, prima di rispondergli. Con un gesto chiuse il plico e si avvicinò all'altro, lasciandosi stringere in un abbraccio consolatorio.

«Per fortuna ci sei tu nella mia vita, sarei perso senza di te.» gli mormorò per poi sporgersi e sussurrargli all'orecchio: «Portami a letto, avvocato!»

Augustus sorrise in quel modo complice che aveva solo con lui. Lo vide annuire, così Garrett si sporse, spense la sigaretta e lo seguì fino alla porta. Prima di voltarsi per varcare l'uscio, sbirciò la poltrona del padre davanti al camino e immaginò che vi fosse il genitore.

La mente gli riportò un immagine annebbiata e più giovane dell'uomo che fino a pochi giorni prima era stata tutta la sua famiglia, ma era lui, con l'immancabile vestaglia di velluto, il bastone e il cipiglio severo. Rivide con gli occhi della memoria l'Ammiraglio che sorseggiava un whisky, quasi gli parve di vederlo sorridere, e in un gesto del tutto folle sollevò il bicchiere ormai vuoto nella sua direzione, come in un brindisi.

Dopo di che lasciò il vetro vuoto sul ripiano del mobile accanto alla porta e uscì, seguendo il compagno su per le scale.

Capitolo 20

Poco dopo, nella stanza che quasi trent'anni prima era stata di sua madre, si infilò nell'ampio letto accanto ad Augustus. Fuori cadeva la bianca coltre che copriva i tetti delle case e i giardini, ma dentro la camera il fuoco del camino rendeva l'atmosfera calda e accogliente, come Garrett non aveva mai sentito tra quelle mura. Si sdraio quindi accanto al compagno e sospirò stanco.

«Stai bene?» Gus si sporse nella sua direzione e lo osservò con attenzione. Garrett poteva contare le piccole rughe d'espressione che gli si formarono attorno agli occhi.

«Non lo so. Mi sento strano, non credo mi mancherà, ma sapere che è morto, che non riceverò più telefonate da Alfred per suo ordine e avere il pensiero che non c'è più un po' mi destabilizza.» gli confessò mentre riempiva d'acqua il bicchiere che aveva lasciato sul comodino. «Non so spiegartelo meglio di così.»

«Non ce n'è alcun bisogno, è normale. Era comunque tuo padre, l'unica famiglia che hai sempre avuto.» La carezza sul braccio accompagnò quelle parole rassicuranti.

«Forse hai ragione.» Tagliò corto, mentre mandava giù la solita pastiglia per dormire e beveva un generoso sorso d'acqua. «Credo sia solo tanta stanchezza. Stanotte proverò a dormire e domani andrà meglio, vedrai.» Gus si limitò a sfiorargli la spalla con un bacio, senza aggiungere altro e poi si sdraiò. Garrett però sentì un peso sul petto, mentre lo guardava girargli la schiena e affondare nelle coperte. «Buona notte!» mormorò e gli baciò la spalla, provando poi a distendersi supino. Un freddo gelido gli avvolse il petto non appena puntò gli occhi sul soffitto.

«Buon riposo, amore!» lo udì mormorare da sotto lo strato di coltri e la sensazione fastidiosa si affievolì, ma non cambiò molto perché gli restò incollato addosso il sospetto che quella notte sarebbe stata un incubo; sospirò rassegnato all'inevitabile momento di dormire.

Appena chiuse gli occhi, sentì il sonnifero iniziare la sua magia, ma allo stesso tempo percepì il sonno agitato e pieno di sogni che lo seguiva impaziente. Ebbe così la certezza che avrebbe dormito, sì, ma sarebbe stata una notte piena d'incubi.

***

Quel giorno era così teso e nervoso che a lezione aveva fatto un disastro non rispondendo a una domanda fin troppo facile e dopo, durante la pratica aveva collezionato una pessima figura dopo l'altra facendosi cogliere in fallo dall'insegnate di nuoto. Ecco perché poco dopo era stato cacciato via con una sonora ramanzina e la minaccia di una severa punizione, se non si fosse dato una regolata.

Pieno di vergogna, nemmeno avesse rubato, si era andato a nascondere nei bagni della palestra vuota e aveva sospirato di sollievo l trovandoli deserti, quando aveva spalancato la porta per andare a bagnarsi il viso sotto l'acqua gelata dei lavelli. Solo dopo un paio di secondi di riflessione si era ricordato che la classe di Mark era a un convegno sulle nuove tecnologie navali e che le due classi superiori alla sua si stavano preparando per l'inizio delle esercitazioni in mare aperto e, di conseguenza, erano tutti al porto.

Alla base erano solo presenti i cadetti del terzo anno, cioè lui e i suoi compagni.

L'umidità della stanza chiusa lo aveva assalito e stordito provocandogli un conato di nausea, nemmeno fosse stato ubriaco, così barcollando aveva infilato tutta la testa fino alla nuca sotto il getto freddo senza trovare alcun refrigerio, ma solo un senso di soffocamento maggiore. Tutta la pelle delle braccia iniziò a pizzicargli, come se avesse addosso della polvere urticante, e il colletto della camicia marrone chiaro iniziò a stringersi come un cappio.

Non era il primo attacco di panico che sentiva montargli dallo stomaco, ne aveva avuti diversi da quando aveva abbandonato la St.Claire, ma dopo l'arrivo di Mark alla base i sintomi si erano diradati sempre di più fin quasi a illuderlo d' essere guarito, fino a quel momento.

Seguì il consiglio dell'unico medico cui si era rivolto e si slacciò i primi bottoni della camicia ma fu tutto inutile, preso com'era da emozioni troppo forti da gestire; così si spogliò e si buttò nelle docce vuote.

Per sua fortuna, quando fu libero da ogni costrizione e camminò sulle piastrelle ghiacciate del pavimento, sentì un leggero sollievo al petto, ma la testa continuava a girargli e a farlo sentire come se l'avesse infilata dentro l'imbottitura del cucino. Per evitare di cadere, si aggrappò a un miscelatore indeciso se aprirlo.

La sensazione di prigionia lo aveva distratto e aveva causato l'allontanamento dalle lezioni, peggiorando il nervosismo che lo teneva sveglio da qualche giorno; eppure non aveva nessun bisogno di mentire a se stesso per la causa di quello stato d'animo, conosceva il motivo che lo aveva portato a quello: il modulo che aveva ricevuto al suo rientro alla base dopo le vacanze.

Garrett era consapevole che quel momento sarebbe arrivato, dopo due anni di studio ad Annapolis, tutti dovevano affrontare quel passo: la scelta di cosa diventare da lì in poi. Solo che gli sembrava essere arrivato troppo presto.

Con Mark ne aveva parlato per tutte le vacanze, l'amico non vedeva l'ora di mettere la sua firma sul foglio per diventare Cadetto e iniziare il corso da Ufficiale addetto alle comunicazioni, mentre lui continuava a non riuscire a pensare a quella semplice scelta e quella difficoltà lo stava mandando nel pallone e più passava il tempo, più la sensazione di soffocare aumentava. Aveva bisogno di respirare, di pensare con calma e di decidere senza la pressione del tempo che incalzava, dopo tutto doveva scegliere cosa fare della sua vita, ma tutto intorno a lui pareva essersi coalizzato per remargli contro. Persino la mensa, il corridoio e i muri delle aule studio erano stati tappezzati dai volantini per l'arruolamento.

Incapace di reggere oltre il peso di quei pensieri, aveva finito per aprire l'acqua, più per istinto che per vera scelta. Sobbalzò di sorpresa quando venne sommerso da una cascata d' acqua gelida e la risata isterica era rimbombata sulle piastrelle viscide, rimbalzando nella doccia deserta e costringendolo ad aggrapparsi al doccione per non cadere, mentre tremava per quell'attacco di risa incontrollate e il freddo.

Scegliere non era difficile dopo due anni di lezioni, la maggior parte degli studenti sapeva già al primo anno quale sarebbe stata la mansione di Cadetto che avrebbe svolto, ma per Garrett era diverso; lui non aveva mai dovuto scegliere, non era nemmeno sicuro d'avere una vita oltre la strada che il genitore aveva programmato per lui. Aveva anche pensato di telefonare al padre e sollevarsi di quel peso e chiedere senza troppe cerimonie cosa doveva fare all'uomo.

Era stato due giorni prima, mentre finiva di studiare nell'aula studio immersa dal sole di fine estate, aveva già digitato metà del numero quando Mark era arrivato alle sue spalle e gli aveva strappato il telefono di mano rimproverandolo di non farsi condizionare così dall'Ammiraglio. Borbottando che per una volta avrebbe potuto decidere di sua volontà cosa voleva fare e che, semmai avesse capito lo sbaglio, poteva sempre cambiare. La scelta non era mai del tutto vincolante; ad esempio se avesse iniziato come Ufficiale alle comunicazioni, insieme a lui, dopo poteva svolgere qualsiasi altro compito in sala di comando.

Garrett lo aveva lasciato parlare, quel giorno, incapace si dar voce al suo dubbio e per accontentarlo gli aveva promesso di non chiedere al padre.

Ecco perché adesso si trovava in quella situazione scomoda. A un certo punto aveva pensato di confidarsi almeno con il padre di Mark, che gli aveva comunicato d'essere impegnato in un'esercitazione fino a quella domenica e che lo avrebbe ascoltato quel giorno a pranzo. Dopo quel mezzo rifiuto, Garrett non sapeva a chi chiedere, perché oltre al Tenente non si fidava di nessuno dei suoi Superiori. Gli Ufficiali addetti alla loro istruzione proponevano la scelta come molto facile. Consegnavano con un sorriso di trionfo un foglio con varie caselle da barrare ai cadetti all'inizio del terzo anno e poi davano loro una settimana di tempo per consegnarlo al centro di smistamento.

Per quegli uomini, induriti dall'addestramento, le parole erano poche e inutili: un uomo, un marinaio degli Stati Uniti d'America, doveva già sapere cosa voleva dalla propria vita e dalla propria carriera; per i giovani Cadetti però quella era a tutti gli effetti la scelta per il resto della loro vita: artigliere, meccanico, cuoco, tecnico alle comunicazioni... i ruoli specialistici erano decine e ognuno di loro sceglieva in base alle proprie abilità e attitudini; alcuni potevano poi specializzarsi in altri campi, ma i più restavano nel ruolo scelto. Poi c'erano i "figli di papà" che seguivano pedestremente le orme del genitore.

Lui non faceva eccezione, a conti fatti poteva restare nel ruolo che gli era stato incollato fin dal primo giorno ma quando aveva avuto tra le mani il questionario, non era stato capaci di barrare nessuna casella. Tanto meno quella di Ufficiale di sala di comando.

Scegliere. Decidere.

Quelle due semplici parole gli rimbombavano in testa da tre

giorni, impedendogli di dormire bene. Il tempo dell'indecisione era finito e da quel venerdì sarebbe stato un Cadetto Ufficiale specializzato, iscritto al terzo anno consecutivo ad Annapolis. Se solo avesse capito che tipo di cadetto voleva essere; perché in fondo alla sua testa piena di pensieri, c'era sempre quella vocina che continuava a chiedergli se volesse davvero essere un marinaio per il resto dei suoi giorni.

Diventare come suo padre, restare mesi chiuso dentro una grossa lattina in fondo al mare, sballottato dalle onde e dalle correnti e controllato a vista dai suoi superiori, in mezzo ad altri centinaia come lui. Anzi, centinaia di sconosciuti che se avessero saputo cos'era lui, lo avrebbero pestato a dovere. Perché a peggiorare tutta la sua situazione c'era sempre quel piccolo problema: era gay e legato in qualche modo a quel folle di James. Nemmeno lui voleva assegnare un nome definitivo al rapporto che lo legava al ragazzo ma ogni volta che si erano incontrati, tra loro le fiamme dell'attrazione erano divampate sempre più forti. E quello lo aveva spaventato a morte, quando aveva compreso l'entità del problema.

Ecco perché il cuore gli balzava in gola ogni volta che si sentiva chiamare in tono autoritario da un Ufficiale per non parlare delle notti che aveva passato ad arrovellarsi il cervello; proprio come in quel momento, sotto la doccia fredda.

Zittì la sua coscienza per l'ennesima volta, ficcando la testa sotto l'acqua che si stava pian piano intiepidendo e con un gesto meccanico afferrò la saponetta adagiata sopra il portasapone attaccato alla doccia. Il parallelepipedo schiumoso però gli scivolò tra le dita, rimbalzando sulla parete di piastrelle bianche con un tonfo sordo e schizzando al centro del pavimento.

Una nuova risata isterica tornò a scuotergli il petto, la situazione era così assurda che stava diventando comica. Sospirando esasperato, chiuse l'acqua e si voltò verso il centro della stanza piastrellata e si piegò per afferrare il sapone vischioso. La saponetta chiara era scivolata fino allo scarico al centro delle docce e dovette compiere qualche passo per afferrarlo senza perdere l'equilibrio. Pensando che con la sua fortuna, non gli restava che cadere nudo dentro la doccia come un poppante, si concentrò a non scivolare sulla superficie ricoperta dal sottile strato d'umidità e sapone e non si accorse dell'ombra che si stagliò nel rettangolo della porta, né sentì il rumore degli indumenti che venivano fatti scivolare via e adagiati su una panca lì accanto, né tanto meno i passi che ne seguirono.

Non ci stava badando poiché era più che certo d'essere solo, ecco perché quando tornò a sollevarsi finì di peso contro il torace nudo del nuovo arrivato con un tonfo sordo e, se l'altro non lo avesse afferrato per un polso, perdendo l'equilibrio, dando di sé lo spettacolo pessimo che stava augurandosi di non compiere, cioè finendo goffamente a terra gambe all'aria davanti a un estraneo. Anche peggio, stramazzando al suolo di fronte a James.

«Non mi aspettavo un'accoglienza così...» Riconobbe quella voce ironica, l'avrebbe distinta tra un milione e non riuscì a controllare il calore che gli arrossò il viso. Soddisfatto della sua entrata a effetto, James soppesò l'ultima parola, leccandosi l'angolo della bocca e facendo scorrere la lingua sul labbro superiore. Garrett alzò gli occhi e credette di svenire alla sola vista di quel piccolo muscolo in azione.

«Così?» ansimò senza fiato, mentre tentava di riacquistare l'equilibrio sul pavimento bagnato, strappando una risata di scherno dal maggiore, che gli afferrò un braccio per aiutarlo a reggersi.

James invece di rispondergli, spostò la mano dal suo gomito fino al fianco e infilò le dita nell'elastico dei boxer fradici che indossava e lo costrinse a tornare ad aderire al suo torace.

«Così... eccitante!» gli sussurrò, incollando gli occhi scuri ai suoi e provocandogli diversi brividi lungo tutte le braccia con il tono basso e caldo con cui aveva pronunciato l'ultima parola.

«Vai a farti fottere!» sbottò Garrett, cercando si liberarsi dalla sua presa salda; solo in quel momento infatti si era reso conto che il ragazzo era quasi nudo, ma che a differenza sua indossava un paio di slip e delle ciabattine di gomma.

«Mi è mancata la tua bocca irriverente, Cadetto!» ridacchiò l'altro mentre lo liberava e inclinava la testa da un lato, lanciando un'occhiata divertita alle sue spalle.

«Che cosa vuoi?» Garrett sentiva il cuore battergli impazzito contro le costole e nell'agitazione che stava crescendo senza pensarci strinse troppo forte il sapone che volò via, strappandogli una smorfia di fastidio.

«Accipicchia, siamo nervosetti!» esordì il ragazzo davanti a lui, senza lasciar trasparire niente, se non la punta d'ironia che lo contraddistingueva. «Ed io che credevo saresti stato felice di vedere che sono tornato...» lo rimbeccò, senza mai smettere di scrutarlo. Garrett deglutì a vuoto, incapace di placare la caotica rivoluzione d'ansia e agitazione che gli si stava aggrovigliando nello stomaco.

«No! Cioè sì...» Un sopracciglio di James si sollevò, mentre lui sbuffava passandosi una mano sui capelli corti e afferrava la saponetta che era di nuovo finita a terra. In un modo del tutto inspiegabile scoprì di avere le mani bollenti, mentre il resto del corpo sentiva freddo, era troppo teso perché James non se ne accorgesse, così compì la pessima scelta di voltargli la schiena nel disperato tentativo di distaccarsi da lui in qualche modo.

L'Ufficiale famigerato per la sua indole ironica e l'alta e selvaggia libido, non si era fatto sfuggire l'opportunità e, cogliendo al volo l'occasione per stuzzicarlo ancora di più, James lo afferrò per i fianchi e lo attirò contro di sé, strusciando l'inguine contro il suo sedere.

«Sei teso più della corda quando l'ancora è calata, Cadetto. Per tua fortuna hai me, che sono molto esperto nell'arte di sciogliere certi muscoli induriti.» Gli aveva accarezzato le natiche, stringendone una nella mano e aveva lasciato sfuggire una risata bassa e roca.

«Oddio!» Alla stretta Garrett era saltato in avanti, il viso in fiamme e il respiro corto. «Sei impazzito? Che vuoi fare?» domandò mentre nella concitazione la saponetta finiva contro il muro con un ennesimo volo in aria e scivolata. Non se ne rese nemmeno conto, se non quando vide lo sguardo di James correre nella direzione dell'oggetto e ridacchiare divertito.

«Sono appena tornato alla base per un altro anno di corsi, naturalmente. Per diventare pilota ci vogliono molte abilità. Credevo che saperlo ti avrebbe fatto piacere.» L'ultima frase fu pronunciata con tono più basso, quasi come se si fosse reso conto solo in quel momento che erano in un luogo pubblico; poi lo superò e andò a prendere il sapone. «Prima però mettiamo via questo coso che comincia a diventare ridicola la tua incapacità di tenerlo in mano...» persistendo a mantenere un certo tono ironico e divertendosi a stuzzicarlo con quegli imbarazzanti doppi sensi, James tornò verso di lui.

Garrett sbuffò ancora e per prendere tempo provò a dirigersi verso gli armadietti dove conservava un cambio di divisa, ormai convinto che la sua permanenza nelle docce fosse finita.

«Ti illudi se credi che la tua presenza mi importi!» Tentò di mentire, per non lasciar trapelare che la notizia lo aveva reso euforico e speranzoso di trascorrere del tempo con James. Peggio che mai, vederlo dopo tre mesi lo aveva eccitato in modo indecente e, se non provava a mantenere un atteggiamento distaccato, scorgendo la sua erezione l'altro si sarebbe reso conto d' averlo in pugno, ma soprattutto avrebbe capito che pendeva dalle sue labbra, bramoso di una sua piccola attenzione.

«Spero che tu abbia imparato qualcos'altro di utile questa estate mentre eri in vacanza con il tuo amichetto, perché a mentire sei pessimo.» fu la risposta che ricevette. La menzione di Mark però lo fece voltare di scatto verso il ragazzo e si ritrovò a fissarne il sorriso beffardo.

«Che ne sai tu di cos'ho fatto io?» protestò infastidito da quell'atteggiamento arrogante, ma James non si fece scalfire dal suo tentativo e gli rilanciò un'occhiataccia di sfida. «Niente, ma dalla tua risposta adesso lo so.» E lo afferrò per un braccio, attirandolo più vicino. «Devi imparare a mascherare meglio ciò che provi, Gary, o qui dentro ti mangeranno vivo.»

Quella fu una delle poche lezioni che James gli regalò senza chiedere niente in cambio e che conservò nel futuro; nemmeno Mark si era spinto così oltre con lui. Garrett però non lo comprese subito, solo con il senno del poi l'avrebbe rivalutato, in quel momento era troppo eccitato per capirne l'importanza.

«Lasciami andare!» provò a protestare, ma le parole gli uscirono troppo isteriche e il giovane Ufficiale contorse il viso in una smorfia di delusione.

«Sei sicuro? È proprio questo che vuoi?» lo rimbeccò lasciando però che tra loro si creasse una distanza.

«No, dannazione! Non lo so cosa voglio, perché devi darmi anche tu il tormento? Perché non mi lasciaste in pace tutti quanti?» Garrett non si rese conto d'aver alzato la voce, né di aver gesticolato ed essersi sfogato; era troppo scombussolato dagli eventi per capire; fu James che colse al volo il problema, senza però allontanarsi da lui.

«Lo so io! È per questo che sono qui.» gli rispose enigmatico, attirando l'attenzione di Garrett e allo stesso tempo senza lasciargli il tempo di ribattere. «Con me non devi scegliere, lo hai già fatto mesi fa. Adesso devi solo spogliarti.» Non gli diede nemmeno il tempo di protestare, afferrò i suoi boxer bagnati e gocciolanti e lo spinse contro le piastrelle. La mano gli scivolò dentro gli slip, fermandogli ogni funzione respiratoria e mandandogli il cervello in tilt. «L'ultima volta che ci siamo visti ti ho fatto una promessa, Garrett. Te lo ricordi, non è vero?»

"Se fossi stato bravo, sarei ritornato da te. Non farti mettere i piedi in testa da nessuno di loro e di non ascoltare i discorsi omofobi. Tu ed io siamo normalissimi e degni di stare qui tanto quanto loro. Dimostragli che sei il migliore di tutti e non fare stupidaggini."

Garrett ricordò e annuì, appoggiando i palmi delle mani sulle sue spalle e nel tentare di respirare schiuse le labbra. James colse al volo il suo movimento per immobilizzarlo con la bocca sulla sua.

«E se non sbaglio mi devi anche una scommessa persa...» il cuore gli esplose in petto quando quelle parole gli giunsero alle orecchi e le dita calde percorsero la lunghezza del suo pene dalla base fino alla punta. Non avrebbe resistito molto,ma per fortuna poteva sorreggersi alle spalle di James perché le gambe gli sembravano gelatina.

«Sì, è vero, ma... Oddio!» ogni parola gli morì in gola quando l'altro gli sfiorò con le dita la punta sensibile. «Può entrare qualcuno!» ma la sua protesta cadde nel vuoto, perché l'altro non smise né ti mordergli il labbro inferiore né di accarezzarlo dentro il boxer.

Gli occhi neri di James incontrarono i suoi e al loro interno Garrett vi lesse solo sicurezza e decisione. «Tu lascia fare a me...» lo incalzò e, mentre lo afferrava per le spalle, lo guidò a inginocchiarsi davanti a lui. Garrett seppe che era giunto il tempo di pagare quella scommessa persa, anche se l'idea invece che farlo sentire in debito lo esaltava. «Fammi vedere quanto ti sono mancato, Cadetto!» gli ordinò e Garrett si ritrovò con i suoi slip davanti al viso. Non aveva bisogno di dire altro, il patto tra loro era stato irreale quella notte, ma più che chiaro; e poi anche lui smaniava per sentire ancora il suo sapore sulla lingua. Così gli fece scivolare lungo le gambe l'indumento che creava impiccio e lo afferrò con sorprendente sicurezza.

James affondò le dita tra i suoi capelli corti e lo strinse, guidandolo verso la sua erezione, così non dovette fare altro che accoglierla in bocca, schiudendo le labbra.

Il suo sapore gli riempì le narici, i peli dell'inguine gli solleticarono il naso, ma più di tutto le sue mani sulla testa lo eccitarono, in quel gesto di costrizione e potere. Così lo prese in bocca, lo accarezzò con la lingua e con gli arti liberi gli strinse le natiche. Succhiò e leccò per una manciata di secondi, finché non sentì una delle vene pulsare, solo a quel punto si ritrasse e sollevò lo sguardo sul viso di James.

«Non ti fermare!» lo incalzò l'attimo seguente e dentro di sé Garrett gioì di trionfo, perché il tono del ragazzo era roco e spezzato da mugolii di piacere. Ancora più eccitato, tornò a dare la sua piena attenzione al pene davanti a lui e ne leccò la punta arrossata, poi percorse con la lingua tutta la lunghezza, aiutandosi con una mano, fino a disegnare cerchi immaginari intorno alla base. «Cazzo!» fu l'imprecazione che fuggì all'Ufficiale con un gemito, quando succhiò piano uno dei due testicoli. Lo sentì fremere e affondare le dita nei sui capelli. «Tu vuoi uccidermi!» mormorò con la voce roca quando provò a rifarlo sull'altro lato. Il commento gli strappò un sorriso d'euforia ed era pronto a dimostrargli quanto aveva studiato dall'ultima volta che si erano visti.

«Mai! Ma se non ti piace non lo farò più...» gli rispose, ma non ricevette risposta, solo un suono di protesta per la sua sosta.

A quel punto poteva osare qualcosa di più, senza però esagerare per non dargli un'idea sbagliata. La verità era che non vedeva l'ora che James ricambiasse e lo scopasse come sul motoscafo. Solo immaginandosi d'aver addosso le sue mani, gli fece gonfiare l'erezione dei boxer.

James lo riportò alla realtà con uno strattone, i capelli tirati all'indietro e una mano a circondare il pene, prima di passarglielo sulle labbra, Garrett le dischiuse, pronto a ricominciare, ma sentirono una porta sbattere.

«Mani in alto, Ufficiale Brennar! Non ci costringa a usare le maniere forti!»

Garrett sentì il sangue collassare sotto i suoi piedi,un gelo freddo lo avvolsero e una nebbia gli appannò la vista, quando il gruppo di marinai armati puntarono su lui e James le armi a salve.

Il ragazzo lo lasciò andare con una serie di frasi irripetibili, poi si allontanò di un passo e due marinai lo ammanettarono. Altri due presero lui per le braccia e lo sollevarono di peso, trascinandolo fuori dalle docce, ma ormai Garrett era come svenuto, una bambola senza forze, troppo sconvolto per agire o parlare. La paura lo circondò al collo come un cappio: era finita.

Li avevano scoperti.

Capitolo 21

Il suono della sveglia irruppe nel suo sonno profondo, destandolo in quel modo brusco tipico di quei marchingegni infernali. Ancora confuso dai fumi del sonnifero che cessava il suo effetto, zittì il trillo fastidioso. Non dovette nemmeno guardare l'ora, alla sua sinistra, che lampeggiava sullo schermino nero con la solita fluorescenza verde. All'improvviso accanto a lui sentì il rumoreggiare di protesta di Augustus.

I mugolii sembravano quelli di un orso dentro la tana, tanto il suo compagno era avvolto nel piumone e sprofondato nei cuscini; con un moto di ribellione, si girò alla ricerca del brontolone per spronarlo ad alzarsi. Le proteste però proseguirono mentre lui strisciava tra gli strati ancora tiepidi di sonno e scopriva il viso corrucciato del giovane uomo disteso accanto a lui.

Quella mattina sarebbe stato molto semplice per Garrett lasciare che il rancore per il genitore continuasse a guidare le sue azioni, covare il risentimento e l'odio verso il padre come aveva fatto per tutta la vita e forse, per qualche secondo, al suo risveglio lo fece.

I primi pensieri che lo riportarono alla realtà furono funesti e rabbiosi, conseguenza probabile anche degli ultimi strascichi dell'incubo che ancora aleggiava nelle nebbie del sonnifero e del ricordo che l'uomo lo aveva schedato come un criminale per tutta la vita.

Detestava quei risvegli al gusto amaro di passato e acidità. Il fastidio che provava lo accompagnava per lunghi minuti e spesso gli rovinava la giornata; non si sorprese quando, ritrovandosi in una camera da letto sconosciuta, ricordò cos'era successo il giorno prima e, invece che sentirsi sollevato, provò solo un enorme senso di nausea e rabbia repressa che esigeva d'essere sfogata. Aveva sperato per qualche attimo che fosse l'ennesimo brutto sogno, che nulla fosse realmente accaduto, tanto meno il ritorno di James, poi una mano leggera gli sfiorò la spalla.

Disteso accanto a lui nell'enorme letto a baldacchino intagliato, Augustus gli rivolse un sorriso ancora pieno di sonno e infine si sollevò su un gomito.

«Già sveglio?» fu il mormorio, mentre si allungava a ricevere un bacio, che però Garrett non ricambiò, limitandosi a fargli una smorfia che fu accolta con un sospiro. Invece d'arrabbiarsi, il compagno si limitò a invadere la sua metà del letto e circondarlo con le braccia, stampandogli un bacio sulle labbra. «Lo sai che ti amo, vero?»

Garrett annuì affondando il viso nel suo collo e riempiendosi il naso del profumo della sua pelle.

Fu quel movimento, quelle parole e la brama di sentire l'abbraccio caldo del giovane che, invece di ricominciare la danza dell'odio cieco, sciolsero tutti i suoi propositi d'astio per la giornata. Garrett si girò su un fianco, in modo da essere di fronte al suo compagno e ricambiò l'abbraccio, indugiando più che poté in quel momento d'intimità e coccole. Quegli attimi in cui le parole non servivano, bastavano i gesti sinceri per dimostrare amore.

«No! Sono ancora addormentato, non voglio svegliarmi. Tiriamoci le coperte sulle teste e scacciamo la luce del sole. Quella non è la luce del giorno è un fuoco fatuo che il sole manda per farti luce» citò Shakespeare, strappando un sorriso al suo compagno, che lo sciolse dall'abbraccio.

«Come siamo colti di prima mattina.» E lo baciò sulle labbra, come un galeotto Romeo; poi nascose le loro teste sotto il pesante lembo del piumone profumato di lavanda.

« È colpa tua, mi hai riempito la casa di libri e mi lasci così tante ore tutto solo!» scherzò Garrett, mentre si crogiolava in quel tepore rubato alla loro routine mattutina. Nella penombra chiara, sommersi dalle coltri calde della notte e avvinghiati l'uno all'altro, tra loro non c'era che lo spazio di un respiro; ed era proprio il luogo in cui Garrett avrebbe voluto restare in eterno: fuori dal mondo, lontano dai ricordi dolorosi del giorno prima, dai pregiudizi e dalle occhiate disgustate, via da tutto e da tutti, solo lui e Augustus.

L'attimo seguente i due si stavano guardando negli occhi, in silenzio, tra loro non c'era mai stato bisogno di tante parole.

«È giorno, invece, è giorno! Ahimè, fa presto! Va'! È l'allodola quella che canta ora, con quel suo verso fuori tono, sforzandolo con aspre dissonanze. Dicono che l'allodola sa modulare in dolci variazioni le note del suo canto; questa no, perché in luogo di dividere le note in armonia, divide noi. L'allodola, dicono pure, ha scambiato i suoi occhi, col ripugnante rospo. Che si siano scambiate anche le voci? Perché questa, che va destando il giorno, ci strappa trepidanti dalle braccia l'uno dell'altro, e mi ti porta via.» Gus gli montò sopra, salendogli sul ventre e puntellandosi gli fece il solletico lungo i fianchi, mentre recitava quella battuta. Solo il giovane avvocato poteva sapere a memoria l'intera biografia di Shakespeare e citarla per gioco a letto. Garrett ne era meravigliato e sconvolto ogni volta. Quel siparietto però non rovinò il loro momento, anzi lo rese unico e speciale proprio per quello.

«Non mi importa, non voglio uscire! Sparerò all'allodola, al rospo a chiunque oserà obbligarmi a uscire da qui!» Garrett finse d'infervorarsi con il Mondo esterno, agitò un pugno tra le pieghe del lenzuola, finendo per attorcigliarsi ancora di più poiché più che essere arrabbiato, era scosso da risa incontrollabili.

Gus smise di solleticarlo, quando entrambi erano a fiato corto e poi sollevò un sopracciglio tornando a guardarlo in viso. Garrett finse un broncio di protesta che però non convinse nessuno dei due; poi cercando di distrarre il compagno, allungò le dita per passargli una ciocca di capelli dietro l'orecchio. Approfittò di quel gesto per catturagli il polso e baciargli il palmo della mano, percorrendone gli avvallamenti con una scia fino a quasi il gomito.

«Dovrò adeguarmi e restare qui con te per sempre, solo noi due...» a Garrett balzò il cuore in gola, il tono di Gus era troppo tranquillo e rilassato.

«Cos'hai in mente?» domandò più per gioco, dato che aveva una vaga idea di cosa volesse il giovane e anche solo il sospetto aveva reso elettrica la poca aria rimasta sotto le pesanti coperte.

«Credo che inizierò con prendere possesso di tutto lo spazio che c'è!» gli mormorò mentre si abbassava a lambire con la punta della lingua un capezzolo, tenendolo fermo con il palmo aperto contro l'addome. «Sì, credo proprio che diventerò il signore incontrastato di questo regno buio!»

Garrett non poteva più rispondergli a tono, ne trovare una qualsiasi citazione, perché la bocca dell'uomo lo stava già portando lontano verso un luogo peccaminoso. Il peso del corpo che premeva sul suo, la sua pelle calda contro la propria e poi lo sfregamento del tessuto che racchiudeva le loro erezioni; tutto si sommò per farlo impazzire e renderlo dimentico del presente e dei truci pensieri che lo avevano destato poco prima.

Era bastato Augustus, la sua presenza l'aveva salvato anni prima e la magia si compiva ogni mattina al suo risveglio. Il bell'avvocato bostoniano lo aveva salvato quando gli aveva mostrato che nello studio non c'era bisogno di competere, potevano anche collaborare e continuava a farlo anche quel giorno, capendo i suoi bisogni senza parlare.

Garrett annaspò alla ricerca d'ossigeno e non poté non chiedersi cosa sarebbe stata la sua vita senza il suo avvento. Poi l'altro arrivò alla sua erezione e ogni pensiero coerente lo abbandonò.

Avevano tempo per pensare al lavoro, agli impegni e al fastidioso sassolino di quell'eredità scomoda; presto sarebbe stato Natale e loro due avevano giorni di vacanza da riempire. Ora invece erano soli, e si presero il tempo necessario perché quel risveglio diventasse il migliore possibile.

Capitolo 22

Un'ora dopo i due erano pronti ad abbandonare il tepore della camera in cui avevano dormito per iniziare quella giornata piena d'impegni.

Il giovane allungando le gambe fuori dal letto, percepì un brivido di freddo, fu pervaso dalla tentazione di tornare sotto il piumone, avvolgersi dentro e restarci fino alla primavera, ma Gus mettendosi seduto, espose alla sua vista la schiena nuda e le spalle larghe.

Garrett ne fu attratto come una calamita; fin da ragazzo infatti aveva trovato seducente quella zona del corpo maschile, soprattutto se avvolta in qualcosa morbido, come una camicia di sofisticato cotone o magari una seta particolare. Poter ammirare quella particolare parte del corpo del suo compagno quindi lo appagava ogni volta, lo faceva sentire bene sapere che se solo avesse voluto, poteva allungare una mano e toccarla a piacimento.

Distratto da quei pensieri però perse l'attimo e, quando Gus su alzò con i pantaloni indosso, si ritrovò ad assistere alla sua vestizione con un po' di delusione.

«Non ti vesti?» fu la domanda dell'altro, che voltandosi lo colse imbambolato in contemplazione.

«Oh sì, certo! Mi ero solo perso tra i pensieri qualche secondo» confessò senza specificare a che voli mentali si riferisse. Augustus però non si fece abbindolare e piegando il labbro in una smorfia divertita, gli tirò la camicia in faccia.

«Non ti accontenti mai, eh?» lo punzecchiò poi finendo di chiudere i piccoli bottoni chiari della sua camicia e infilandosi una cinta per tenere a posto i calzoni; tutto mentre Garrett infilava una manica e poi, lasciandola aperta, si costringeva ad alzarsi e fare il giro del letto.

«No. Di te non mi stancherò mai» gli mormorò mentre s'intrufolava nella sua routine e finiva di chiudergli la cinta, passandogli la punta dentro uno dei passanti e poi salire a sistemargli il colletto.

Gus lo lasciò fare, finché non ebbe finito, poi gli chiuse lui tutti i bottoni della camicia prima di dargli un bacio sulle labbra.

«Dai, ti aspetto. Finisci di vestirti che tra meno di mezz'ora arriverà il notaio per la lettura dell'atto» gli ricordò con un'espressione più seria, dato l'argomento.

Garrett però non era così interessato a quell'appuntamento in particolare e non si preoccupò di concludere con celerità, ma si prese tutto il tempo per scegliere calzini e pantaloni.

Alla fine però erano entrambi vestiti e affamati, così scesero al piano inferiore e si diressero in cucina, dove udirono le voci degli zii di Garrett e quella più servile di Alfred che parlavano tra loro.

«Buongiorno!» esordì Garrett varcando la porta. Alfred si mise dritto in piedi, quasi fece il saluto militare, ma poi sorrise e finse d'avere le mani sporche, passandole sull'ampio grembiule che aveva indosso.

«Buongiorno signorino, cosa posso preparale per colazione?»

«Caffè e toast al formaggio...» ipotizzò notandone alcuni mezzi mangiati davanti agli zii e scorgendo un'espressione sollevata apparire tra le rughe dell'anziano servitore, che scomparve per adempiere alla richiesta.

«Salve caro, dormito bene?» Zia Beth fu meno reverenziale, ma allo stesso modo gentile; accanto a lei i due fratelli stavano sorseggiando del tè e si limitarono a gesti del capo che ricambiò prima di sedersi al tavolo e fare posto a Gus.

«Oh sì, molto. Ti ringrazio zia» le rispose facendole l'occhiolino e un sorriso divertito, quando la donna fingendo di sorseggiare un po' del suo tè, indicò Gus accanto a lui e nascose una risata dietro l'elegante ceramica della tazza.

«Buongiorno a tutti» salutò l'avvocato prima di sedersi, percependo che la sua presenza era la causa del sorriso divertito dell'anziana donna, ma evitando con cortesia di farne menzione.

Alfred arrivò in quel momento sia con il caffè bollente e altro tè fumante, che depositò sul tavolo, sia con un piatto di toast salati.

Garrett e Augustus fecero colazione e scambiarono qualche parola con i tre zii del ragazzo, niente di particolare solo chiacchiere generali su tempo, clima e progetti futuri; scoprirono così che quella notte aveva nevicato e che quello costringeva i tre fratelli del defunto Ammiraglio a intraprendere un faticoso viaggio in taxi ben poco apprezzato; poiché guidare con quel tempaccio non era pensabile.

Quel commento non fece altro che consolidare in Garrett un'idea che aveva già iniziato a ponderare e, quando si sporse per farne parola con il compagno, Gus gli rivelò di pensare la stessa cosa. Il ragazzo a quel punto non poteva fare altro, così ne prese appunto mentale e finì di mangiare; anche se il pensiero gli restò incollato in testa come un francobollo.

Mentre finiva il caffè valutò le varie possibilità, riflettendo che con poco più di un paio di firme da ambo le parti la questione poteva risolversi in un paio di giorni e una stretta di mano. Così lui e Gus potevano tornare a casa e alla loro vita. L'unico problema che riscontrò fu Alfred.

Il maggiordomo era a tutti gli effetti il problema maggiore dell'eredità dell'Ammiraglio: troppo vecchio per cambiare famiglia o lavoro, così avanti con l'età per pensare di continuare a essere al suo servizio, ma così inserito nel suo ruolo e nella storia della sua famiglia da essere impossibile immaginare la villa senza di lui.

Garretto stava quindi per alzarsi e andare a fumarsi una sigaretta fuori, quando il soggetto dei suoi pensieri annunciò che il notaio era giunto e li precedeva dentro lo studio del signore. Nel percepire quell'appellativo, Garrett fu persino tentato di rispondere al vecchio che se il notaio era nello studio, che se ne occupasse il padrone del suddetto posto; poi, dandosi dello stupido, si rese conto che adesso era lui il "signore" e che toccava a lui accogliere il professionista.

Da quando era arrivato, non era la prima volta che l'uomo gli si rivolgeva con quell'epiteto di rispetto e che lui non riconosceva per se stesso, eppure aveva superato i trent'anni e molti lo apostrofavano così, oltre che con "avvocato"; ma in quella casa proprio non riusciva ad assimilarlo.

La sigaretta dovette quindi essere posticipa e, poiché era già in piedi, si limitò a cercare lo sguardo di Alfred e annuire nella sua direzione.

«Arriviamo subito» gli rispose e poi attese che Gus s' alzasse. Quando il compagno gli si fece appresso, prese con gentilezza il gomito dell'anziana zia e lasciò che i due zii li seguissero fino alla camera adiacente.

Giunto alla doppia porta, ora spalancata per permettere a tutti l'agevole accesso, notò con un pizzico di fastidio che i pesanti tendaggi erano ancora tirati a chiudere fuori la debole luce del sole. Il camino era acceso e anche il grande lampadario al centro della stanza era in piena attività, ma sentì che mancava qualcosa. Osservò la stanza, mentre aiutava la zia a sedersi sul piccolo divano, attese che anche i due fratelli prendessero posto e poi si sedette su una delle due sedie che facevano presenza davanti alla scrivania.

L'uomo appena arrivato aveva deposto la sua valigetta dietro il grosso mobile e si era seduto appoggiando un plico vicino alla lampada accesa.

«Signori Gordon-Lennox sono addolorato per la vostra perdita. Le mie più sentite condoglianze» mormorò con un inchino del busto nella direzione dei tre anziani. «Lei dev'essere invece il figlio dell'Ammiraglio?» domandò nella sua direzione allungando la mano che lui strinse appena.

«Sì, esatto. Grazie d'essere arrivato così presto Dottor Crochet.» L'uomo sulla cinquantina parve arrossire d'imbarazzo, ma riprese il contegno adatto alla situazione con un sorriso.

«Non siamo così formali, mi chiami pure Abraham.» Garrett trattenne una risata ironica, osservando come l'uomo si fosse sistemato il papillon porpora e avesse gonfiato il petto in modo altezzoso, mentre pronunciava il proprio nome. Doveva andare molto fiero di quel nome così vecchio e famigerato, per lui non fu strano un tale atteggiamento. In passato aveva spesso avuto a che fare con persone che vantavano natali altolocati e che si pavoneggiavano dei nomi che portavano; Lui invece aveva sempre evitato il suo primo nome in favore del secondo. Inoltre se avesse potuto, avrebbe tagliato via anche metà del cognome per renderlo un po' più anonimo, soprattutto quando era ad Annapolis.

«Garrett» mormorò a sua volta, abbandonando i pensieri sul passato, e poi indicò Gus che era rimasto in disparte. «Lui è il mio compagno, l'avvocato Augustus Montgomery.»

Notò che l'uomo appuntava il nome su un angolino di un foglietto e poi annuiva. «Sì, suo padre mi aveva accennato alla possibilità che lei portasse un suo compagno. Prego, venga Avvocato, può sedersi anche lei qui con noi. Se i signori sono d'accordo, per me non è un problema.»

Gus a quel punto, interpellato, si avvicinò e strinse la mano al notaio con un'eleganza e una classe che lasciò trasparire che fosse più che avvezzo a certi ambienti. Garrett lo osservò e si godette l'espressione ammirata dell'anziano professionista che al contrario non si era aspettato che il giovane estraneo fosse così beneducato.

«Piacere di conoscerla.» Fu tutto quello che Gus disse e poi si sedette accanto a Garrett, sulla sedia gemella e incrociò le gambe per poi appoggiarvi le mani.

«Bene, signori e signora! Ora che siamo tutti qui, direi di non perdere tempo prezioso e procedere con la lettura del testamento...» annunciò, alzando la voce di due toni e inforcando un paio di occhiali da lettura.

«Signor Abraham, mi perdoni...» Garrett lo interruppe quasi all'istante, schiarendosi la voce. L'uomo sollevò gli occhi su di lui con un'espressione confusa, lasciando a metà l'azione e non afferrando il plico di fogli.

«Dica?» borbottò con un pizzico di fastidio nel tono, che però rimase chiaro e ben distinto.

«Vorrei che anche Alfred, il nostro maggiordomo, fosse presente. Credo che la lettura possa interessare anche a lui» spiegò e indicò con un gesto del capo il soggetto della sua richiesta che sostava immobile appena fuori dalla porta, in solenne attesa che qualcuno lo chiamasse. «Sempre che ai miei amati zii non disturbi» finse di chiedere, sapendo già che anche loro erano suoi invitati e che quindi non avevano nessuna voce in capitolo.

Li osservò di sfuggita, notando il rosario tra le mani della zia e la sigaretta che giaceva finita accanto allo zio. Come si era aspettato nessuno mormorò niente in contrario, sebbene il notaio avesse cercato il loro permesso. Cosa che infastidì Garrett. Forse l'uomo pensava che fossero gli anziani a decidere, ma lui nascose l'irritazione fingendo di mettersi più comodo sulla sedia.

Quando il silenzio si fu propagato di almeno tre secondi di troppo, l'uomo si sistemò gli occhiali e borbottò il suo assenso: «Alfred? Oh, sì, certo. Prego, Alfred, ci faccia da testimone esterno in caso di problemi futuri...» mormorò agitando una mano verso la porta e indicando l'ultimo posto a sedere libero: la vecchia poltrona del padre; su cui però l'anziano non si sedette. Entrando, il servitore eseguì la richiesta, ma si limitò ad appoggiare i palmi sullo schienale alto, invece d'accomodarsi,

Tutti lo notarono e solo zia Beth gli volse un sorriso di compiacimento, che l'anziano servitore ricambiò.

«Ora che siamo tutti presenti...» ricominciò l'uomo aprendo la cartellina che conteneva i fogli. «Ecco! Sì, dicevamo... inizierei con la lettura del testamento dell'Ammiraglio Bradford Jhonson Gordon-Lennox.» Ancora il solito silenzio assenso, che l'uomo occupò osservando uno a uno i presenti. «Allora, per precauzione farò una registrazione vocale di tutto ciò che sarà detto d'ora in poi, che trascriverò e invierò a ognuno degli interessati insieme alla copia del contratto che ho stipulato con il defunto. Qualcosa da obbiettare?» Tutti e cinque i presenti negarono a turno, quindi l'uomo estrasse un piccolo registratore dalla valigetta, lo appoggiò sul ripiano della scrivania e lo accese.

«In data odierna io, dottor Abraham Crochet, in veste di notaio do lettura del testamento stipulato con il signor Bradford Jhonson Gordon-Lennox Ammiraglio della Marina degli Stati Uniti deceduto in data 20 Novembre 2017 alla presenza dell'unico erede l'avvocato Garrett Gordon-Lennox, del maggiordomo Alfred, dei tre fratelli ancora in vita del defunto: la signora Elisabeth e i signori Benjen e Bernard Gordon-Lennox. Oltre alla famiglia è presente l'avvocato Augustus Mongomery» finito l'elenco, si fermò un paio di secondi in attesa di qualche parola degli interessati, ma nessuno disse nulla, quindi proseguì. «Procedo all'apertura del sigillo.»

Garrett iniziava a esaurire la pazienza, tutta quella cerimonia per leggere una lettera di suo padre gli sembrava assurda. Se fosse stato per lui, avrebbe aperto la busta e lasciato che uno dei suoi zii la leggesse, a lui non interessava per niente cosa contenesse, era lì solo per dovere. Gli mancava la possibilità di fumarsi una sigaretta, il piede destro iniziò a battere sul tappeto. Gus si voltò quasi subito verso di lui e senza nemmeno rivolgergli la parola gli allungò il posacenere di vetro che faceva bella mostra sulla scrivania. Lo prese e, senza nemmeno chiedere se a qualcuno desse fastidio, si accese un'agognata sigaretta.

Dovette fare un singolo tiro, quando vide lo zio Ben imitarlo, accendendo la seconda sigaretta e provocando una smorfia da parte della zia; il tutto mentre il notaio leggeva l'inizio della lettera con altre frasi di rito.

«...alla mia morte il mio intero patrimonio passerà di diritto nelle mani di mio figlio Bradford... Bradford? Credevo foste figlio unico...» le grosse sopracciglia del vecchio notaio si unirono in segno di confusione e sdegno, provocandogli solo una risata divertita. Gus invece al suo fianco allungò una mano e gli picchiettò piano il ginocchio, ammonendolo di mantenere la calma.

«Sì, è il mio primo nome. Non l'ho mai usato per non essere confuso con mio padre e ho sempre usato solo il secondo nome: Garrett.»

«Ah, ma certo! Che sciocco...» un fazzolettone bianco comparve nella mano del notaio, che si asciugò il sudore che già gli imperlava la fronte, nonostante nella stanza non ci fosse un caldo così opprimente. Il primo pensiero di Garrett fu che l'uomo fosse nervoso e teso, anche se lui non ne comprendeva il motivo, così s'impose di non fermarlo finché non avesse finito. «Dunque dicevo: ...nelle mani di mio figlio Bradford. A lui lascio quindi la proprietà e la gestione della dimora di Whitehall e di tutti i suoi terreni e annessi, il mio patrimonio bancario e tutto ciò che non citerò nello specifico ma che è a mio nome. Lui è il mio unico erede e così desidero sia lui a ereditare ciò che ho lasciato.» A quel punto, dopo quelle parole, Garrett si era aspettato che la lettera proseguisse con qualche clausola, ma l'uomo ritornò ad asciugarsi la fronte e poi senza fingere cercò l'approvazione dei tre anziani seduti sul divano.

Fu però Augustus che raddrizzandosi sulla sedia richiamò l'attenzione del professionista. «La lettera dell'Ammiraglio si conclude così?» finse di domandare per curiosità, ma sia lui che il suo compagno sapevano che era solo un modo per confermare che adesso era il suo turno di parlare ed esporre la sua di idea.

«Sì, in realtà questo non è che l'ultima versione del testamento, ma per legge è l'unico valido se i Signori non hanno proteste in merito.»

Garrett sarebbe volentieri scoppiato a ridere, ma si limitò a voltarsi verso gli zii con un'espressione turbata,non aveva messo in conto che gli zii potessero contestare il testamento del padre e magari portarlo davanti a un giudice; poi lì osservò con calma e si rilassò nel notare che non tradivano espressioni contrariate.

«Zio Benjen, zio Bernard, volete dire qualcosa su questo testamento?» li interrogò in ogni caso.

«No, ragazzo. Ha ragione tuo padre, sei il suo unico erede.» Gli rispose Ben, mentre Bernard estraeva la pipa dalla tasca della giacca e l'accendeva; ne prendeva un generoso tiro e poi con la voce arrochita: «Ragazzo sai bene anche tu che tuo padre non ci avrebbe lasciato niente. Siamo uomini di mare, noi, gente orgogliosa e dura. Abituata a tirarsi su le maniche e a prenderci quello che vogliamo da soli con solo il sudore della nostra fronte e la nostra forza!»

Garrett avrebbe voluto abbracciare lo zio, ma si limitò a sorridere e a stringere la mano di Gus che era rimasta sul suo ginocchio. Il notaio invece ascoltò, agitandosi sulla sedia, poi fingendo un paio di colpi di tosse si rivolse alla zia. «E lei, mia signora?»

Zia Elisabeth agitando una mano per allontanare il fumo di sigaretta e di pipa che gli aleggiavano vicino, sbuffò. «No, perché dovrei. Siamo qui solo perché tu, mio amato giovanotto, mi hai detto che desideravi che restassimo. Non certo perché vogliamo qualcosa dal mio defunto fratello.»

«Grazie zia, non ti pentirai d'aver atteso così a lungo.» Garrett la ringraziò e le rivolse un sorriso amorevole. Dopotutto era a tutti gli effetti l'unica donna della sua famiglia che avesse mai amato.

Dopo quel breve scambio di battute, il notaio dovette intuire che fino a quel momento aveva valutato male la situazione e che si era rivolto alla parte sbagliata della famiglia e che quindi doveva correre ai ripari per guadagnarsi la sua fiducia, perché all'improvviso smise di prestare attenzione ai suoi zii e puntò gli occhietti scuri su Garrett.

«Signor Gordon-Lennox, quello che le ho appena letto era l'ultima volontà del vostro defunto padre. Se voleste essere cortese e apporre la firma qui in fondo, potrò iniziare a predisporre le carte per la successione.» Il tono si era fatto gentile e zuccheroso, li si rivolgeva con gentilezza e Garrett quasi lo trovò simile a una serpe.

Fu con una gioia malcelata che quindi gli sorrise, sporgendosi verso il registratore perché le sue parole fossero ben chiare e disse: «In realtà, Signor Abraham, ho intenzione di rinunciare alla mia eredità.»

«Che cosa?» Per poco il notaio non si soffocò dallo sconcerto che le sue parole gli provocarono, ma sentì chiara la risatina della zia alle sue spalle.

«Sì, ha capito bene. In passato non ho mai fatto affidamento sulla ricchezza della mia famiglia, né ho sperato di potermene appropriare. Ormai ho un lavoro che mi da tutto ciò di cui ho bisogno, non me ne farei nulla.» Spiegò con una calma che quasi non gli apparteneva. Forse era la presenza di Gus accanto a lui a infondergli tutto quel sangue freddo.

«Capisco. Ma è comunque qualcosa della sua famiglia. Avrà dei ricordi qui che vuole mantenere...» fu la risposta incespicante del notaio, che adesso sudava in modo poco decoroso dietro gli occhiali, che si stavano appannando.

«Il mio compagno ed io siamo avvocati praticanti, mi creda Dottor Abraham, sappiamo come funziona l'eredità familiare.» L'uomo annuì nella sua direzione con poca convinzione. «So che alla luce del contratto da lei stipulato con mio padre, ci si aspetta da me una firma di accettazione. Non intendo metterla in difficoltà su questo punto, ma dopo la suddetta firma, voglio che lei scriva un secondo documento in cui io dono l'intera proprietà e tutto il denaro di mio padre ai suoi tre fratelli» spiegò usando parole semplici per non mettere in difficoltà né i suoi zii né il povero Alfred che ascoltava in rigido silenzio.

«Una donazione?» Crochet si grattò la fronte e sospirò. «Sì, certo. Nessun problema.» Garrett lo vide prendere un foglio doppio e una penna. «Bene, mi detti le sue volontà in merito, Signor Gordon-Lennox e io provvederò a scrivere il documento ufficiale e farglielo consegnare entro due giorni per la firma.» Finalmente lo vide cambiare atteggiamento e sfoggiare una concentrazione e un'espressione seria e determinata.

«Sì, anche se io tornerò a Washington domani, non mi fermerò più del dovuto. Le lascerò i miei numeri per i dettagli.»

«Garrett...» sì voltò verso la zia, che si era alzata e stava per raggiungerlo. «Tesoro mio, non devi. Ho capito cos'hai in mente, ma davvero non devi.»

Lui si protese per prenderle la mano e sorreggerla mentre gli si faceva di fianco. Le loro mani si strinsero l'una nell'altra e un sorriso stanco si dipinse sul volto della donna.

«Non è certo per dovere che lo faccio, zia» la rincuorò e poi tornò a prestare attenzione al notaio.

«Se è pronto, signore...»

«Sì. Voglio fare un atto di donazione dei possedimenti da me appena eredità in favore di mia zia Elisabeth e i miei zii Benjen e Bernard. In modo specifico, vorrei che la proprietà di Whitehall passasse a mia zia, mentre ai miei zii lascerò ognuno la metà esatta del denaro. Non ne conosco la cifra esatta, ma credo sia sufficiente perché entrambi sistemino le loro faccende e possano vivere gli ultimi anni sereni e tranquilli.» Si fermò e osservò i diretti interessati che ascoltavano senza parlare. Suo zio aveva appoggiato la pipa in bilico sul ginocchio e lo colse mentre si grattava il centro del torace con le sopracciglia corrugate.

«Bene. Ho segnato e registrato tutto.»

«Non ho finito... vorrei anche che la collezione d'auto d'epoca di mio padre passasse al suo fedele maggiordomo Alfred.» Sentì un respiro di sconcerto provenire dall'uomo, ma non si voltò a cercarlo, sapendo bene dov'era. «So che se n'è preso cura tutta la vita e non conosco modo migliore per ripagarlo del tempo che ha trascorso a nostro servizio.»

«Davvero generoso da parte sua...»

«Affatto!» Mormorò quasi infastidito da quel commento.

«Signorino?» Alfred aveva ripreso la parola per chiamarlo con un tono molto strano per lui. Non poteva certo ignorarlo, quindi si voltò a guardare l'uomo che adesso si era appoggiato alla spalliera della poltrona.

«Alfred non ti preoccupare, non ho intenzione di mandarti via. Sono certo che zia Beth avrà bisogno del tuo aiuto qui.» E nel dirlo cercò il viso della donna che si era seduta con stanchezza sulla poltrona vuota, accompagnando il movimento con un sospiro di sollievo e tamponandosi il collo con un fazzolettino ricamato.

«Nessuno conosce la casa come te, Alfred. La tua permanenza è indiscussa.» Fece sentire la sua voce Elisabeth, colpendo due volte con delicatezza la mano rugosa di Alfred. «Ma da domani non sarai più il servo di nessuno, ma un ospite» precisò prima che Garrett stesso potesse proporlo.

«Non so cosa dire...» furono le parole emozionate dell'anziano a quella novità inaspettata.

«Allora di solo che accetti» esordì zio Benjen, prima d'alzarsi e dirigersi al carrellino dei liquori dove si verso un po' di Brandy.

«Non potrei mai rifiutare un dono così generoso da parte del Signor Garrett.»

Senza che nessuno lo chiedesse, Alfred versò altre quattro piccole dosi di liquore e le portò al resto degli uomini presenti, ancora nel suo ruolo di maggiordomo fedele.

Nessuno rifiutò il bicchiere, ma nessuno lo bevve, limitandosi a tenerlo in mano. Garrett lo osservò con un nodo alla gola. L'anziano era così calato nel suo ruolo che non riusciva a uscirne; quel pensiero lo fece riflettere anche su di lui. Nemmeno lui era stato capace d'emergere dalla parte che gli avevano incollato addosso: il figlio dell'Ammiraglio, il viziato e incapace figlio unico di una ricca famiglia, il figlio deludente; anche essere un avvocato gay rientrava in quel complicato posto che gli era stato assegnato.

Sentì un brivido gelido lungo la schiena e d'istinto cercò la mano di Gus, ancora appoggiata al suo ginocchio, per stringerla e rivolgergli un'occhiata.

«C'è altro signor Gordon-Lennox che desidera aggiungere?»

s'intromise nella scena il notaio, richiamando la sua attenzione, mentre spargeva sul foglio una polverina per asciugare l'inchiostro. Garrett scosse il capo, poi sollevò il bicchiere verso i tre zii e Alfred.

«Bene! Ora che tutto è stato sistemato, direi di brindare alla nuova padrona di Whitehall e a voi, signori» dichiarò cercando di mantenere un tono deciso, ma non troppo.

Il quartetto seguì il suo esempio e con la coda dell'occhio vide che anche Gus lo imitava. Il notaio no, lasciò il bicchiere sulla scrivania e spense il registratore.

«A voi, signori, e alla nuova vita di Alfred» disse Augustus e tutti bevvero un sorso.

Capitolo 23

Il bruciore del Brandy gli restò in gola e fino allo stomaco per il resto della mezz'ora seguente, ma l'educazione ferrea che aveva ricevuto, gli impedì d'esternare il problema. Celò quindi il disagio evitando di bere ancora e poggiando il bicchiere sulla scrivania, senza finirlo e uscire a prendere una boccata d'aria appena ne ebbe l'occasione.

Non dovette attendere molto; dopo aver firmato i documenti dell'eredità, il notaio gli aveva chiesto d'accompagnarlo fino alla vettura per assicurarsi che giungesse senza intoppi. Senza mostrare altra emozione, di conseguenza, Garrett approfittò della richiesta e uscì dalla magione per i pochi passi in mezzo alla neve che gli erano necessari.

Poi era tornato in casa, notando con sollievo d'essere rimasto solo, infatti Gus lo informò che i tre anziani parenti si erano recati sulla tomba del padre e che Alfred invece era corso a chiamare la sua famiglia per raccontare loro l'inaspettata novità.

«Alfred si è guadagnato ogni singolo bullone di quelle vecchie auto, anzi se dovessi calcolare la cifra che gli devo per gli anni di servizio, credo di avergli dato troppo poco» gli rispose quando il compagno gli regalò un sorriso di compiacimento.

«Forse sì, ma anche così paiono tutti felici e contenti... anche se ho un dubbio su una persona.»

Lo sguardo che osservò in Gus, gli fece montare mille dubbi. Non credeva possibile che gli zii o Alfred avessero rimostranze, quindi non restava che il Dottor Crochet. «Dici che il notaio farà problemi?» ipotizzò a mezza voce, aggrottando la fronte.

«No. Io parlavo di te, hai una faccia stravolta» gli rispose Gus, stappandogli quasi una risata, che però avrebbe avuto un tono troppo isterico per non essere sospetta; così decise che la verità fosse meno problematica.

«Ho dormito male, ho avuto i soliti incubi, ma vedrai che da stanotte cambierà tutto» gli rivelò facendo il giro della scrivania e sedendosi sulla sedia imbottita.

«Lo spero per te, Amore. Ti meriti un po' di pace» fu il commento di Gus, prima che lo raggiungesse e gli scoccasse un bacio sulle labbra. «Devo fare due telefonate e prenoto il taxi per domani mattina, ok? Torno tra poco.»

Garrett annuì. «Vai pure. Io resto qui...» ma solo quando vide la schiena dell'altro si rese conto di non aver nulla di meglio da fare che guardarsi in giro. Al lavoro tutti sapevano che sarebbe tornato lunedì e che era via per il funerale, non lo avrebbero disturbato se non per qualcosa di molto importante; ma anche in quel caso, avrebbero prima chiamato Gus. Altri parenti non ne aveva e anche i pochi amici sapevano dov'era e perché e non lo avrebbero certo chiamato.

Comprese di conseguenza che non aveva davvero nulla da fare per trascorrere il resto del tempo che rimaneva. Fece così vagare lo sguardo per la stanza, osservando con occhio critico l'ambiente.

Le due poltrone gemelle, ai lati del divano imbottito, presentavano i segni dell'usura. Piccole pieghe chiare, che segnavano la pelle bruna, percorrevano ogni seduta come ragnatele. Lo stesso fenomeno era visibile sulle poltrone del mobile più grande; le due sedute più piccole invece avevano eleganti drappi che coprivano gli schienali; i cuscini poi erano segnati da gobbe e avvallamenti. Erano i chiari segni dell'età di quel mobilio che giaceva di fronte al camino.

Anche il resto degli oggetti presenti erano nello stesso stato. Garrett non scoprì nessuna nuova suppellettile o arredo che non fosse già presente quando lui era bambino; nemmeno il vecchio telefono che giaceva sulla scrivania.

Arrivato al ripiano, però, notò un piccolo bigliettino scritto a mano che giaceva pizzicato sotto al calendario, lo prese incuriosito e, ricordandosi che la sera prima non c'era, lo lesse: era di Alfred che informava "il signore" che dopo aver spolverato e sistemato la stanza per quella mattina, aveva riposto il libro nel cassetto, lasciandolo aperto per lui.

La mano gli corse al pomello senza che lui ne avesse controllo e il raccoglitore di foto della sua vita, tornò a palesarsi alla sua vista. Fu tentato di sfiorarne con le dita la superficie liscia e morbida, anzi, lasciando che lo guidasse l'istinto, lo estrasse e lo depose davanti a lui.

Mille pensieri gli affollarono la mente. Erano davvero troppi i danni che quel libro avrebbe potuto fare per lui o la sua carriera. Era solo la seconda volta che ne sfogliava le pagine, ma non poteva trattenere il brivido di sgomento che lo percorreva. Dentro a quell'ammasso di fogli trasparenti e ingialliti c'era la sua storia, la sua vita e peggio ancora i suoi segreti. Qualcuno lo avrebbe potuto definire pericoloso, sopratutto in mani sbagliate, dopotutto Gus e lui erano avvocati; nel loro lavoro tutto era valido per affossare una carriera o mandare all'aria la reputazione di una persona, anche una semplice nota scritta a penna da un vecchio deceduto a lato di una foto sfocata... una di quelle che suo padre aveva conservato e che lui aveva evitato accuratamente.

Allo stesso tempo però Garrett ne era attratto come una calamita, poiché nascosto tra quelle righe e pagine c'era il destino di sua madre, i nomi delle sue sorelle mai nate e i pensieri nascosti e inconfessati di suo padre.

Forse fu per quello o per la curiosità che lo corrodeva che, approfittando della solitudine e del silenzio di quella stanza, si decise a continuare l'ispezione. Con un gesto secco ma intenzionale, aprì il plico di pagine a caso e sfiorò con le dita le due foto che erano state incollate sulla pagina ingiallita: erano lui con Herrietta, la signora Richardson, davanti alla loro casa vicino alla Base. In quella più in alto lui stava aiutando la donna con due enormi buste della spesa, nella seconda le apriva la portiera della vecchia berlina azzurra. Quello per lui era stato un periodo difficile, ma vedere la testa scura della madre di Mark gli riempì il cuore d'amore.

Non era mai stato capace d' amare qualcuno come aveva amato Herrietta, prima d'incontrare Augustus. Se oggi era un giovane mentalmente stabile, con un futuro legale, un compagno accanto e la salute fisica non poteva che dare il pieno merito a quella donna dai fianchi larghi e un sorriso altrettanto ampio e pieno d'affetto.

***

Nel momento in cui il tuo mondo crollava, tutto ciò che ti rimaneva era la tua forza d'animo e se eri fortunato la tua morale; ecco perché Garrett, la domenica seguente al suo abbandono della Base, prese tutto il coraggio di cui disponeva e in autobus raggiunse la casa dei genitori di Mark.

Per sua fortuna, Herrietta negli anni si era rifiutata di vivere all'interno delle proprietà della Marina e si era insediata in una villetta poco distante, al contrario per lui sarebbe stato impossibile mantenere la parola data al Tenente Richardson.

Arrivò davanti alla villetta a schiera che era quasi ora di pranzo e, quando giunse a calpestarne il selciato, per un momento ebbe un tentennamento; furono gli anni di rigide regole d'educazione ricevute che lo guidarono fino alla porta. La testa piena di frasi di scuse, d'imbarazzanti motivazioni e la speranza che non fosse il padre dell'amico ad aprirgli l'uscio.

Quando arrivò alla soglia dell'entrata, poi, dovette respirare riempiendosi i polmoni d'ossigeno e coraggio, come se dovesse immergersi in apnea. Stava per suonare e bussare piano quando la porta si spalancò e la coppia di genitori del suo amico lo accolse.

«Garrett!» Herrietta lo pronunciò con un sospiro interrogativo misto a sollievo. Il suo sguardo era segnato da leggere occhiaie, come se non avesse dormito bene, e la mano corse al petto prosperoso.

Non era riuscito a sostenere i loro sguardi ed era arrossito. «Signora Richardson...» mormorò, provando a scusarsi a dovere, ma le parole furono soffocate da una ferrea presa al polso e un vigoroso strattone. Dopodiché la madre di Mark lo soffocò in un abbraccio stritolante, come non ne aveva mai ricevuti in vita sua.

«Maledizione ragazzo, vuoi farmi morire di crepacuore? Dove eri finito? E guai a te se non ricominci a chiamarmi "mamma", non sarai mio figlio, ma ti picchierò con il cucchiaio di legno se mi farai preoccupare in questo modo un'altra volta!»

L'amore materno poteva esprimersi in decine di modi diversi, in gesti plateali o in piccole accortezze accompagnate da un sorriso; quello della donna si palesava così, con quella minaccia falsa, spesso condita con un sorriso amorevole, quasi mai con il gesto portato a compimento. Ancora adesso che aveva compiuto trent'anni, Herrietta minacciava sia Mark sia lui con quella frase, ma i due amici sapevano che la donna afferrava l'attrezzo consumato dall'uso sempre e solo per cucinare pietanze succulente.

Quella domenica l'abbraccio fu il suo bentornato a casa, l'amore sincero fu mostrato da quella minaccia e dal gesto d'assenso che intravide dal Tenente l'attimo prima di entrare in casa.

«Mi dispiace, io...» ricominciò, ma venne di nuovo interrotto dalla domanda secca della donna. «Dove hai dormito in questi giorni?» il tono sempre distorto dall'emozione. Garrett cominciò a sentirsi in colpa per il suo comportamento, nemmeno Herrietta fosse realmente sua madre; anzi lo era stata molto più di qualunque altra donna.

«Al motel vicino all'autostrada, il Waves.»

La donna storse il naso disgustata e Mark trattenne una risata divertita che gli costò un'occhiata di rimprovero del Tenete Stava per aggiungere che dopotutto non era così male come dicevano, ma fu di nuovo fermato dalla donna esuberante.

«No, il mio bambino non dormirà in quel postaccio, andrai a prendere la tua roba e verrai qui!» Aveva ordinato con decisione, ma si era voltata verso il marito, che si era schiarito la gola con un colpo di tosse, e aveva cercato il suo consenso con un gesto del mento. «Tu hai niente in contrario?» l'uomo aveva negato con un sorriso.

«No, tesoro. Stavo per dirlo io, mi hai solo preceduto.» A quella risposta Garrett si era ritrovato strattonato per il gomito dalla sua carceriera verso la piccola cucina.

«Bene, perché anche se non sei mio figlio, non ti avrei permesso di restare in quel tuguriо pieno di prostitute e drogati! Tu resterai qui da noi, non provare a dirmi di no!» lo incalzò ancora, guardandolo seria come se da quello dipendesse la sua reputazione di madre.

Ottenuto ciò che voleva, Herrietta placò la sua irruenza amorevole e gli regalò una carezza su una guancia e a Garrett non restò che respirare quello che per lui sarebbe sempre stato il profumo di casa, o almeno, quello che lui associava al concetto di casa e famiglia amorevole: l'odore di arrosto e di patate dolci che galleggiava nell'aria quella domenica a casa di Mark.

«Basta perdere tempo in chiacchiere! Tutti a tavola, il pranzo è già servito e se si fredda si rovinerà.» Quel comando fu seguito dal trascinamento al grande tavolo imbandito, come ogni giorno festivo, e al suo accomodarsi nella sedia vuota dall'altro capo rispetto a Mark, sul lato lungo, mentre Herrietta e il Tenente si sedevano ai rispettivi capi del tavolo. Quello per lui divenne il ritratto della famiglia felice, quello che pensava dovesse essere l'aspetto di un tavolo la domenica con la famiglia riunita a passare il tempo insieme e a parlare di cose importanti e di football; sennonché appena seduto, vide il cipiglio torvo dell'amico.

«Sei arrabbiato?» provò a domandargli, quando lo vide distogliere lo sguardo e drizzare le spalle.

«Sei sparito senza dire una parola, non sapevo cosa pensare. Mi hai abbandonato!» la sua voce a metà tra l'adulto e il bambino, raschiava sulla gola, con molta probabilità stava trattenendo qualche emozione perché Garrett notò che stritolava il tovagliolo sulle ginocchia.

«Non ho potuto!» cercò di spiegargli, ma il Tenente si sedette e li interruppe.

«Mark, non fare il ragazzino frignone. Sei un uomo, adesso, comportati come tale!» disse secco e deciso, sembrava quasi stesse comandando il suo squadrone e non parlando con il figlio.

«Sì, padre» fu l'immediata risposta dell'amico, ma era Garrett quello che si sentiva in colpa e colpevole verso l'uomo e soprattutto il ragazzo.

«No, Mark ha ragione. È colpa mia...» poi tornò a cercare il suo sguardo fraterno, il complice di tutta una vita. «Mi dispiace, Mark. Dico sul serio!» provò a sporgersi, obbligarlo a incrociare i suoi occhi, ma ancora una volta il Tenente s'intromise.

«Allora parla, ragazzo! Che diavolo hai combinato davvero per farti cacciare a quel modo?»

Garrett sapeva che alla fine quella questione spinosa sarebbe arrivata, che il tempo per tergiversare sarebbe finito, ma aveva sperato di poter prima far pace con l'amico. Sospirò rassegnato all'ovvietà e si voltò verso l'uomo, quasi più suo padre del vero genitore, e appoggiò il tovagliolo stropicciato di morbido cotone bianco accanto al piatto. «Mi è stato detto che sarebbe stato redatto un documento ufficiale, in ogni caso. Non ve ne hanno consegnata una copia?»

«Certo che sì! E dopo averlo ricevuto, ho subito chiesto spiegazioni al tuo Comandante Capo, ma mi è stato riferito solo che avevi lasciato la Base di tua scelta. Di conseguenza nulla è stato scritto in modo dettagliato, poiché non avevi ancora scelto il tuo terzo anno, sennonché il tuo allontanamento è stato conseguente a un richiamo ufficiale dopo una contravvenzione verso un tuo superiore» gli spiegò l'uomo e Garrett ascoltò quelle parole come se in esse potesse celarci il mistero. Ancora una volta però la burocrazia e il gergo militare si chiudevano a proteggere i loro e allontanava chi decideva di non farne parte.

Garrett però non comprendeva la motivazione, così provò a chiedere all'uomo un'ulteriore spiegazione. «Un richiamo dopo una contravvenzione?»

«Sì» confermò l'uomo.

«Sì! Ok, ma non capisco! A chi hai risposto male? Oswald, caro, non è eccessivo cacciarlo per una cosa così sciocca, non puoi fare qualcosa tu?» Herrietta si intromise con la più scontata delle motivazioni, dopo tutto era la moglie di un marinaio, sapeva bene come funzionava quel mondo; ma sentire il nome di battesimo del Tenente rese Garrett consapevole di quanto per loro lui fosse un membro della famiglia.

«No, signora, non è come pensa. Cioè non è per quello il richiamo, non è insubordinazione... ma non so come si dica in gergo militare burocratico» rispose alla donna, però con lo sguardo cerco Mark, scoprendo che il suo viso mutare, mentre capiva.

«Smettila di girarci intorno, Gary!» sbottò a quel punto l'amico, si era trattenuto fino a quel momento, ma anche lui comprese che doveva parlare ai genitori di Mark in modo chiaro e sincero. Lo doveva loro, per rispetto.

«Mi hanno trovato nelle docce in atteggiamento eloquente» disse tutto d'un fiato e abbassando gli occhi.

«Cosa?» Herrietta quasi scoppiò a ridere, ma era solo perché non aveva ancora afferrato.

«Ragazzo in Marina non cacciano dalla Base un marinaio del tuo rango solo perché stava amoreggiando con una ragazza nelle docce. Nemmeno se è un suo superiore! Al massimo ti mettono in galera due o tre ore. Se proprio avessero voluto punirti, ti avrebbero dato una settimana» fu la spiegazione del Tenente, che lui già conosceva, quasi credesse che la sua fosse una bugia e che lo dicesse solo per non spiegare loro la verità, ignorando le vere procedure della Base.

«E se non fosse stata una ragazza?» riuscì a dire, anche se la gola gli si era seccata nemmeno avesse mangiato sabbia.

«Gary, cazzo! Non dirmi che ti hanno beccato con James?» A quell'affermazione di Mark non riuscì a rispondere, abbassò il capo e scoprì che per il nervoso con le dita si era stropicciato l'orlo della camicia e l'ultimo bottone lasciato aperto. Adesso che i due adulti sapevano la verità, non aveva il coraggio di guardare la loro reazione nel comprendere la sua omosessualità. L'accusa e il disgusto sui loro visi sarebbero stati troppo per lui.

Il silenzio calò nella stanza da pranzo per un lungo minuto, che a Garrett parve infinito, poi Herrietta si sedette e il marito si schiarì la voce, mentre Mark restava muto, seduto al suo posto.

«Ragazzo, guardami!» fu l'ordine del Tenente Richardson dopo quei secondi d'imbarazzo e silenzio opprimente. Lo fece e l'attimo seguente sentì una mano della donna afferrare la sua e stringerla forte, nemmeno avesse loro confessato d'essere in punto di morte. «Dimmi la verità, questo James ti ha costretto in qualche modo? Ti minacciava? Posso appellarmi al reato di "nonnismo" e farti riammettere se è così.» Il tono era affrettato, quasi l'uomo si stesse impegnando per scovare una soluzione che però Garrett sapeva non esserci.

Si morse il labbro tirandolo con i denti e poi cercò Mark prima di rispondere. L'amico lo scrutava in silenzio e, incrociando i suoi occhi, scosse la testa. Garrett sapeva che aveva decine di domande, ma avrebbe taciuto e atteso che fosse lui stesso a fargliele, appena si fosse sentito in grado.

«No, signore, non ero costretto» rispose all'uomo.

«Capisco.» Fu tutto quello che l'uomo disse alla sua risposta, mentre si grattava il mento liscio; furono il tono e soprattutto lo sguardo dubbioso della donna a spingere Garrett ad aggiungere altro.

«Mi dispiace, capisco se non voleste più avermi qui. Non ve ne farei una colpa.» Il colpo secco che gli arrivò alla nuca giunse da Herrietta stessa, preceduto dal rumore della sedia, che occupava fino a un attimo prima, che veniva spinta lontano dal tavolo e senza nemmeno dargli il tempo di aprire bocca, la donna lo abbracciò affondandogli il viso nel suo petto.

«Sei uno stupido, se pensi che smetterò di volerti bene solo per questo!» Fu tutto quell'amore inaspettato da parte della donna, che ruppe il suo muro di serietà e compostezza.

Incapace di trattenersi oltre, scoppiò a piangere tra le sue braccia, iniziando a singhiozzare come non aveva mai potuto fare e ricambiando la stretta, cingendola come poté per affondare contro il suo petto caldo e profumato di vaniglia.

Tutta l'ansia dei giorni passati dentro quello squallido motel da solo, la paura del futuro, la solitudine e la freddezza che aveva affrontato dal suo vero genitore divennero un fiume in piena che non riuscì a trattenere dopo il primo singhiozzo. Herrietta lo trattenne, restando accanto a lui in piedi e accarezzandogli la schiena con piccoli cerchi.

«Gary, tesoro...» La donna lo cullò contro il suo seno prosperoso.

«Su, piccolo mio, non piangere, non è successo nulla» lo consolò con dolcezza e comprensione, attendendo che il suo pianto si placasse.

Quando finalmente riuscì a controllare i singhiozzi, aveva la gola in fiamme. Garrett si strofinò il naso con la manica della camicia e la donna sorrise accarezzandogli i capelli. «Dai, bevi un sorso di acqua» gli disse porgendogliene un po'. «Calmati ora, non è successo nulla. Sei a casa adesso, bambino mio.» Ubbidì, non sapendo che altro fare.

Solo quando si staccò ed ebbe riacquistato una parvenza di contegno, Garrett vide che Mark aveva fatto il giro del tavolo e ora attendeva con una mano appoggiata sul tavolo, tra lui e il padre.

Per prendere tempo bevve un altro sorso di acqua fresca.

«Mi vergogno» mormorò e Mark lo abbracciò prima di lasciargli il tempo di vedere la reazione del genitore, ma Garrett la sentì un paio di secondi dopo: la mano grande e calda dell'uomo si appoggiò sulla sua spalla.

«Dovevi venire subito da me» mormorò a quel punto. «Ormai è tardi, ma troveremo lo stesso una soluzione decorosa e che ti permetterà una vita adeguata» disse senza scomporsi, ma regalandogli un sorriso virile e poi indicare a tutti di sedersi. «Adesso mangiamo! Mamma ha cucinato tutta la mattina ed è un peccato far raffreddare l'arrosto.» Poi tutti e tre lo videro prendere posto al tavolo, piegare il tovagliolo sulle gambe e afferrare il coltello per tagliare il grosso pezzo di carne fumante. «Siediti e mangia con noi, ragazzo. Abbiamo tutto il tempo di questo mondo per parlare di cosa fare dopo. Mangia qualcosa, hai un aspetto orribilmente pallido e sei magro come una canna da pesca» concluse e poi affettò una fetta dell'abbondante pietanza e la servì alla consorte con un cucchiaio di patate e uno di piselli per attendere poi il piatto suo e di Mark.

Per il militare il discorso era chiuso in quel modo, Garrett lo capiva, ma sapeva anche che a tempo debito il Tenente avrebbe parlato ancora e le sue parole sarebbero state ben ponderate e piene di saggezza. Era insito nel suo essere un militare con un ruolo di comando decidere quando e come parlare, ma per lui andava più che bene così. Lo stomaco al profumo dell'arrosto aveva iniziato a brontolare e lui aveva davvero fame.

Come Garrett si era aspettato, il momento arrivò nel pomeriggio, mentre i tre uomini stavano guardando una partita di football e sorseggiavano una birra.

«Quando Mark è venuto a dirmi che eri sparito e non ti ho più trovato nel tuo alloggio, ho chiamato tuo padre.» Garrett aveva appoggiato la birra sul tavolino basso davanti al divano e si era voltato a guardare l'amico.

«Mi dispiace, come ho detto, dopo il fatto mi hanno fatto passare le successive ore in cella e dopo mi hanno dato solo fino all'alba per decidere. Ero impossibilitato a contattare chiunque e fuori dalla mia porta c'era una guardia armata. Non ho potuto che telefonare una sola volta e poi ho ricevuto i miei effetti, quando mi sono diretto fuori dalla Base...» i due uomini di colore lo guardavano con espressioni diverse, il Tenente aveva un cipiglio scuro, ma non sembrava arrabbiato, bensì infastidito. Mark non parlava più, si limitava a scrutarlo e mordersi l'interno della guancia.

«E poi?» Mark lo pungolò con una gomitata. La rabbia della mattina sembrava essersi affievolita, ma restavano sospese tra loro fin troppe domande.

«Mi vergognavo troppo per scriverti, figuriamoci telefonare a te o al tuo vecchio» si scusò con l'amico e questi gli rifilò un pugno al braccio, dopo di che tornò a guardare il Tenete. «Posso chiederle, signore, cosa le ha detto mio padre?» domandò, mentre fingeva che quelle parole non lo innervosissero e appoggiò la piccola bottiglia sul ginocchio per mascherare il tremore che lo faceva sobbalzare. Mark accanto a lui si agitò sul divano e gli pose una mano sull'altra gamba, mentre mal celava la sua curiosità.

«In realtà ho parlato con il suo maggiordomo, credo, che mi ha riferito che tuo padre era fuori in missione, che avevano ricevuto comunicazione della tua decisione, ma che non sapevano dove fossi. Anzi il vecchio mi è parso abbastanza preoccupato, così gli ho riferito che ci avrei pensato io e appena avessi avuto novità l'avrei richiamato e ho lasciato il mio numero.» disse mentre finiva la birra e poi tirava fuori il cellulare dalla tasca e glielo porgeva. «Prendi, chiama a casa tuo padre e gli che, se lui non ha niente in contrario, resterai qui da noi finché non deciderai cosa vuoi fare.»

Ancora una volta il tono del padre di Mark era più un ordine che una richiesta. Garrett provò a protestare, ma l'uomo lo guardò con severità e agitò l'oggetto tecnologico in un gesto eloquente. «Avanti, figliolo. Quell'uomo è comunque tuo padre. Deve sapere che stai bene e dove sei, anche se tra voi non c'è un buon rapporto o molto dialogo. Fa tu il primo passo, dimostragli che tre anni in Marina ti hanno insegnato qualcosa su come ci si comporta.» E poi gli lasciò cadere l'oggetto sulle gambe.

«Sì, signore.» Cedette, intuendo di non poter ritrarsi e che l'uomo avesse ragione. «Però andrò fuori.» Il Tenente annuì e Mark gli diede una pacca sulla spalla.

«Ti raggiungo appena finisce la partita!» gli disse e lasciò che si allontanasse con il cellulare tra le mani.

Capitolo 24

Aveva fatto la chiamata, aveva parlato con Alfred e gli aveva riferito il suo nuovo indirizzo. Il fedele maggiordomo gli aveva rivolto frasi comprensive e poi Mark era arrivato a annunciargli che il padre di Mark lo avrebbe accompagno al Motel Waves a prendere le sue cose.

Dal giorno seguente aveva vissuto a casa di Mark fino alla primavera seguente. Herrietta lo aveva tenuto accanto a sé per tutto l'inverno; sia che fossero presenti il marito e il figlio sia che fossero solo loro due in casa, la donna lo aveva accudito come se fosse Mark e, nei momenti in cui si era sentito perso, lo aveva spronato. Di lì a poco, infatti, oltre alla signora, anche alcune sue amiche, vedove o sole a causa dei mariti lontani, avevano iniziato a chiamarlo per faccende. In breve era diventato il tutto-fare del gruppo di amiche e le sue inesistenti finanze avevano cominciato ad acquisire un valore.

Quando l'inverno stava ormai finendo Herrietta lo aveva preso da parte e senza troppi giri di parole superflui lo aveva spronato a scegliere se restare lì e trovarsi un lavoro, in quel caso lei lo avrebbe aiutato anche a cercarsi un appartamento decoroso, oppure scegliere di studiare, compilare domande d'ammissione e puntare a un futuro all'Università; ovunque desiderasse, anche sulla costa ovest. Garrett ricordò le varie notti insonni, in cerca della decisione finale e le interminabili ore a sfogliare siti delle Università; peggio che mai, fu senza fine l'attesa, quando dovette aspettare la risposta scritta di una sua domanda.

Mark in quel periodo, non appena gli era consentito, tornava a casa e non lo lasciava mai solo, confermando che il ragazzo era il fratello che aveva sempre sognato.

A differenza di moglie e figlio, il Tenente non s'intromise più nelle sue decisioni, lasciò che fosse lui a decidere. E solo quando la moglie, la domenica a pranzo, lo informò che Garrett aveva deciso di studiare e che aveva inviato un buon numero di richieste, l'uomo gli aveva affibbiato una pacca sulla schiena e si era complimentato per la scelta.

«Bravo ragazzo, sono fiero di te! Vedrai che ti risponderanno di sì in molte e non avrai problemi a seguire questa strada e a eccellere.»

Gli aveva detto. Era stato l'incoraggiamento di cui necessitava, e che a differenza di suo padre era arrivato nel momento giusto e in modo sincero e affettuoso.

In quei mesi a casa di Mark, Garrett non aveva più telefonato al genitore, si era limitato a scrivergli una mail una volta al mese, spronato, quasi obbligato, da Herrietta; quando decise di fare domanda per la facoltà di Giurisprudenza non lo disse all'Ammiraglio, attese quasi un mese, quando cominciarono ad arrivare le prime risposte. A quel punto non poté farne a meno, poiché nel compilarle, era stato costretto a inserire il suo indirizzo di residenza: quello di Whitehall; ormai aveva notato che le risposte, prima di raggiungerlo, erano arrivate alla magione e che alcune erano di conseguenza passate tra le mani del genitore.

Quando alla fine compose il numero di telefono, l'uomo era in casa anche se, prima di potergli parlare, gli rispose Alfred che gli fece i complimenti per le risposte favorevoli ricevute.

Garrett, seduto alla scrivania dello studio, ricordò quel giorno e gli sembrò che fossero trascorse solo poche ore e non dieci anni, per il tumulto di rabbia che gli provocò ricordare la fredda compostezza dell'Ammiraglio. Era ormai quasi l'ora di pranzo e già gli girava la testa per il troppo liquore, così allontanò il bicchiere. Non voleva ricordare quel periodo stressante; mentre aspettava le risposte, aveva perso quasi ventidue libbre per il nervoso, facendo preoccupare parecchio Herrietta. Aveva anche iniziato a correre la mattina all'alba intorno al quartiere, cosa che ogni volta faceva storcere il naso alla donna. Si lagnava che correre in quel modo non fosse saggio, ma allo stesso tempo Garrett sapeva che Herrietta desiderava avere un po' di privacy.

Tornando al presente, girò un paio di pagine del tomo di foto e documenti mentre scollava via i ricordi di quei giorni e scoprì che il genitore aveva conservato una copia di ogni modulo e missiva che aveva ricevuto.

Sopra quella di Yale, che si riservava la decisione a dopo un colloquio conoscitivo, il vecchio aveva appuntato un nome e un numero di telefono, oltre a quello che Garrett gli aveva lasciato per contattarlo. Herrietta infatti per festeggiare la bella notizia gli aveva regalato un cellulare per "chiamarla una volta che fosse stato lontano".

Riconobbe il nome, era un professore della famigerata istituzione, un ex militare, e che di conseguenza era un conoscente dell'Ammiraglio; ma al quale si era rifiutato di chiedere aiuto per entrare. Rileggere quel nome gli chiuse lo stomaco in una morsa, al tempo aveva ipotizzato che l'Ammiraglio avrebbe fatto come decideva e non come lui gli aveva chiesto con educazione. Ora quel nome e quel numero gli davano un'ulteriore prova che la sua entrata a Yale non fosse stata casuale o per suoi meriti. Il padre aveva senza dubbio fatto una donazione perché il suo desiderio si compisse.

Deciso a scoprire la verità quindi estrasse il foglio e lo rigirò in cerca di cifre o altri indizi a riguardo. La carta era intonsa sul retro, cosa che non si era aspettato, quindi esaminò i fogli seguenti.

Uno era il suo tema d'ammissione: "l'uomo più importante della mia vita". Gli altri erano piani di studio, copie di documenti e via dicendo, nessuno però gli rivelò se il genitore avesse pagato per lui o meno.

«Allora, quanto hai sganciato?» mormorò al nulla, come se l'uomo potesse rispondere a quella domanda. Non sentì altro che lo scoppiettare del caminetto acceso e il rumore delle voci degli zii che erano rientrati.

Nessuno entrò nello studio, nemmeno Alfred, così riprese a leggere i fogli e guardare le foto incollate. La prima che ritrovò fu una di lui con una grossa valigia in mano, intento a caricarla sul retro della limousine dell'Ammiraglio, mentre un Alfred più giovane gli teneva il baule aperto.

Era il giorno in cui aveva lasciato la casa dei Richardson per trasferirsi a Yale.

***

Ormai il giorno era giunto. Il suo futuro lo attendeva e lui era sconvolto dall'ansia e allo stesso tempo euforico per la felicità.

Il giorno prima d'andare a fare il colloquio a Yale, Garrett era a casa dei genitori di Mark, quando il telefono aveva squillato, rompendo il silenzio che aleggiava nella piccola casa vuota. Herrietta era uscita a comprare qualcosa, costringendolo a restare a casa per rispondere alla chiamata che attendevano speranzosi; così fu il suo turno di rispondere.

«Signorino Garrett, sono Alfred.» La voce inconfondibile

dell'anziano lo aveva sorpreso. «Mi è stato chiesto di comunicarle che domani verremo a prenderla per portarla al suo appuntamento, può per cortesia darmi l'indirizzo in cui prelevarla e un orario consono per giungere a destinazione in orario, per piacere?»

Garrett dovette prendere due profondi respiri prima di rispondere all'uomo. Solo sentire la voce del vecchio gli aveva fatto montare una rabbia cieca e mentre quest'ultimo chiedeva, lui era stato costretto a sedersi per non cadere, a causa del giramento di testa che l'emozione improvvisa gli aveva provocato. Vedeva tutto rosso e gli sudavano le mani, tanto che le asciugò sui jeans.

«Verrete, chi?» sbottò infastidito, attraverso la vecchia cornetta.

«Suo padre ed io, signorino Bradford!» Fu la risposta pacata, quella solita del maggiordomo, anche se tradì un certo grado di ovvietà.

«Assolutamente no!» gli sfuggì con fin troppa enfasi. Credette quasi di vedere la smorfia del maggiordomo al suo tono agitato e la cosa lo infastidì ancora di più.

«Signorino Bradford, suo padre mi ha...» la voce era lacunosa, quasi il vecchio servitore volesse chiedergli di non arrabbiarsi solo attraverso il tono di quelle parole, ma ormai era troppo tardi.

Garrett non si trattenne e lo interruppe con voce graffiante. «Fammi parlare con lui! So che è lì che sta ascoltando, passamelo!»

Attraverso l'apparecchio sentì un borbottio tra due persone e poi di nuovo la voce del maggiordomo: «Sì, Signorino. Glielo passo subito.» E poi di nuovo silenzio.

«Ammiraglio?» mormorò l'attimo successivo, cercando di mantenere il tono più calmo che gli riusciva, ma la gola gli bruciava e respirava a fatica, nemmeno avesse corso per miglia.

«Figlio!» A suo padre venne molto più naturale non far trapelare nessuna emozione dalla voce, a differenza sua.

«Non ho nessuna intenzione di farmi portare da nessuna parte, da te!» tagliò corto, anche se era consapevole che non sarebbe mai bastato.

«Non essere stupido, ragazzo!» E infatti l'uomo pareva non udirlo nemmeno.

«Non mi interessa, non ti voglio qui!» rincarò la dose, nella speranza vana che lo ascoltasse.

«Mio figlio non arriverà a Yale in corriera!» Fu la seguente affermazione del genitore che però mantenne il suo usuale tono *intransigente.* «Che lo desideri o no, hai un nome e una famiglia alle spalle. Verremo a prenderti, ti scorteremo fino al colloquio e poi me ne andrò» gli rivelò e Garrett ascoltò con attenzione, soppesandone le parole.

«Davvero non interferirete? Verrete solo a farmi da accompagnatore. Siete pronto a giurarmelo?» provò a contrattare, dato che, a quanto sembrava, non aveva scelta.

«Se così dev'essere, no. Ti prometto, ragazzo, che se non me lo chiederai espressamente non farò altro che accompagnarti fino lì in macchina.» La risposta gli giunse dopo un strano momento di silenzio che per un attimo lo aveva messo in allarme e più di una volta, in quei giorni, si era chiesto se il genitore sapesse qualcosa che a lui sfuggiva.

«Lo hai già fatto, non è vero? Quanto hai sganciato per farmi accettare?» ipotizzò, ben sapendo che l'Ammiraglio aveva ricevuto la risposta prima di lui.

«Ti sbagli ragazzo, non ho avuto bisogno di fare nulla.»

«Cos'hai fatto? Maledizione papà perché per una volta non ti fidi di me e non lasci che me la cavi da solo? Pensi davvero che io valga così poco senza i tuoi soldi?» Il fiume di rabbia che mal conteneva, dal quando aveva lasciato la base, straripò in quel momento, rompendogli il respiro fino a fargli fischiare le orecchie e pulsare le tempie.

«Chiudi il becco e stammi ad ascoltare, stupido di un ragazzino!» Quelle parole lo fecero vergognare per qualche secondo, ben consapevole d'aver superato un limite. «Io so meglio di te quanto vali. Ho solo chiamato un vecchio amico militare, con cui ho fatto addestramento decenni fa, e che ora dirige uno dei club più esclusivi del Campus. Gli ho chiesto solo di guardare la tua candidatura. Cosa c'è di male? Sono tuo padre, mi preoccupo del tuo futuro.»

«Un po' tardi per i sensi di colpa, non credi? Non potevi preoccuparti quel giorno?» gli sfuggì, incapace di tenere la lingua a freno e bisognoso per una volta di una spiegazione.

«No!» fu la risposta secca che ricevette. «Ormai avevi fatto un casino troppo grave per rimediare. Sei... eri macchiato a vita. Te l'ho sempre detto che sei uno stupido, non sai gestire le emozioni.» Fu la spiegazione inutile che ricevette e non gli sfuggì nemmeno il fatto che il genitore lo colpevolizzasse d'essere gay. Gli avrebbe risposto, ma lo sentì proseguire. «Spero solo che a Yale tu possa imparare a comportarti da uomo.» Ancora quella solita speranza che lui però non capiva. Aveva ormai quasi diciotto anni e non riusciva a spiegarsi cosa volesse dire per suo padre quel "essere uomo".

«Ecco perché non ti voglio con me, né domani né mai! Se vuoi che diventi un uomo, devi lasciarmelo fare da solo!» Colse l'opportunità per piegare quelle sue parole in suo favore.

«Come desideri. Allora ti manderò solo Alfred con la macchina, almeno quella accettala. Che male può farti un passaggio?» lo interrogò.

«Va bene, accetto solo un passaggio.» Si arrese, senza capire davvero la portata di quella concessione.

«Bene!» lo sentì mormorare con fin troppa calma. «Ti chiamerò per sapere com'è andata!»

«Perché, non te lo dirà già il tuo amico?» sbottò, con un po' troppo mal celato fastidio misto a ironia.

«Sì, certo. Probabilmente lo vedrò in settimana per cena, ma preferirei saperlo da te.»

«Non avrai la mia chiamata, padre.»

«Si vedrà.» Lo sentì dire, con quel tono criptico che nessuno poteva capire. «A domani, ragazzo, la macchina sarà da te alle sei in punto. Ora sii gentile e lascia l'indirizzo ad Alfred!» E poi sentì il rumore di una cornetta che veniva chiusa mentre la chiamata proseguiva.

«Sì, ok.» fece appena in tempo a rispondere.

«Signorino Bradford sono Alfred.»

Garrett ne era ben consapevole, ma attese che il maggiordomo parlasse. «Sì, Alfred. Grazie. Avete carta e penna a portata di mano?» attese la risposta affermativa e poi proseguì. «Sono a casa del Tenente Oswald Richardson, il padre di Mark, ora ti detto l'indirizzo...»

L'anziano fu molto più semplice da accontentare, dovette solo ripetergli la via e il numero civico e attendere che li appuntasse su un foglio. Poi l'uomo lo salutò chiudendo la telefonata.

Garrett ancora seduto a quel punto si era voltato e aveva visto Herrietta fissarlo dalla soglia della porta della cucina con un enorme sacco di carta con la spesa all'interno.

«Tutto bene, Gary? Ho provato a chiamarti, ma vedo che eri al telefono.»

Entrambi sapevano che Herrietta sperava in una chiamata da Yale, ma non gli dispiacque rivelarla la verità e informarla del cambio di programma.

«Sì, perdonami. Ho ricevuto una chiamata dall'Ammiraglio che voleva il tuo indirizzo per venire a prendermi domani mattina. Ha insistito per lasciarmi la macchina con l'autista. Verrà Alfred domani mattina alle sei per accompagnarmi.» Poi si era alzato e l'aveva aiutata a mettere a posto la spesa.

«Tuo padre non verrà?»

«No, non voglio che venga. So già che se ci fosse lui avrei un trattamento di favore.»

La donna scosse le spalle e sospirò, mentre riponeva la roba nel frigorifero. «Io non ci vedo niente di male nell'avere la famiglia che ti aiuta in ogni modo che può, ma voi ragazzi di oggi non avete vissuto ai nostri tempi, dove anche un misero dollaro era prezioso e sudato.» Poi lo fissò con sguardo serio. «Sai che da ragazza volevo studiare anch'io? Mi sarebbe piaciuto fare la maestra, ma mio padre era un semplice contadino. Raccoglieva cotone, lo sai?»

Quella volta si era davvero vergognato dei soldi che la sua famiglia possedeva, ma non aveva detto niente, si era limitato ad abbracciare la donna e a ringraziarla.

Lui l'amava per ogni singola attenzione che gli aveva riservato e Herrietta lo sapeva. Gli promise che ovunque fosse andato a studiare, sarebbe stato il migliore del suo corso e del suo anno solo per renderla fiera.

Il giorno seguente come promesso alle sei in punto Alfred parcheggiò di fronte alla casa dei Richardson. Scorgendo la vettura dalla finestra, Garrett sentì il cuore congelarsi nel petto e l'attimo dopo il viso bruciargli come se stesse davanti a un falò.

Uscendo, si raddrizzò la cravatta che Mark gli aveva prestato e ringraziò con il pensiero Herrietta per non averlo costretto a mangiare nulla perché altrimenti, era certo, lo avrebbe vomitato durante il tragitto.

Alfred emerse dalla portiera anteriore appena lui varcò la porta e lo attese come consuetudine accanto a quella posteriore.

«Felice di vederla, signorino Bradford» lo salutò cordiale con un mezzo inchino mentre chiudeva la portiera e si sedeva al posto di giuda.

Quando fu all'interno, Garrett non si sorprese di vedere il sedile occupato dal genitore in abito elegante ma non formale, le mani intrecciate sulle ginocchia e la solita espressione composta.

«Avevi promesso di non interferire» sbottò sulle spine, senza nemmeno preoccuparsi di salutare l'Ammiraglio o adottare un comportamento educato.

«Se vuoi entrare a Yale e trarne profitto, ragazzo, dovresti abbandonare questo astio e quell'espressione irriverente» lo redarguì senza nemmeno guardarlo in viso, limitandosi a lisciare la gamba del pantalone da un'invisibile piega. «Un vero uomo mantiene sempre la sua parola, dovrei avertelo insegnato già parecchi anni fa e un militare di comando non si sognerebbe mai di infrangere un contratto, anche se verbale» iniziò quella paternale con tono piatto e un'apparente noia. Garrett sentì la rabbia divampare, come un fuoco dentro un fienile, e non riuscì a trattenere la risposta piccata.

«E un frocio irrispettoso, invece, cosa farebbe?» l'uomo gli mollò un ceffone con il dorso della mano che lo colpì dritto sulla bocca, prendendolo alla sprovvista e facendolo piombare nello sconcerto e nel panico.

Il gesto lo spiazzò a tal punto che rimase con la mano sulla bocca a fissarlo per un tempo infinito finché l'uomo non si voltò nella sua direzione.

«Avrei dovuto dartene molti di più quand'eri un ragazzino, forse adesso non ti comporteresti così e avresti imparato a tenere chiusa quella bocca.»

Garrett iniziò a vedere un velo rosso davanti agli occhi e percepì le orecchie bruciargli più del viso e del collo. Si morse l'interno della guancia, provando in ogni modo a restare zitto e mitigare la voglia di prendere a pugni l'uomo; il suo tentativo non passò inosservato all'Ammiraglio che tornò a incrociare le mani sulle gambe. Quell'atteggiamento gli diede la risposta su che tipo di viaggio si sarebbe trattato, mise una mano sul pulsante d'apertura della portiera; sarebbe sceso anche se l'auto non si fermava, non gli importava rovinare il vestito o arrivare con la faccia livida, non sarebbe restato in quella macchina un momento in più.

«La portiera è chiusa centralmente, solo Alfred può disinserire il blocco. Quindi è fatica sprecata la tua.»

Garrett strinse le mani a pugno. «Chiedigli di fermarsi allora, voglio scendere.» La gola gli bruciava già per lo sforzo di contenere la rabbia.

«Arriveresti in ritardo al tuo appuntamento.» Si limitò a fargli notare come se fosse la cosa più ovvia.

«Non mi interessa, non resterò qui dentro un momento in più. Digli di fermarsi!» gli ordinò, ma il padre si limitò a guardarlo appena voltando il viso solo di tre quarti.

Alfred li sentiva, poiché si trattava di una normale berlina, ma continuò a ignorarli come se tra i due sedili ci fosse un muro.

«Non lo farò. Sei sconvolto per l'emozione, non riesci a regolarti, né a mascherare le tue emozioni dietro a una pacata educazione. La mia presenza è puramente casuale, come ti ho accennato devo vedere un mio vecchio commilitone; ma a te non è passato nemmeno in mente di domandarmelo, o sbaglio?» Il tono divenne così inusuale per lui che ancora una volta lo colse alla sprovvista.

«Cosa?» sentì se stesso dire, ma la sensazione era che a parlare fosse qualcun altro.

«Te l'ho già detto: un uomo mantiene sempre la sua parola. Ti ho detto che non avrei interferito e che ti avrei prestato l'auto per un passaggio. Avere un appuntamento e sfruttare il medesimo percorso non rende la mia presenza un'intrusione.» Il padre quasi sbuffò annoiato e guardò davanti a sé.

«Tu hai un appuntamento a Yale con un tuo vecchio commilitone lo stesso giorno in cui io ho il colloquio per entrarci e vuoi farmi credere che sia per caso?» non gli credeva. Suo padre era un abile manovratore, lo sapeva sulla sua pelle quanto poteva essere subdolo il suo agire.

«Chiedi pure al mio amico, abbiamo preso questo appuntamento mesi fa.»

«Lo farò» disse e si chiuse in un silenzio di protesta per quell'evidente raggiro. L'Ammiraglio non era uno sciocco, non faceva niente senza un secondo fine. Impiegò un po' a capire quale fosse, ma quando si rese di ciò che aveva fatto, lo mandò su tutte le furie: con quel litigio e il seguente battibecco, si era dimenticato il nervoso e l'ansia, concentrando sul padre tutta la sua frustrazione e la confusione.

Quando arrivò a Yale infatti era così calmo che quasi non si riconobbe. Dopo mesi in balia di quei sentimenti spiazzanti, era il primo giorno che si sentiva nel pieno delle sue facoltà.

L'uomo con i suoi modi inflessibili lo aveva aiutato, cosa che lo fece ancora di più incazzare con lui. Si distrasse e si isolò, guardando fuori dal finestrino.

Yale era enorme e da mozzare il fiato. Il procedere lento verso l'area centrale dove si svolgevano i colloqui gli diede la possibilità d'osservare la struttura complessa del campus senza essere visto; tra le vie che costeggiavano i dormitori c'erano parecchie auto di lusso come la sua, testimonianza dell'agiatezza dei suoi coetanei. Soprattutto nel parcheggio di fronte all'aula magna gli sembrò d'entrare in un autosalone. E non era ancora entrato all'interno.

Rabbrividì al pensiero di quanta boria e denaro circolasse tra quelle aule e quasi si pentì di non aver scelto un anonimo college di provincia, tanto che le ginocchia gli tremarono quando dovette scendere; cosa per lui del tutto assurda, giacché frequentava quell'ambiente da tutta la vita.

Prima di fermarsi, poi, passarono davanti al "Rug and bones" e Garrett intravide un paio di ragazzi che fumavano tranquillamente davanti all'elegante portone. Lui avrebbe frequentato le lezioni insieme ai figli delle famiglie più ricche del Nord America. Figli maschi e femmine avviati alla carriera politica sceglievano Yale per i corsi specializzati che forniva, lo sapeva. Non si parlava d'altro sul sito della Facoltà; e tutti quei futuri candidati alla presidenza erano iscritti a Giurisprudenza come lui.

Un conato di nausea gli salì la gola, per fortuna era all'estraneo e gli bastò prendere un respiro profondo per non fare una pessima figura.

Il padre gli arrivò al fianco, un attimo dopo, Garrett lo guardò perplesso, ma non dovette fare niente perché l'uomo gli indicò con un gesto la scalinata poco distante.

«Se vuoi seguirmi, io conosco la strada... in caso contrario, laggiù in fondo alla piazza c'è il servizio informazioni.» Garrett fu tentato di scegliere la seconda opzione, poi vide Alfred osservarli e un gruppo di ragazzi passargli vicino; così annuì.

«Ti seguirò, così ne approfitto per memorizzare un pezzo di percorso e arrivare un momento prima invece che in ritardo.»

L'uomo parve apprezzare, quindi si avviò. Cinque minuti dopo erano di fronte al portone della sala in cui si svolgevano i colloqui. Suo padre si era allontanato per parlare con tre uomini e lui era rimasto seduto in attesa.

L'ammiraglio lo chiamò dopo un tempo interminabile con un gesto della mano. Lo vide allungare un braccio nella sua direzione e volgere lo sguardo nella sua direzione.

«Vieni, Garrett! Avvicinati, ti presento il mio amico e due suoi colleghi professori...»

Lo vide addirittura sfoderare un sorriso quasi amorevole che gli fece girare la testa, quindi quando si alzò e coprì la distanza che li separava, gli parve che a camminare fosse qualcun altro.

«Salve» salutò il gruppo e porse la mano a turno agli uomini, mentre il padre lo osservava.

«Dovete perdonarlo, esce da tre anni alla base di Annapolis dove ha fatto l'addestramento per Ufficiali, non è molto a suo agio nei luoghi chiusi che non siano i corridoi di una nave.» Garrett spalancò la bocca incredulo, quando il gruppetto rise divertito da quella battuta; che proveniva proprio dall'Ammiraglio. L'uomo che lui credeva gelido e inflessibile, sapeva scherzare. Provò a sorridere a sua volta, ma con scarsi risultati; fino a che uno degli uomini se ne accorse e gli diede una pacca sulla spalla.

«Tranquillo, marinaio, i colloqui sono solo una proforma. Vedrai che ti chiederanno solo due cose su cos'hai studiato in passato e poi ti ammetteranno. Qui abbiamo molto riguardo per i giovani che scelgono la strada di tuo padre.» Il motivo di fondo di quelle parole era senza dubbio incoraggiarlo, ma l'idea che gli facessero domande su Annapolis gli fece cedere le ginocchia. Sudava freddo all'idea che potessero non ritenerlo idoneo per quello che era successo, soprattutto con suo padre presente alla sua disfatta.

«Veramente lui non è più sotto l'ala protettrice della Marina, è un civile.» Il padre lo anticipò, catturando l'attenzione dell'uomo che aveva parlato e anticipandolo, in modo da evitargli altre domande.

«Poco male, hai comunque molte risorse a tua disposizione per convincere l'esaminatore.» Gli rivolse con un sorriso che lo lasciò interdetto. Non era certo di aver capito cosa volesse dirgli l'uomo, ma le seguenti parole del padre fugarono ogni dubbio.

«Certo, ho dato a Garrett la cartellina con tutti i documenti necessari.» Garrett lanciò un'occhiata perplessa al genitore che gli rivolse un finto sorriso. «L'hai lasciata là, sulla poltroncina, non dimenticarti di prenderla prima di entrare» gli disse, indicandogli le sedie dov'era seduto fino a poco prima. Non era uno sciocco, ricordava l'oggetto nelle mani del padre quando erano scesi dall'auto. Era stato Alfred a porgerlo al genitore che lo aveva portato con sé e no, era anche sicuro che non gli aveva mai fatto cenno del contenuto, ma comprese il sotto-testo delle affermazioni dell'Ammiraglio e lo assecondò di fronte a quegli sconosciuti.

Quel modo di fare del padre lo aveva di nuovo messo in una posizione in cui non poteva tirarsi indietro, dopotutto era stato lui a decidere d'iscriversi a Yale senza renderlo partecipe. Aveva vissuto lontano dal padre fino a quella mattina e per qualche istante gli aveva anche creduto, quando gli aveva promesso che non avrebbe interferito; eppure quel comportamento lo rese sospettoso. Oswald Gordon-Lennox non era un uomo che lasciava niente al caso, tutto doveva essere pianificato e deciso prima, anche le omissioni erano calcolate.

Così sentì il bisogno d'allontanarsi, di prendere una boccata d'aria, prima di cedere a un attacco di panico davanti a quegli uomini e, soprattutto, d'andare a vedere cosa contenesse la cartella scura; ma una segretaria lo chiamò e gli chiede di seguirla all'interno.

Il padre lo aveva guardato con espressione molto seria e lo aveva esortato a raggiungere la porta dell'ufficio; Garrett ebbe così la scusa per abbandonare il gruppo di uomini, senza però dimenticare di salutarli e stringere a tutti la mano ringraziandoli della loro presenza; anche se non erano certo lì per lui. Dopo di che si allontanò, ma il padre lo seguì e lo prese per un gomito giusto un momento prima che lui afferrasse la giacca e l'oggetto misterioso e ci guardasse dentro.

L'Ammiraglio l'afferrò per lui e gliela porse tenendola chiusa e con tono basso così che non lo sentisse nessuno gli parlò all'orecchio.

«Ricordati che nel bene o nel male resti sempre mio figlio. Va là dentro e dimostra a quegli sconosciuti che Yale è il tuo posto; che sono loro ad aver bisogno delle tue abilità e non il contrario. E se vedi che le cose non vanno o hai la certezza che non ti prendano per un motivo sciocco usa questa, decidi tu, io ti aspetto fuori in macchina; poi se vorrai ti offrirò il pranzo.» Solo dopo quell'ultima e inusuale raccomandazione il padre lo aveva lasciato andare e lo aveva guardato entrare nell'ufficio dell'esaminatore.

Garrett aveva annuito e aveva afferrato la cartelletta, il cuore gli batteva a mille e sentiva i rumori ovattati, nemmeno fosse sott'acqua; una punta di curiosità però si insinuò in lui e quasi lo spinse ad aprire l'oggetto che gli aveva consegnato il padre e sbirciare all'interno.

Avrebbe voluto nascondersi dietro la porta per non svelare al genitore quel gesto, ma la segretaria lo controllava a vista e non ne ebbe la possibilità. L'unica cosa che poté scoprire fu l'estremo peso leggero, quasi fosse vuota e che era ben chiusa da una doppia aletta in modo che l'interno non scivolasse mai per sbaglio fuori. Quello gli diede la certezza che in qualche modo quelle erano le sue "molte risorse", il denaro del padre quasi di certo, anche se non seppe mai a quanto ammontasse.

L'esaminatore infatti, una volta che l'ebbe accolto e che controllò la sua identità con le solite domande di rito, lo aveva osservato e gli aveva chiesto senza mezzi termini se quella cartellina era per lui. Garrett non aveva potuto negare e l'aveva allungata all'uomo che l'aveva aperta, aveva osservato per un lungo momento l'interno e dopo aver schiacciato vari tasti sulla testiera del suo portatile lo aveva guardato con un sorriso sornione e viscido.

«Signorino Grodon-Lennox mi era stato riferito che lei è un soggetto problematico, con un passato turbolento, ma io qui non vedo assolutamente nulla che possa testimoniare tale malalingua. Molto meglio per noi. Saremo più che felici di averla tra le nostre fila di futuri avvocati.»

Non aveva dovuto dire nemmeno una parola, giusto un "Sì" e un "Grazie signore" e poi era uscito più frastornato di prima ma con la certezza che ancora una volta suo padre aveva dettato le sue condizioni e decisioni sul suo futuro.

Ironia della sorte, l'uomo che lo aveva ammesso a Yale, l'anno successivo divenne il Rettore del Campus, il professor Smith.

Capitolo 25

Tornò al presente quando la porta dello studio cigolò e Augustus fece capolino con un sorriso stanco.

«Mi dispiace, credevo di fare in fretta e invece ci ho messo un'eternità.» Lo raggiunse e si sedette sulla poltroncina di fronte a lui incrociando le gambe e lasciando il cellulare sul ripiano della scrivania. «Hai una faccia stravolta, Gary... Che succede?» lo incalzò poco dopo, quando il silenzio si prolungò.

Garrett si passò una mano sul viso, con pollice e medio si massaggio le tempie e poi si sfregò gli occhi prima di rispondergli. Già che c'era si sfilò gli occhiali, già a mezz'aria e lì appoggiò sulla pagina aperta del dossier. Si sentiva esausto, nemmeno avesse corso la Maratona di New York, invece che restarsene seduto a contemplare due foto.

«Ho perso la cognizione del tempo.» Non era una risposta valida, ma era la verità. «Ho ritrovato l'album di mio padre e sono incappato sul periodo in cui cercavo d'entrare a Yale» proseguì, vedendo l'attenzione di Gus non cedere mai. Era concentrato a studiare il suo viso, forse l'altro sarebbe arrivato prima di lui alla verità, anche solo guardandolo negli occhi.

«Hai scelto tu quella facoltà, no?» lui non rispose, annuì soltanto con il mento e poi gli girò il foglio.

Gus non si sporse a leggere, si limitò a fargli un sorriso incoraggiante. «È troppo tempo che navighi nel passato senza meta, amore, non ti fa per niente bene. È venuto il momento che tu chiuda con il passato e provi a pensare al futuro.» Era la prima volta che Gus gli rimproverava qualcosa, anche se non lo stava facendo con intenzione. Lo capì da come si sporse e cercò la sua mano.

«Hai ragione, ma non posso farci niente, questo luogo è il mio passato» ammise arrendevole e con un pizzico d' amaro in bocca. Tutto il liquore che aveva bevuto parve quasi farsi strada nella gola e faticò a mantenerlo nello stomaco. Gus se ne accorse, forse dalla sua smorfia e fece il giro della scrivania.

«Che ne dici allora d'iniziare da qualcosa di facile? Magari non è una brutta idea mangiare qualcosa. Hai bevuto parecchio da quando sei qui e mettere qualcosa sotto i denti non ti può che aiutare» continuò a spronarlo. «Dopo, a mente fredda, troverai la soluzione ai tuoi crucci» finì e afferrando il suo cellulare lo infilò in tasca e si alzò per uscire.

«Sei sempre così pratico e saggio. Come ho fatto a trovarti e a convincerti a innamorarti di me?» Scherzò tentando di spezzare la serietà del momento, ma quando si sollevò le ginocchia gli cedettero e dovette mantenere l'equilibrio reggendosi al bordo della scrivania. Sbuffò infastidito e infilando gli occhiali, evitò lo sguardo di disapprovazione del compagno.

«Oh, mio piccolo marinaio smarrito, io lo so; ma se te lo raccontassi, non ne avresti nessun vantaggio.» Poi lo raggiunse e lo prese sottobraccio. «Dai, andiamo a pranzare. I tuoi zii e Alfred sono già in cucina che ci aspettano.»

Garrett si sporse e lo baciò prima di chiudere il plico di fogli e allacciarne la cordicella che lo manteneva chiuso.

«Questo libro contiene troppe informazioni sul mio passato, anche fin troppo dettagliate. Ho deciso che non lo porterò a casa, so già cosa farne. Nessun deve sapere dov'è, così non sarà tentato di leggerlo.» Gus attese e lo aspettò davanti alla porta, mentre lui, riacquistata la stabilità e la concentrazione, prendeva il libro e si dirigeva alla libreria a parete che dominava la stanza. «Ho già rischiato una volta in vita mia di finire in un pantano per un'accusa infondata, non voglio capiti più.» Con cautela salì sulla piccola scaletta di legno che aiutava a raggiungere il ripiano più alto e ne estrasse tre o quattro volumi.

«Lo lascerai qui in bella vista?» ipotizzò il suo compagno e lui scosse la testa.

«Non proprio. Da ragazzo ho scoperto che questa libreria consente di nascondere qualcosa di non troppo voluminoso dietro ai volumi, ci nascondevo le cose che mi padre non doveva trovare. Sarà un buon posto finché non deciderò cosa farne e poi sono sicuro che né Alfred né zia Beth verranno a ficcanasare fin qua dietro.»

Mise il libro contro la parete e poi infilò di nuovo i volumi da collezione davanti, allineandoli con precisione in modo che non si vedesse la differenza; poi scese e raggiunse Gus.

«Adesso ti senti meglio?» gli chiese.

«Sì, andiamo a mangiare e a passare la giornata con gli zii. Sai, ti confesso che inizia a mancarmi la nostra casa.»

«Ho già prenotato il taxi per domani mattina alle nove in punto.

Nemmeno ventiquattro ore e torneremo alla nostra solita vita.»

«Non vedo l'ora.» E gli scoccò un altro bacio.

Gus lo precedette nell'atrio e verso la cucina, quando a un certo punto si fermò con la fronte corrucciata.

«Sai, c'è solo una cosa che mi piacerebbe sapere. Cioè se mi permetterai d'indagare per te...» Garrett lo scrutò con curiosità.

«Cosa?»

«Vorrei scoprire se tua madre è ancora viva, cosa le è successo, dopo che è andata via.»

La sensazione che lo colse fu come un colpo in pieno petto con una mazza da baseball. Strinse i denti per non far trapelare troppo quella rivelazione. Il pensiero che la donna potesse essere ancora viva e che comunque non abbia mai tentato di rintracciarlo, nemmeno quando non era più lì, lo fecero avvampare come un falò cui si getta sopra benzina. Per celare il tutto si grattò il mento ma impiegò un paio di secondi a riprendere la calma esterna e scuotere la testa per scacciare via quel pensiero dalla sua mente.

«Mia madre è morta, non serve che cerchi. C'è la sua tomba al cimitero, dove ieri abbiamo deposto l'Ammiraglio, se non ci credi va tu stesso a vederla, è a destra rispetto alla porta della cappella di famiglia.»

Augustus storse il naso con espressione poco convinta, ma non proseguì il discorso, limitandosi a fare spallucce e dirigendosi verso la cucina da cui già si distinguevano le diverse voci degli zii e di Alfred. Garrett rimase indietro qualche passo, senza un reale motivo, prima di varcare la porta si guardò intorno e osservò l'ampia stanza d'ingresso con il pavimento lucido.

Quando alla fine entrò, la zia lo accolse con un sorriso amorevole e un abbraccio. «Oh, tesoro mio.» Lo strinse e gli diede un bacio sulla guancia con uno schiocco sonoro. «Vieni, accomodati qui con noi, Alfred ha servito un buonissimo sformato di verdure al formaggio. Non so come tu faccia ad abbandonare un uomo così fantastico.» Il tono della donna però era sospetto e alterato.

«Alfred non è mai stato di mia proprietà e poi ha già adempiuto il suo compito accudendo mio padre fino alla fine» commentò senza dar troppo peso alle parole.

«Che ragazzo meraviglioso» rispose la donna sedendosi e sorseggiando un po' di vino rosso da un calice. Notando il dettaglio, Garrett sollevò un sopracciglio in direzione dei due zii maschi che osservavano la scena, impassibili.

Fu la pacatezza insita nello zio Ben a chiarirgli come mai le gote della zia erano così ben colorate. «Lascia che beva un goccetto in più nipote, è rimasta molto addolorata alla notizia. È solo un modo fugace per cancellare il dolore.»

Garrett annuì senza rispondere e passò alla zia un pezzo di sformato dentro un piatto. «Zia, perché non mangi un altro pezzetto di questo sformato?» le suggerì e la donna gli sorrise , finendo poi il bicchiere.

«Sei proprio un nipote amorevole e gentile. Pensa Benjen caro, mi offre l'ultima fetta di sformato privandosene lui. Che educato il mio Bradford...» Garrett percepì il tono confuso della donna e non diede peso a ciò che diceva. Si limitò a sorriderle e poi sbirciare nella direzione di Alfred che apparve nel migliore dei momenti, avvicinandosi al tavolo con una brocca di acqua e una teiera colma di tè.

«Signorino, il suo ospite poco fa mi ha informato che partirete domani mattina.» L'uomo depose con garbo i due recipienti e poi servì il gruppetto.

«Sì, Alfred. Ci aspettano al lavoro...» confermò, ma venne interrotto ancora dalla zia che afferrandolo per un polso e stringendolo piano per attirare la sua attenzione.

«Oh, povero caro, davvero torni già a Washington? E quand'è che tornerai a casa?» gli alitò in viso con poca grazia che però non le apparteneva. Garrett ignorò quel dettaglio, appoggiando le dita su quelle rugose della donna.

«Sì, zia Beth. Devo tornare a Washington, mi aspettano in studio e poi qui con te, gli zii e Alfred io non ho più nulla da fare» le spiegò e la vide imbronciare le labbra in protesta.

«Che peccato» mormorò per poi tornare a concentrarsi sul piatto.

Garrett però sentì qualcosa di duro e gelido rimanergli bloccato in gola, mentre fingeva di ascoltare il discorso dei tre uomini presenti: l'anziana padrona di casa gli aveva domandato quando sarebbe tornato a casa, forse confusa dal vino e incapace di distinguerlo dal "mio Bradford".

Garrett quindi si ritrovò a soppesarne il significato: tornare a casa. Rifletté su quelle tre parole che separate potevano dire tante cose, ma che unite formavano per lui un concetto difficile. Per lui tornare a casa non poteva essere qualcosa di semplice, non aveva mai avuto un luogo da chiamare tale per molti anni. Aveva avuto Whitehall, ma era sempre stata solo l'indirizzo cui mandare i documenti per il padre o l'edificio in cui fare ritorno quando il collegio era chiuso. Non aveva mai sentito Whitehall come la propria casa; perché per lui essere a casa era qualcosa d'astratto. Avere un luogo ben preciso verso cui dirigersi dopo una giornata di lavoro stancante non poteva dire tornare a casa, era solo un'azione automatica come sedersi in auto e accendere il motore per spostarsi da un punto a un altro. Tornare a casa non era nemmeno sedersi sul sedile posteriore di un taxi e osservare attraverso il finestrino lo scorrere del paesaggio in attesa di scorgere un determinato profilo di uno stabile. Non era nemmeno prendere un treno o un autobus specifico e compiere in solitaria un determinato percorso.

Tornare a casa non è andare da un punto a un altro solo perché qualcun altro ci ha detto che quello è il posto in cui dormire la notte o trascorrere i giorni non lavorativi; quello poteva essere anche un qualsiasi motel sulla statale, come il Waves.

Essere a casa per lui significava raggiungere uno stato d'animo di felicità assoluta in cui il passato non gli provocava il mal di testa e la voglia di affogare il dolore nell'alcool. Tornare a casa era una sensazione di libertà e leggerezza che ti riempie il cuore e le membra, anche dopo un'interminabile settimana passata in studi di avvocati o in tribunali. Lo comprese quando per puro caso voltò il viso verso Augustus e l'uomo puntò i suoi occhi scuri nei suoi. Garrett percepì l'esatto momento in cui tornò a casa. Perché, per essere a casa, non serve un luogo fisico, basta un singolo odore o un profumo; se sei fortunato, basta anche solo l'abbraccio di una persona.

Garrett lo capì mentre finiva di mangiare quel pasto leggero, lo stomaco si riempiva di cibo, smaltendo l'effetto dell'alcool e lo riportava al presente; per lui tornare a casa non era certo fare ritorno a Whitehall o al suo appartamento di Washington, per lui era Augustus, ovunque si trovasse e in qualsiasi situazione fossero stati, lui avrebbe trovato nell'avvocato il sostegno, la forza e la comprensione di cui aveva bisogno. Sarebbe stato a casa.

Prima di dimenticarsi quanto amasse Gus e in che misura l'uomo lo avesse reso ciò che adesso era, Garrett si sporse sul tavolo e gli afferrò la mano. Come si era aspettato, Augustus si voltò verso di lui, Garrett gli baciò il dorso della mano, senza dargli il tempo di fare nulla.

«Ti amo» gli mormorò e poi si allontanò, godendosi l'espressione sconvolta che si dipinse sul volto dell'altro.

Fine.

Ringraziamenti

Questa volta i ringraziamenti saranno brevi. Poche e fidatissime persone mi hanno aiutato a ideare e arrivare alla conclusione di questa storia; prima tra tutte Flavia, la mia unica valvola di sfogo nei momenti di crisi e amica fidata, senza di lei avrei già smesso di creare personaggi travagliati da parecchio.

Dopo di lei ci sono Giovanna, la mia infaticabile e paziente editor, questa volta ha dovuto sfoderare molta pazienza con me e con Garrett e il resto dei maschietti di questo romanzo; e Elira, la santa donna che ha creato la copertina.

Grazie a loro Garrett esiste e non è segregato nella mia testolina.

Oltre a loro però devo ringraziare anche voi lettori/lettrici che per l'ennesima volta mi avete dato fiducia.

Voi siete il motivo per cui ho passato notti insonni a scrivere e a dare un finale a questa storia; perché quando ho iniziato Garrett non avevo idea che poco dopo, quando ormai ero arrivata oltre la metà, avrei perso una persona che amavo tantissimo. Questo mi ha scosso così tanto da bloccarmi e solo dopo, nel ricominciare e nel rileggerlo mi sono resa conto che mancava qualcosa.

Mancava l'amore e ho impiegato un anno intero per trovare la congiunzione perfetta tra il vecchio finale e quello che il cuore mi diceva che doveva essere aggiunto. Spero davvero che possiate apprezzarlo e immergervi questa lettura com'è successo a me mentre la scrivevo.

Grazie della pazienza.